初
書館
LEGGI E CODICI
HISTORIA
MZCII
SETOS TOM I

《映初圖書館》以意識流的手法，用一章章的篇幅，為每個角色保留他們第一人稱的「話語權」，使讀者鑽進每個角色的內心，去感受他們的所知所感。

——部落客　文藝復興

《映初圖書館》是一部不簡單的小說。背景結合臺灣五〇年代的白色恐怖，在恐怖之下它說了個不只是哀傷的故事，反倒將悲劇透過小說的奇想賦予另一種緣分到來的可能，彰顯其絕處逢生的生命韌度。《映初圖書館》刷淡了歷史的沉重包袱但不否認傷痛，帶領讀者直視且放大那些不幸中仍透著希望的堅毅，道出關於傳承的延續生命，以及名為愛的非凡故事。

——部落客　艾莫西

《初映圖書館》是個浪漫的懸疑故事，沒有讀到最後一章的最後一頁最後一行，就無法拼湊出整體故事，一個關於許多臺灣人共同經驗的生命歷史，也是作者一直期待雕塑的「立體青春」。這十個故事，分別獨立自成一格，但組合在一起，卻又是一個立體的故事。讓人不禁聯想到福克納

（**William Faulkner**）的意識流小說《我彌留之際》（*As I Lay Dying*），每則故事分別描述不同角色所認知的世界，而在這同一個天地之下的同一事件，卻因不同人心的閱讀，而產生大不相同的內容與意義，甚且，許多相同事件的彼此認知，竟是遙遙地天差地遠，也因此產生迥異的誤會，使得愛與恨、善與惡之間，並非天壤之別，不過僅是認知的毫釐之差。

——部落客　科幻電影希米露

全書十個章節九個角色，每一章節都更換一次視角，每個角色都對自己與他人有所怨言，藉視角（主述者）轉換，讀者逐漸拼湊出角色行動背後的意義，進而改變對人物的最初印象，並透過這些年齡階級各不相同的角色，感受到時代的重量。

——部落客　香功堂主

一座等候館長的謎樣圖書館，靜默間的時間流轉，是臺灣近代史與社會的濃烈情感與演變，作者初試啼聲之作，實力不容小覷，期待接下來更精彩的創作！

——皇冠文化集團版權室・歐美線組長　洪芷郁

一顆顆擁有各自顏色大小，內藏小宇宙的玻璃彈珠們，在命定的帶鏽軌道裡相遇，值得你拿放大鏡，聚目尋找和自己靈似的魂，也不妨斜躺著，欣賞那些碰撞的激盪，和跳躍剎那騰起的弧線。想不起，不代表忘記；觸不到，仍真實存在。值得讓人「嘗」且「念」的精彩作品。

——**流行音樂作詞人　馬嵩惟**

從來沒見過這樣一座靈魂流連的圖書館，存放著那麼多、那麼厚重的近代臺灣。

——**作家　唐　墨**

艾庭的文字，像一片片剪裁俐落、色彩豐富的積木，逐字逐句地建構一個充滿情感的故事，一群跨時代相互拉扯的人。《映初圖書館》是本真誠的小說，是本在閱讀字句間就不小心深陷其中的小說，直到最後一個句點都還無法抽離。

——**演員　梁正群**

一群身世迥異的人們緩緩抽開自己的故事之繭，才發現彼此的傷、恨與愛都交織在一座默默守護著戰後臺灣人的圖書館裡。《映初圖書館》透過曲折精妙的敘事，帶領讀者再次凝視一段已被壓抑遺忘太久的歷史。

——**英國筆會2017年PEN Presents翻譯獎得主　辜炳達**

輕盈而帶有青春餘味的筆調、如在夢中的神祕圖書館背景設定，開展出一段流轉於臺、美兩地的離散悲喜劇，糾結在三個曾因為歷史創傷而相互疏離誤解的世代之間。當長年遭到噤聲的祕密終能釋放，作為讀者也感受到動人但不濫情的希望。

——**小說編輯暨閱讀部落客　廖培穎**

一座橫跨半世紀的圖書館，讓我們看見的不只是過去璀璨的臺灣，還有我們那曾引以為傲的精神，這本書不只是單純的小說，他還乘載了至今年輕人需要的堅忍和執著。

——**Novel小說‧版主　Mr. V**

推薦序

你最終會回到這裡，照映最初的模樣

方文山

歡迎來到映初圖書館，翻開這本書，你就進入了作者的精神世界，仿若和主人公一樣去探險，寄出一封時間膠囊邀請函，邀請老照片上的人揭開這座百年圖書館不為人知的祕密。

一九七八年的老照片，十個人，以不同的身世、故事，殷殷以切這場在映初的相會。信任、背叛、愛情、思念、悔恨、打擊、糾結……經由生命的反覆連結，抽絲剝繭的謎底慢慢揭露，那些曾經遇到的人和事，在境遇裡面竟然開出了不同顏色的花海，所有的誤解和原諒，在死亡和冗長的時間面前不值一提。但凡是誰，無論時間過去多久，這些記憶都會伴隨他們永續地留存，直到生命終結，或被記錄，或被遺忘。像只有暗到深處才會對如皎月的家鄉產生這種深深的眷戀，這跨越三代的十個人，對映初圖書館的情感，就像對自己本身的樣子有了最初的念想，他們離開那裡，又回到那裡，似是人生中畫了一個對等的圓，回到各自原來的命運線上，當活下來的人回到映初，才知道不是每個人都願意把自己的故事鋪陳於此，也有人情願帶著祕密死去。

這個傷痕累累的小島，有過分別有過希望，經過多番洗禮之後，還會記憶起當年，年少輕狂，天真激昂，每個人的笑容好似明媚的陽光，那是映初最動人的模樣。

目錄

我是這個副熱帶島嶼上的七年級生，記憶中的青春緊緊扣住老去的每一分鐘，在逝去裡不斷回流。我離開小島一些年了，有了距離，反而將它看得更清楚，每天咀嚼著外國語的我，非常思念小島的語言，寫作是我唯一緊緊抓住自己的方式。這故事是我寫作的起點，紀念浮動年少裡各種形體的愛，我受過傷亦傷害過人，常不知我從哪裡來，該往哪裡去。寫這個故事，是想將故事中消失或存在的所有，在紙上，再活一次，永不老去。想念，僅此為止了。

——二〇一五年南洋雨季

「你知道嗎，我有一天一定要寫一本書。」

「有夢很好。」

「不只是這樣……。」我在挖掘一個故事，它被埋到地核去了，我還在挖，我一直在往下挖……。

「開始寫了嗎？」你問我，第一次在一個人面前一絲不掛的我搖搖頭，體內有一股飛翔的感覺。

「開始寫不就好了，什麼都是從支離破碎開始的。」

「說得那麼簡單？」

「就那麼簡單。」

認識你一個月後我在你的床上失去了童真，我十九歲，你二十四歲。那是我們做完愛後的唯一對話。

六年後，你陷入重度昏迷。為延續你的呼吸，我選了個宿主寄生，把自己當個錢奴埋頭苦幹，苟活在連接你身體那些儀表的數字上。

二〇一一年的早春，他們告訴我，你即將成為一個有著健壯心臟的天使。

他們說：「你終於願意放我走了。」

我們那交織在青春裡的愛與體液，早已深入我的血裡，溶解、分裂，蔓延至每個細胞，我想走也無處可走，只有我們兩個知道青春裡發生了什麼事。

一張出現在信箱的邀請函，把我帶到了「映初圖書館」，在那我認識了泊一，那個故事裡一張張模糊迷惑的臉孔們漸漸清晰，和你有關，和我有關，和愛我們的人有關。

告別式那天泊一說，「陳小鋭，一起吧！」

「一起什麼？」

「和他說再見吧！」

除了你，任何人別想看見我淚流滿面的哭嚎。

「再見。我愛你。再見了。」

第一章

泊一

這天天氣晴朗，我穿了件黑色襯衫，她從一早便穿著黑色毛呢外套，今天稱不上個喪禮，我和她等著大體火化，看著一團又一團哭喪的家屬經過，終於換到我們了，她才回頭像在找什麼人一樣。

她哭了，用手帕擦去眼角淚水，讓我想起父親走時我好像也是這樣子。

接著都是我一路跟著她，她背曲著，雙手抱著骨灰罈，一雙黑白分明的眼睛望著窗外。這趟捷運應該是輕軌列車，我緊盯著她手上的紙箱，裡頭是骨灰罈，總覺得今天列車搖晃得特別厲害。

「妳要去哪？」

「去海邊。」

「我陪妳去。免得妳跳海自殺。」我彎下身小聲在她耳邊說著。

「不用，你，沒有欠我什麼。」

「別把我想得太偉大了，我不是那種欠人東西一定會歸還的人。」我笑了笑，這時候我還笑得出來，真是白癡。

「嗯嗯。」她下意識地發出一種像是介於嗡與嗯聲之間的聲音（也可能是喔聲吧），我猜她不是不知道該怎麼回應我，是懶得理會。我聳聳肩，當時我應該又笑了，苦笑。我不大記得了。

她對海的記憶想必和他有關。看著她緊緊抱著胸前那已沒有靈魂的物體，她的人生能毀壞的都毀壞了，今天過後，一切都會好點，喪禮就是有這麼神奇的力量。

我和她說過，人類啊，與時空順行，成長，老去，反而見到了未來。有些人離開了，其實在別人的世界，代表的是一個新生。信不信由你，我和小銳有一種「開門見山」的默契，我好像很容易不小心猜到她說到一半的話（或說不出口的話），然後下一秒便觸犯到她的神經，她那自我捍衛意識強烈的尾巴一旦露出來，就會變了一個人，開始用毫無邏輯的話語反擊。我說這殘酷的宇宙定律又不是我訂立的，妳真的不需要這麼激動。但我偏不怕挑戰她，妳難道不知道，我們人類的潛意識對死亡的害怕和期待其實是相當的，「我說啊，下個結論吧！」她沒有結論，這就是這個應該是女人卻像個女孩的陳小銳最大的問題！

我們一路上都沒有對話，這個城市的聲音對我仍然像「外來品」，列車停站的廣播聲、乘客的聊天八卦、嬰兒幼童的哭鬧、手機鈴響的流行音樂、角落高中生的翻書聲，一種老舊的聲音集合在一起，不知道有沒有翻新的一天。

每次在列車到站時她都會抬頭看看站名，呼吸聲微微加重。我知道失去很痛苦，但是走不出過去只會拖延自己前進的速度，這麼簡單的道理我不知道為什麼大家都不懂？

這一切，始於三年多前父親的離世……。

父親斷氣那天迴光返照，顫抖的手寫著扭曲的中文——「照顧映初」，後面拖著醜陋的四個英文字母——m-u-s-t。護士小姐交給我這紙條，她說，你爸已經用盡全身力氣了，我們真的聽不懂他說的話，抱歉。

我看著白紙上這幾個黑字，延續映初圖書館的生命是父親的遺願？那不過是間荒廢二十多年的圖書館。我對父親彌留之際的昏顛想法抱著懷疑態度，如果他所擔憂的是都市更新的土地合併還比較有意義。我閒置了父親那非正式的遺言，喪禮完我便回國，這三年間因為一些併購案件也飛了幾次長途旅行回到小島，祭拜父親母親，也順道去東京和首爾見幾個客戶。

直到去年開始，某個集團的收購經理不斷聯絡祕書，希望和我見面詳談，緊接著又是政府寄來有關映初圖書館的產權問題信件，祕書希望我立刻飛回處理，還有啊，一個老伯不斷到辦公室騷擾，說我父親有東西在他那要交給我，祕書說，他說是映初的東西。

我不是忘記父親臨終前寫下的那幾個字，華爾街〇八年的大事間接影響了我與合夥人的事務所，我們算是僥倖撐了過來，這也幫助我度過了喪父的哀傷期。想起父親我總是想到他寫下的那幾個字，但映初依我看，它最好的發展是賣給負責新市鎮開發的集團，他們的計畫書與建築計畫完整詳盡，將富人引入郊區，映初圖書館有如中島般位於兩排歐式建築的獨棟別墅中間，可以開發成美式高級商場。他們開出來的價錢也相當迷人，政府產權可交由他們的高層處理。雙方得利，何樂不為？

在見到老伯之前，這是我心中的打算。

我到辦公室，他已經坐在沙發上等我。

「哇！你現在長成這樣啊？以前好瘦好小哩！」

「你是？」我微笑。

「偶（我）是阿水！以前你叫我叔叔，現在大家都叫偶阿水伯啦！」

「我爸爸留了什麼給你？」

「不是留給偶，是留給偶老爸，偶老爸死了才叫偶一定要交給江大哥的兒子，然後偶去哪裡找你？偶去那個建商那裡，他們搜（說）要等什麼主任，偶拜託他們好久，還請里長幫偶，他們才給偶你祕書的電話，然後偶打給她好幾次，她搜偶是詐騙集團，後來偶就自己來，她也不開門！」我的腦中浮現出外星人認真說著外星人語的畫面。

「她一個女孩子，小心是必要的。」

「哇哉啦！可是偶阿水伯看起來像壞人嗎？還好溫（我）老伴想到一個辦華（法），叫偶用寫的啦！偶就寫啊！她就用對講機跟偶搜，她會跟老闆搜！厚！就麻還（煩）哩！」

「辛苦你了，阿水伯。」

「無啦！江教授交代的事，是聖旨哩！給你，可速（是）喔，我告訴你，要偶帶你去，不然你找不到那個密四（室）啦？」

「什麼？」我收下一大串鑰匙。

「祕密的房間啊！」

「密室？」

「偶跟你搜，你喔先去換隨便的衣湖（服），偶等一下去映初找你！」阿伯匆促地離開了。

「呼。」我嘆了口氣，祕書大笑著。

阿水伯回家拿了一把斧頭，還拿著一個很大的電鑽，兩手帶著工作手套，對著映初圖書館的一樓砍著，一下砍樹一下砍木頭，一下鑽著，除了看著他滿身汗珠，也看不出個什麼。

「偶跟你捜，今天不行啦，天要黑了，偶明天再來，叫偶兒子來幫忙，厚，金搞剛！」

隔天阿水伯和他兒子把水泥牆包覆的密室敲開後，讓我用鑰匙打開鑄鐵門——我開始對映初圖書館好奇了。

鑄鐵門打開是一面水泥牆，他們繼續敲打，敲打完是垂直的防水層，我已經心裡有個底，一定還有個保護牆吧。這間地下室因為地勢的關係，其實和土壤的距離不如外觀看起來那麼接近，但當初設計這個所謂密室的人，在那個年代想必是請了專家處理過，我拿了阿水伯的榔頭，硬生生地往牆面四處打去，測試地板是硬度最高、吸水率低的玻化磚，天花板是防火的石膏板，牆面還有防潮壁紙。我目測發現，有個小窗戶用新的水泥補過，外頭擺了個石雕。我不敢相信眼前的這個密室是二十多年前的廢棄屋，映初圖書館的檜木主體狀況不錯，不知父親從哪裡找來這上等建材，父親為何要大費周章封存這個密室？

現在想想，如果當初沒有阿水伯，這些亂七八糟的檔案、底片、照片，我也許一輩子也不會找到。

小時候父親常對我說，回家不是「一朝一夕」的事，我想到他那時花了好久的時間解釋這四個字。這幾年我處理了手邊的事業，摸清楚父親的遺產和投資，因為映初的產權回到這裡，父親留在這裡的一切，真不是「一朝一夕」可以解決。

阿水伯讓圖書館在三天之內恢復水電，還請了六、七個清潔婦人打掃映初，他說他阿爸沒等到大掃除這一天，死前千交代萬交代一定要跟他保證不會對不起江教授。密室書架上的日文書信整齊地擺著，我記得父親好久以前就停止用日文書寫。

我怎麼也沒想到，父親臨終前沒說完的話，鎖在一樓生鏽的信箱裡。

致吾兒泊一

時日變遷，如尚有餘力執行父親遺願，父親在天感念，願你平安，有個完整人生。

映初圖書館必得重建開業，聘任館長陳小銳，從旁輔佐、教育管理，兩年後方可贈與映初圖書館予陳小銳，身分證字號F22**26*22。法律相關職責，請代書律師見證處理。一切花費由吾子江泊一負擔。

父親 江紹強 二〇〇八

誰是陳小銳？為什麼？他和父親和我又是什麼關係？憑什麼？

我帶走父親一些中文日記，三個月後，我決定回到這個小鎮，重建映初圖書館。

父親離開臺灣前聘用的櫃臺阿婆早已去世，她的女兒現在也是個阿婆了，我很訝異她還住在這個小鎮，一聽到映初圖書館有重建打算，阿嬌姨是第一個來應徵的員工，她的先生就是阿水伯，不久後另一個阿婆阿貴姨，也自願低薪來幫我打理清潔，據說她也是父親認識的某某某的媳婦。

我還來不及分配工作，他們立即著手整理環境，阿水伯把小鎮的書局老闆、唱片行老闆、水電老闆、冷氣行老闆、木材行老闆、吹玻璃的國寶級師傅全集合在我面前，一群阿伯阿婆阿姨們圍繞著我七嘴八舌，待我發號司令。每一次來，都外帶上十幾二十人份的餐點，他們整理出了花園的廢棄涼亭，敘舊喝茶煲湯和我閒聊設計圖進度。我謝謝他們的幫忙，他們露出不好意思的表情，唏哩嘩啦也不知怎麼轉移話題說到真懷念我的父親，談笑著父親為這個小鎮注入的精神，還有逢年過節的晚會，有些人還記得父親的歌藝，「我們第一次聽那個古典樂啦爵士樂啦都是江教授放給我們聽的！」他們說著，我聽著，那個父親和我記憶中的父親，是不同人，我從未聽他唱過歌，父親到國外後不拍照也不喜歡人多聚會。

許多人因為懷念過去回到映初圖書館，不停找機會讚賞我或者和我說上半天的舊事。我常常處於一種自動休眠模式，讓設計圖三百六十度在我腦中不停旋轉，從地下室開始，平面圖、透視圖、3D圖，鳥瞰圖，綠建築概念，在這人們忽視環保、太陽能建築一體化的議題上，我要用什麼樣的作品，快速捕捉他們的眼光。唯有這麼做，我可以阻斷他們的聲波進入我的大腦，我讓映初的圖像占滿我自己。除了夜深人靜時，我悄悄在父親的手札記事舊相片中，窺探推敲那個我不認識的他。

在萬籟俱寂的夜裡，我反覆推敲描繪父親鎖在那些手札記事舊相片中的自己，父親在我中學時的成語課中曾教過我「故弄玄機不過是帶著訂製面具的欺騙」，人們口中的父親，移民後的父親，哪一個才是他的訂製面具？

一開始我被父親這些不請自來的老朋友搞得頭昏腦脹，要不是他們，我應該可以更有效率完成重建計畫的第一階段，我以為時間一久他們自然會散去，沒想到他們反倒請更多人來幫忙，映初圖書館每天都充斥著各種不同名目的「義工」。

我和那些毫不相關的人們，同乘著一輛逆向行駛的慢速列車，他們時而大笑時而流淚時而憤怒，明明大家心知肚明我們會撞上個什麼，卻還滿腔熱血地加入重建計畫。映初圖書館的土地權狀雖然是私有，卻有一塊畸零地和政府山丘上的土地相連，他們說政府用這塊地找了很多麻煩，在過去有好多次要強行徵收，都是我父親怎樣怎樣南北奔波動用人脈保住了映初。我不斷向政府單位陳情這惱人的都市規劃法案，也撞得滿頭包。

也在這時，聲援的鎮民多了，映初圖書館開始打出一些名聲，還上了當地日報和網路新聞。甚至有些外地人注意到了映初圖書館原始的日式建築，對它外觀的保留與將來的發展相當期待。

我聘請了更多員工，應該說，阿嬌姨與阿水伯做主找了一群阿姨阿叔阿伯阿嬸等，每個人對薪水皆喊隨意，理由是能成為映初圖書館的一員，對他們來說已足夠。

「你是我們的希望。」他們誠懇憨笑著。

我依父親的通訊本聯絡了幾個政治界的老朋友，條件是簽下保密條款，花下市價幾倍的錢，就能擺平這爭執。我一心想和這骯髒低劣劃清界線，計畫才能繼續。

第一階段完成後，我開始行銷映初圖書館：舉辦一些社區的演講或親子活動，陸續有朋友從美國來看我，也在技術上幫了不少忙，我積極與當地活躍的社團互動，建立免費遠端學習系統，舉辦夏日西洋音樂分享會等。

映初圖書館建於一九一〇年代，位於溫泉口下，群樹環繞、地勢背山，日據時期為日本文人雅士集散地。一八八〇年代，中國貴族江氏家族獨子江鴻來臺經商、富甲一方，在臺購置大片土地，廣布南北行政精華區地段，於一八九〇年代長居臺灣，後遇日治時期滯臺。相傳江鴻以中、英、日啟蒙教育培養在臺後代，江氏連續三代一脈單傳，獨子江展天與長孫江紹強為二十世紀初臺灣商界知名菁英。江鴻於皇民化第二年去世，享年七十七歲。江展天後與日本殖民政府建立良好關係，周旋於御用紳士間，並曾為日本政府撰寫歌頌文。國民政府來臺後欲將這塊位於風水寶地、名為「風雅會所」之處規劃為總統行館，經查辦才見其周邊土地權狀已轉移至江展天一人名下。

風雅會所一九五〇年代前由江展天之子江紹強接手管理，將之命名為「映初圖書館」。據聞，江紹強曾因大學時期於校園社團鼓吹前衛思想，參與地下政治活動，在當年保守風氣的臺灣，引發政府關注。

江紹強畢業後奉父之命留美取得數理博士學位，回臺於臺大數學系任教期間，因優異的專業與語文能力，多次代表臺大前往東京帝大做學習研討與交流。後榮升臺大數學系系主任，然江教授在臺期間多次捲入政治活動，成為爭議性人物，後移民美國，映初圖書館自此封館，土地荒置多年。近二十多年來，當地老居民皆不願接受採訪或對其所知寥寥，為映初圖書館的過去留下了神祕色彩。

目前映初圖書館由江氏第四代獨子江泊一接任館長，江泊一本身為美國知名建築師，曾於二〇〇五年榮獲美國建築師協會傑出新興建築師獎，二〇〇八年建築事務所歷經全球金融風暴，因而讓他開啟了亞洲市場，二〇〇八年因父親去世，毅然決然於去年回到懷念敬重的家鄉，完成父親的遺願——重建映初圖書館。江泊一館長結合其於北美各大城市建案專業經驗與獨特的眼光，預計兩年內，映初圖書館將帶動小鎮周邊經濟，成為北區的藝文創意特區。

《生活雜誌》年度票選結果，映初圖書館是全臺灣最有創意、具國際姿態的綠建築，尤其在選擇天然建材的用心，搭配了依山的優勢，將空氣、綠地、水、花、竹、紙、山結合地恰到好處，原木色調與簡易的黑白相稱，俐落而充滿張力。尤其是由前門無限延伸的穿堂轉個彎，便是那面山與荷花水塘的L字形緣廊，夏日賞綠，冬日賞櫻，能在檜木桌椅上享受一本好書，度過一個早晨或下午，自動洗滌了城市紛擾的心靈。

編輯採訪完我後寫下這些，加上「幼兒閱讀角落」的介紹，楊楊米與普普風的設計吸引了許多年輕父母前來。編輯問我，第一階段已經如此完美，太陽能板、風扇、防潮、地熱板等先進科技也引進了，還有什麼驚喜要帶給大家？「你知道，映初圖書館一定能引領這城市邊緣地的文藝潮流。」年輕女記者興奮地說著。這是我樂見的，這個地方需要更多像我這樣的人，願意把新的東西帶回來。我也順著她想聽的話說了。

那文章的標題這麼寫著：

大蘋果建築天才甘願墜落　重燃小鎮希望風光

我一直非常自豪自己的中文，這個標題帶著刺，媽的！有問題，搞什麼鬼！

就是這些事情，讓我錯失了找到父親遺筆信件的時機。

那段期間，我還得擠出時間跟蹤陳小銳這個人，發現「她」住在屬於父親的土地上，這一切絕對不是巧合，我急著找出她和父親之間的關係，那令我發瘋也無人可訴。我驚慌推測，她也許是我的妹妹，我將自己深埋在密室文件中，酗著咖啡，心悸著發狂找著任何一點蛛絲馬跡。如果她是我世上僅存的親人，為什麼這麼多年來父親隻字未提？

我發現陳小銳每個星期一到六在補習班上班，星期日有時早上去靈骨塔，下午和晚上都待在醫院，除了這三個地方，她偶爾會在星期一的早上去銀行。我仔細地記錄下每一個環節，除了三年前那封信，父親其他的文件中再沒有提到陳小銳這個名字。

許多次我想直接走到陳小銳身旁自我介紹，邀請她到映初圖書館，好好套套她的話，也許她知道些什麼也不一定。當我查明了她每個星期到醫院報到的原因，我想再多給她一點時間，或者是說，給他多一點時間。她每個星期探病的那個男朋友，日子不長了。

我一個人在地下室把上百張的舊照片掃描、複印，挑了其中一張製作成邀請卡給陳小銳。照片上小女孩的頭包紮著白色的紗布，繞過左耳的紗布底下有著粉紅色的血印。小女孩和小男孩站在大石頭上，他正在把所有的桃紅櫻花往她身上

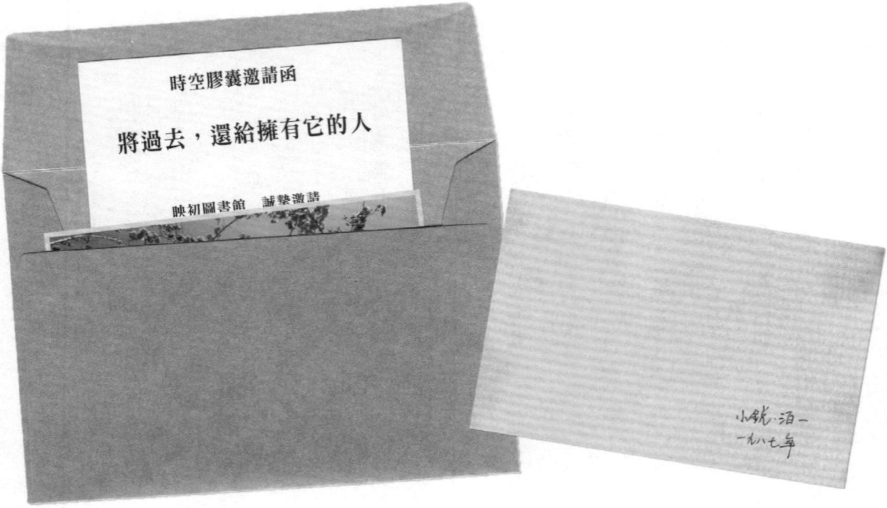
時空膠囊邀請函
將過去，還給擁有它的人
映初圖書館　誠摯邀請
小銳．泊一
一九八七年

丟，小女孩的臉上掛著笑。我看著另外一張黑白相片，小男孩和小女孩牽手看著池塘裡的鯉魚和蓮花。後頭父親的字跡寫著：「小銳，泊一，一九八七年。」我自己也很難相信，在我的記憶中，曾和這樣的玩伴玩過。

一九八七年，也就是我們家移民的那一年。

我心裡有個聲音，父親這個遺願沒有經我們公司的律師見證，對於陳小銳，我的好奇多過責任，她也許是個人才，但不代表我必須無條件奉上映初。

我打著拼音，不太確定這麼寫她會不會來，她應該對我有個交代。老實說對其他人過去在這留下的青春、熱血、激情、失望等，我一點興趣也沒有。完成映初圖書館第二階段、第三階段還得花上我一年的時間，合夥人沒有催我回國，一旦工程業務上軌道，我預計代理幾個歐美的有機生活品牌，映初圖書館一定會在兩年內成為城市外圍最成功的複合式藝文中心。以我分析這幾年的城鄉發展與運輸建設，映初的成功也會對父親周圍的房產帶來增值效應。父親一定會以我為榮的。

每一天面對著上百個人的稱讚與好奇熱烈地詢問，有時我的腦袋放空，這些人好像我不需要說太多字，他們也能自動解讀我的，怎麼說……我的……夢想，是的，他們以為映初圖書館是一個夢想的實踐，所以他們有希望。七、八十歲的來到這裡，談的是那卡西，夾雜了許多臺式日語；五、六十歲的來到這裡，談的是年輕的反叛與暴動；三、四十歲的來到這裡，感嘆時艱與眾怒時代；二十幾歲的孩子們，想到什麼就罵什麼，租借會議室討論時事與同步更新社群網站，我歡迎他們利用網絡廣傳，幫我打免費的廣告。這些孩子看我的眼光充滿羨慕，有時問問我牆上的英文標語，女孩子開心地笑鬧著，男孩子問我一些籃球的事。

這些與我毫無干係的人們，他們或感恩地看著我，他們來自父親朋友的孩子，或是孩子的孫子，朋友、鄰居、客戶等等，他們過去的一部分都曾經留在這個圖書館，在父親的萊卡、蔡司鏡頭下，在父親的暗房沖洗室，在父親的黑膠盤中。

他們痛恨當下，他們懷念過去，他們想找回自己。非常詭異。

我把映初當作事業在經營，我沒有他們口中那樣神聖到想改變什麼，我回來，除了找到答案，也算是尋找新的商機，既然做了，我就會把映初這案子做到最好。我一定會找出陳小銳，找出父親和她和我的關聯。我也許會回到我屬於的地方，怎麼說，這裡，太舊了，看似生活在現代社會的人們，內部太舊了，這也因此激發了我許多的創作靈感與挑戰的意志。

在沒鞋子的地方賣鞋，再教當地人穿鞋的好處，肯定會成功的。不是嗎？

寄出邀請函五天後陳小銳來了。直愣愣地站在櫃臺前，阿嬌姨正在打盹。底色中摻著暗黃的肌膚，及肩的短髮，短短的劉海，一臉沒什麼表情，給人的印象就是過瘦，像個大學生樣。

因為山丘地勢之故，「一樓」其實是二樓，真正的一樓要進到圖書館後往下走，除了那個密室，地下室原來還有個大約十坪大的館長辦公室，也就是館藏文物處，父親將一些資料都放在電子防潮書架內，多年來從未斷電，卻將一樓地板先用水泥封起，再鋪上原木地板，入口處還加上了防盜密碼鎖。多年來維持電力的就是阿嬌姨，也是她告知我有關這個辦公室，她說，那省去了很多麻煩。如今也沒有什麼好躲藏的，我仍保留部分未腐爛的原木地板，將地下室改成儲物室，把一樓拓展成親子兒童館、防噪會議廳、館長辦公室，和故事島分享空間。

「妳好，我叫泊一，圖書館館長。」我毫無畏懼走上前去。
「你好，我是陳小銳，我收到這個。我看過你，在報紙上。」她手上拿著邀請函。
「啊？那丟臉的抗議照片啊？請先讓我做個簡單的導覽吧！」她微笑點頭，似乎是個有禮貌的人。
「這裡之前……廢棄了很多年了。」我用手指示著她往前走。
「讓我替妳介紹吧。這裡是二樓，有館內大約百分之六七十的藏書，閱報區，暫時的自習區，一樓是我特別為這個文教小鎮規劃的親子兒童閱讀區，妳覺得怎麼樣？」
「那另外的呢？」
「什麼意思？」
「另外百分之三四十的藏書呢？放哪裡？」
「那是我的第二階段計畫，除了規劃電子管理系統及遠端名校課程分享，妳往上看。」我指著挑高的天花板。
「還要往上蓋嗎？」
「是的，所有的牆面都將擺滿藏書，我的計畫，要用書呈現整個圖書館的氣勢，像是一個迷你版的紐約大都會圖書館，鄉村小屋味道，我想讓大家，信任這個地方，依賴這個地方。我想這是我父親的創館精神。」

「自習區也會移到三樓？」

「是的，我想在三樓做個斜角空橋，四周像是陽臺般的開放空間，讓所有的人可以看到彼此，而且挑高的空間採用木造風扇，帶點南洋風情。」

「我可以想像得到。要做這種事，要花很多錢……那邊的洋房集團啊，和你有關係嗎？」她低頭藐望著窗外山坡下的建築工程。

「永遠不會有關係。但是山坡下目前進行的建築工程是我擴建計畫的一部分。」

「了解，你們多多少少差不了太遠吧。」

「我對賺錢沒興趣，我要把這邊埋藏的文化挖出來，重新排列組合，讓大家重新認識自己。」

「真有趣。」

「有趣什麼？」

「你剛剛說要讓大家重新認識自己。」

「是的，怎麼了嗎？」

「沒有，只是我們啊，得靠一個外人來幫我們排列組合自己的文化……。」

「這個意思啊！其實這就是設計師最重要的工作之一。到一樓看看吧，我請妳喝杯庭院種的熱金桔檸檬。」我往下走。

「我想請問你，這個？」我們面對面坐下後，她拿出那張粗糙的翻拍照。

「我對這裡很多事都不熟悉了，非常陌生應該這麼說，我整理出很多舊東西，打算用一個開放空間做映初圖書館的歷史回顧，其中有一些問題想請教當地人，才邀請妳來。」

「只有寄給我嗎？」

「不。但是，只有妳一個人來。目前。」

「我一開始以為是房屋仲介的廣告。有點文藝腔……最近這裡賣房子的廣告看版上都有類似風格的大標語，好像搬進那個社區，視野就會不一樣了。」陳小銳說話有點慢，不知道在怕什麼？

「別誤會，我才不是什麼你們說的什麼文青，妳看了報紙也知道，圖書館是我父親留下來的一個，怎麼說呢……文化資產。我現在有兩個想法妳聽聽，一個想法是，我想誠實地去呈現舊時代留在映初圖書館的東西，另一個想法是帶入新的、全新的，讓人們認識到世界另一端，與建築和美學生活相關的東西。」

「喔，聽起來很不錯……。」

「我可以問妳一個問題嗎？」

「妳在怕什麼？」

「啊？」

「妳在怕什麼？」

「為什麼這樣問我？」

「妳說話的樣子，好像一直不知道在怕什麼，我很可怕嗎？這裡都有攝影機，不用擔心，我不是壞人。妳想說什麼就說吧。」

「抱歉，我想說，你剛剛說的東西都很好，但是，這……和我這樣一個人，有很大的關係嗎？我想我幫不上任何忙，我差不多要走了，我有約……。」

「先等一等！」我提高了音量。她毫無驚動神色地看著我。

「應該是我沒把話說清楚，既然是一個這樣龐大、富有意義、想像出來，需要很多人幫忙的計畫，我當然有我全盤的的計畫，妳聽聽就好。」我簡述了我的計畫，並且盛情邀約她的參與。我知道，她需要錢，立刻。

我一直觀察著這傢伙，很難猜。

「說了那麼多，今天邀請妳來最重要的一件事是，我希望誠懇地聘請妳當館長。」

「館長？」

「是的。」

「我沒有這方面的經驗。」她搖著頭。

「這樣更好，我就是要用新人。」

「我不知道……我不想背負毀了你深奧計畫的罪名。」真是龜毛，我想。

「好吧！我就直接說了，這其實不是我的意思，是我父親的意思。」她疑惑地皺著眉，一語不發。

「我需要一點時間和妳好好解釋，也許妳不會相信我，我的父親和妳的外婆是認識很久的人。」我說得很慢，我以為自己會有更好的說詞，她移動了一下身體，眉頭深鎖。

「嗯。那請問我方便和他見面嗎？」

「我父親去世了。妳知道他們兩個人的關係嗎？」她又搖搖頭。

「在很久以前，他們是認識的兩個人，曾經在一起過，兩小無猜那種，我想。妳現在住的房子，原本是我父親的。圖書館也是以妳外婆的名字命名的。」

「房子是我外婆留給我的。還有我外婆不是叫這個名字。你可能認錯人了。」

「不太可能。我們全家在一九八七年移民美國，妳外婆的房子是我父親在五年前轉賣給她的。我父親也去世了，所以我對我父親和妳外婆的了解，不過是從他們的一些舊信件拼湊了解的。我有些買賣的文件拿給妳看吧！」

「就算他們是朋友，我的外婆一輩子都在工作，有點小投資、積蓄，我非常確定那是她一輩子辛苦打拼買來的房子。我相信我的外婆。」

「請別誤會，我沒有別的意思，我父親一直很感激妳的外婆，這麼多年來她一直有在幫忙處理我父親在臺灣的事。所以他才會將妳現在住的房子，用很低廉的價格賣給了妳外婆。我想妳外婆對我父親而言，一定是一個很重要的朋友。」

「這是你父親和你說的。」

「差不多是這樣。」

「什麼意思？」

「我從他留下的日記和筆記得到的資訊，但是，很不清楚，我也不想，怎麼說，斷章取義！」

「嗯。那我外婆有東西留在這？」我點點頭。

「有的，一些信件。」我想她會想知道自己外婆的過去，但她的回答卻依舊簡短。

「人家說一個人消失在世界上，會有很多事情要辦。我的外婆離開後，非常簡單，大部分的後事，她自己都打理好了。對一個死去的人，我不知道你要我怎樣？」終於她的語氣裡有一點點怒氣被我挑起。

「Wow wow，請妳冷靜一下，我邀請妳來，是想問，妳外婆，難道都沒有留下什麼書信給妳，或是和映初圖書館有關的東西？我也可以知道，為什麼我的父親在死後指定要妳當館長。」我打算先不告訴她有關贈與的事。

「就算有，我沒有興趣深究。」她篤定地回答，像隻懦弱的刺蝟。

「妳爸媽呢？也許他們認識我爸？」

「我爸媽都死了，我教書很忙，家裡很亂，沒時間。」

「第一次見面這麼問希望沒有不禮貌，抱歉，我母親也去世很多年了。」

「都無所謂了。」

「如果妳可以提供任何資訊，請妳儘快，我會很感謝。」

「嗯。」

「任何一點和映初相關的任何東西，對我的回顧展都會有幫助。」她咬著嘴唇，緩緩搖著頭。

「回到正題，妳現在有意願轉換工作嗎？」

「我不知道，這個問題有點難。」

「妳剛提到教書，妳滿意目前的工作待遇和發展嗎？」

「這是面試嗎？」

「不算是，把我當個朋友，聊聊天也無大礙吧！」她嘆了一口氣，非常細微。

「哈，我是說妳願意的話。」

「很多事情，你好像都把它們簡化了。」

「是嗎？說來聽聽。」

「你應該有發現，這個小鎮的人們對這裡以前的風貌很自豪。你說那是美學，也許吧，那是富人對生活態度的一種說法。有財團在做類似的事了，應該也做得不錯吧。把很簡單的東西包裝得很昂貴高尚，成了生活的態度，負擔得起的人也甘之如飴。」我覺得有點沒頭沒尾，她說著，像是前面沒有聽眾，自言自語。

「妳啊，還真有點憤世嫉俗。可是對不起，我聽不大懂妳說的意思……。」

「我不知道你對這裡有多了解，現在是二〇一一年了，像你們這樣的人回到這裡，只會成功不會失敗的，我們其他人……在能做什麼與想做什麼之間，沒有太多選擇……。」

「所以妳究竟是認同我做的事還是不認同？」這女人是白痴嗎？

「我的意思是，這種事只有你們能做能欣賞，我們不能，我們再努力也不會有人看見，也不會有人喜歡或肯定我們創造出來的東西。換作你們，做什麼都會成功的！」換我傻掉了，真的，害我不知道要接什麼。

「對不起。」哈，我讓這瘋婆子和我道歉了。

「沒關係。」

「所以妳喜歡教書嗎？」

「這是件我可以做好，賺點錢的工作，過日子罷了。」

「妳真是個悲觀的人。我只是問妳很簡單的問題。妳想很多。」

「像我這樣的人到處都是，你生活在一個不同的世界。就算你父親指定我，你也不一定要聽他的。畢竟他人也不在了。」

「陳小銳，有沒有人說妳的邏輯有點問題。妳外婆對妳很重要吧？」

「是的。」

「我父親也一樣。」

「所以？」

「所以我想用我父親希望的方式去面對我的人生。」我說，「我沒有生氣，別想那麼多了，我的問題是，我現在需要個幫手。館長的第一個工作就是籌備回顧展。以我目前和妳的對話，我有點擔心妳的理解力，但是說了我想要用新人，如果妳真的對現狀不滿，就來映初圖書館，做出一點成績，我不會虧待妳。先實習吧？一個星期兩天？」她想了很久。

「待遇？」我說完了數字，她瞪著眼看我。

「我希望這不是同情。」

「為何？我是個公私分明的人。」

「好。需簽約嗎？」

「不用，但是要立刻開始。」

「我希望公平起見，簽一個臨時約，我有做事就有薪資，我毀了約，你也不用浪費時間和金錢。」

「聽來合理。看不出來這時候妳的頭腦滿清楚的。」

「我不想再因為文字遊戲做白工。」

「現在的工作對妳不公平嗎？」

「嗯，我剛離職。我目前家裡有點事要處理，所以你開出來的時間，是我可以做到的。」

「重新開始吧。」

「嗯。」

「這些照片和記事本，我需要妳先幫我整理歸納，妳願意帶回家做也沒關係。」

「可以先讓我考慮一個星期嗎？」我點頭。

我讓她等我寫了一個簡約，她將合約放入包包，我又泡了一壺茶，我們繼續聊著。

「妳是我第一個寄邀請卡的人。還有一些人，也許他們想來看一看、走一走，映初圖書館不只是一群人的記憶，它，帶給許多人希望，這是我回顧展要運作的方向。」

「這是你行銷圖書館的其中一個手法嗎？」

「妳這麼認為嗎？」她沉默，看著窗外。

「我不知道。」

「我先把醜話說在前頭，要幫映初圖書館，妳要先改掉這個壞習慣！」

「什麼？」

「不要再說『我不知道』這四個字。」

「好。我想問你，報紙上說你們世代是大地主，你在美國也是個有名氣的建築師，你為什麼會回到這種地方。」

「這裡有這麼令人憎恨嗎？妳可能不太了解這裡的potential。」眼前這個陳小銳可能是給男朋友的病逼瘋了。

「是的。」她毫不遲疑地說。

「妳，真像隻刺蝟。」

「你，真像是個活在城堡裡的王子，大興土木地重建自己的莊園。」天啊！我他媽的真想叫她立刻滾。

「好吧！妳告訴我，這裡哪裡不好，也許你可以說服我放棄映初圖書館。」

「這幾年，我好像可以看到這裡的一些東西，一些我年輕時沒有想過也無法看見的東西，這裡的每一個環節都出了問題，希望啊，是有錢人茶餘飯後的玩笑，無聊時成了手掌中的玩物，說著希望希望，像我們這樣的人，心裡很清楚，希望，不過是乏味生活裡出現的小火光，一下就滅掉了。很快地，我的世界這頭會充滿血腥暴力、偏激和行屍走肉般的人們，我可以看到。」她又來了，自說自話地。

「妳預知的未來真是無趣，我想問妳，難道一切的分化點只是錢嗎？難道不會有些人是為了尋求滿足與成就而奮鬥嗎？難道我身邊這些談著感情的人都是屁嗎？」我無法對她太客氣。

「這就是我們的差別。我知道自己就算拼了幾十年的命也不會有任何成就感可言，因為那個東西從一開始就在這個病態的制度下被謊言包裝了。」

「理性地分析，我想妳應該要轉換跑道。試試看吧！Test the water! 就當作我是個玩弄希望於股掌間的外來客，我的希望就是培養人才，照顧人才，為人才創造希望。」

「你真是個怪人。」她很小聲地說。

「哈哈！妳總算有點幽默感了。」她嘴角微微揚起，聳聳肩。

「喂，陳小鋭，邀請卡照片中的人是我和妳，妳記得嗎？」

「不記得。」

「但……受傷的事情……我記得，我知道那是我。」

「我不提妳也不問了，真是一點好奇心也沒有。妳那時怎麼了啊？」

「我犯了錯被阿姨打。我的外婆大概後來就帶我來這裡走一走吧。」

「我對映初圖書館還有點模糊的印象，我小時候常和一些小孩子在這裡玩，真驚訝妳一點也不記得。」

「小時候的事情不是太重要的我一概不記得。」

「這樣子啊。」看來她真的不知道，或是不願意告訴我任何有關映初或父親的事。

「映初圖書館在我父親那個年代，是個時髦的地方，年輕人喜歡在這聽音樂喝小酒，討論這個小島的未來，那個時候，這裡應該是被熱情淹沒的地方吧！我想以妳一個當地人的眼光，一定會比我更有敏感度，知道哪些文獻是可以在回顧展呈現的，妳懂我的意思吧？」

「嗯。時代感。」

「沒錯，就是這樣。妳在研究的過程中一定會更了解映初，告訴我，這兒帶給人們的希望是什麼。」

「我了解。」

「我想收到邀請卡的人也許不會來、不敢來，或者來了和妳的反應是一樣的，能提供的有限。我在這生活有種感覺，很多人對過去，有很多複雜的情緒在裡頭，但是又說不清楚，不知道怎麼表達。這就是我行銷的方式，我，想讓這裡成為一個有故事的地方。妳還有什麼問題想問我嗎？」

「你寄出邀請卡的動機是什麼？」

「哇！我激發出妳的好奇心了耶！」我開著玩笑，她嚴肅的表情中帶有一點害羞，怕人誇啊這傢伙。

「你知不知道，其實人們根本沒想過感覺和選擇是什麼，只能相信別人擺在他們眼前的東西。不用驚訝，有水喝有飯吃的我們在這方面就是那麼落後！」

「說真的，我真的不知道，這也是妳這幾年看懂的東西嗎？」她點點頭。

「我看妳這幾年的日子應該不大好過吧！」

「沒什麼大事，就是生存，很忙。」

「妳把這樣的心思放在我的 project 上說故事吧！」

「故事……我，嗯……。」她欲言又止地。

「相信我，映初圖書館和妳有關，願不願意，是妳自己的決定。」

「你剛說的，都不像是我的外婆會做的事情。音樂，喝酒，希望，有的沒的。」

「我父親說過，那個年代的許多事，我們不會懂的。也許妳可以當作，重新認識妳的外婆。只要……妳放下妳……。」

「怎樣？」

「妳那頑固之心。」

「看看這些照片吧！」我起身一邊拿出斑駁的黑白照片，大概有十來張，都是青春可愛的人們。她緩緩地低下頭。

「有妳熟悉的臉孔嗎？」

她沉默了，呼吸變得像羽毛，眼眶泛紅。抓起了相片，說了再見轉身離開。

其中一定有鬼。

＊＊＊

我想著我們第一次見面的對話，那天她的確點出了一些我心裡的疑惑，我這輩子衣食無慮，凡事總有個正解，她說得沒錯，當她真的出現在我面前，我已經不確定自己為何寄出那張邀請卡，也沒想過寄出之後我要怎麼面對前來的人，我只是期待有個真相會隨著人們的到來浮現。那天過後我知道，她不討厭我，她非常小心翼翼。

列車突然停在空橋軌道上，也不知道發生了什麼事情，大概是剛剛有人趕在最後一秒擠進了車廂，我的思緒中斷。我看看她，仍然無悲無喜地望著窗外。列車長用廣播向乘客道了歉，列車繼續前行。

她第二次來圖書館時問我，「過去」對我的意義是什麼？她說：「過去對她而言，象徵了整個宇宙，請不要將它打碎。」我耐著性子認識這個父親口中要無條件贈送映初圖書館的怪人。

「當我打碎一個東西時，我的工作就是把它重組，變成更好的，這就是我的工作。妳是害怕改變。」我回答。

「宇宙？妳真的知道宇宙裡有什麼？」我接著問她。

「這只是一種比喻。」

「什麼邏輯啊？」

「沒什麼邏輯，不過表示我相信的，都在過去定型了。」

「哪一個方面？家庭？愛情？工作？人生？妳知道，我們都還年輕，這樣說會不會太早了？我說了，妳是害怕。」

「我沒有分析過，我拿那個宇宙來過現在的每一天，就這樣。」

「說來聽聽吧。」

「為什麼？你先說吧！」

「對我而言，過去原本是一個建築師與作品和諧完美共生的案件，我曾在書上看過這段話：高第的米拉之家設計最大的特點是『本身建築物的重量完全由柱子來承受，不論是內牆外牆都沒有承受建築本身的重量，建築物本身沒有主牆，所以內部可隨意改變格局……』。我的父親身兼建築師與承包商，我則是那涵蓋上百上千根柱子的建築物，從西方到東方，皆怡然自得，即使沒有主牆，我也從未懷疑過自己。」

「你真有自信，真難想像我們才差三歲。這和西方的個人主義有關係嗎？」她問。

「什麼意思？」

「在我們的世界，不是什麼事都以自己為出發點。總是有很多事情讓你不那麼……自由，那也許也不是壞事，照你的說法，那上千根柱子，絕對不可能只屬於我們一個人。」

「自己做決定。妳已經不是小孩子了。」

「知易行難你懂嗎？」

「Actions speak louder than words.」

「那是我們國中英文課本教的『坐而言不如起而行』。」

「我父親聽我這麼亂比喻應該會氣得從棺材跳起來。」我不好意思地笑了笑，她僵直的雙肩也放鬆了些，微笑著。

「那我問妳，在妳新的宇宙裡，妳想做什麼？」

「沒想到我竟然和一個素昧平生的人在聊這些。」

「放鬆點吧！和朋友聊天不都這樣嗎？在我的生活圈裡，和一個剛認識的朋友聊這些是很正常的啊！妳該不會有反社會情結吧！」

「嗯。」

「別當真！我隨便說的啦！所以是什麼，妳想做什麼？」

「想做回我自己。」

「啊？什麼？」

「我說了，做回我自己。」

「聽起來很難。」我假裝同意。

「對，不容易。」

「真缺乏幽默感，我是在開玩笑，諷刺妳妳也不懂！做自己，不是最基本的嗎？」

「喔！你這種天之驕子不懂我在說什麼，不是每一個人都像你那麼自由。」

「我很歡迎妳，加入我這個追求希望、夢想、改變與自由的映初圖書館！你等著，我會給這裡一個新的定義！」

「我想問你，這些人叫什麼名字？」她將上次拿走的舊照片舖在桌上。

「你一定有這些人的名字。」我點點頭。

「這是哪一年拍的照片，這對我很重要。還有這個女人那個時候是一個人嗎？」

「她是妳的誰？」

「誰也不是。」

「我又整理到一些或許和妳外婆有關的書信，妳看得懂日文嗎？」她搖頭。

「那，妳外婆的東西帶來了嗎？」她搖頭，我的直覺告訴我，她一定有著什麼，我只是不懂是什麼讓她不敢面對。

「那等妳下次帶東西來我們再聊吧。」我說。

我們不歡而散了。

＊＊＊

她再來，沒有說太多話，一直靜靜聽我說著，好像要我把自己的人生交代了一回合，她才願意敞開心胸，我不在意。我也很久沒和人好好聊聊了。

我們離開這個小鎮，在我九歲那年，父親辭去了大學的工作，我從此進入了一個迥然不同的世界。父親將我送到當地最好的學校，目標是進入長春藤盟校或英國劍橋牛津學院。自此沒太多好描述，一路順遂成長。我的身體急速地膨脹，十五歲那年又急速地向上竄，臉型因為說著另一個語言，母親說變得和小時候不太一樣，雙腿因為長期在足球場上競賽而變得粗大，全身的皮膚因為陽光照射變得粗糙布滿黑色紅色的小點們。

父親在當地租了個小教室教著移民第二代中文，因為受人尊敬肯定後來重操舊業教授數學，母親則輔助父親並經營著一家小書店，也賣賣文具。朝九晚五，家裡從未有經濟壓力，小島上的曾祖父母、祖父母們全都去世，父母親也沒有兄弟姊妹，父親說他聘了信任的專業經理人處理著土地事宜。我沒聽過父親對任何人提過家鄉土地的事，母親是個寡言的人，更不可能主動向人聊起它們。

我必須承認，雖然從小我的內心清楚不過，家裡的財富來自曾祖父、祖父的庇蔭，父親理所當然地繼承，有一天也將自然地傳承到我的手上。雖然父親常說吃果子拜樹頭、莫忘本莫忘根，我們總有一天會回家守護著原本屬於我們的土地。雖然父親在異鄉每天仍替我補習兩個小時的中文課，主題永遠繞著小鎮談，雖然遙遠土地神聖的魂每天在我們安逸的日子上空飄蕩著，我，還是忘了它。土地或家，老實說它是我們進帳的工具，讓我們在餐桌上不言而喻交換的驕傲。

我總是充滿了活力，往前衝刺著，父親在世常說，人生啊，有些人就是這麼幸運，一帆風順就是用在我身上。父親憂心，爬得越快越高，跌得也越重。

我和其他移民一樣嬉笑和鬼佬們（在這兒廣東移民這麼叫白種人）談著它，在那件事後，我了解到，那個我嬉笑訕罵的土地，是唯一接受我的地方。

十六歲那整年我除了自己的房間和球場哪兒也不去，我已開始著手自己接下來五年的人生計畫。記得我在十歲那年開始素描父親所有移民朋友經營的小店，五金行、書店、唱片影碟店、中國外賣餐廳、廣東菜餐廳、理髮店等，漸漸地我開始建議這些叔叔阿姨們在狹小空間上的利用，從內部空間到外部改造，從地下室到第二樓層，我因此賺了不少零用錢。高中那幾年和我的童年玩伴傑森一起創辦了建築設計社團，我們一起對將來希望去實習的綜合型設計公司做了分析研究。傑森是伊朗和美國白人混血，全校唯一全額獎學金補助的入學生，我們立志將來要募資合夥開建築設計公司。父親始終對我的夢想抱持著正面態度，甚至幾次欣喜若狂地要我將來回家鄉蓋地標。我笑了笑，爸爸，我的夢想在芝加哥，我和傑森要一起去流血去闖蕩。

十七歲時，父親為獎賞我優異的高中成績，給了我一筆旅費讓我自行規劃自助旅行。我計劃展開一個月的亞洲之旅，從東南亞到中國再回到臺灣，但父親反對，希望我拿到大學錄取通知、開學後的第一個假期，再陪伴他們一起回家。我無所謂，想去亞洲是我那群死黨的提議，至少我中文流利也多少懂點廣東話，腎臟應該不會那麼容易被人切了賣掉，傑森笑著說。奧利接著說，內臟賣了起碼也談判個好價錢讓他休學一年到南美洲去，奧利一直以來的夢想是考古，對印加文化特別有興趣。

最後我仍展開了美國公路之旅，和三個死黨從華盛頓州一路向南沿著海岸線駛去。出發前所有的大學申請書我已準備齊全，我這輩子永遠不會忘了那次的旅行，我腦海中最後一幕是傑森用來彈奏輕搖滾的吉他朝寶藍色的天空飛去，我依稀還聞得到後頭的尚與奧利吞雲吐霧地吸著大麻，而我是那個急踩煞車臉部抽蓄的人。

明亮的日光，黑暗的山崖。

在醫院躺了兩個月的我，確定恢復良好，沒有腦震盪跡象，我和兩個月之前唯一的差別是脊椎植入了四根鋼釘。其他人的傷勢都比我嚴重，傑森在醫院住得最久，因為必須進行臉部重建手術，多年後我聽說他在市區的汽車公司上班，我們幾個朋友，再也沒有說過話了。

父親沒有責怪我，我申請到了東岸名校的建築系，父親要我連夜收拾行李，到大都會去生活，紐約的公寓已經安頓好。父親說，他們要回家去了。父親說，人各有命、富貴在天，失去的永遠不會回來，人生中最忌諱的是爭一個是非。我看著昏黃燈光下的父母親，父親說他在知天命那年有了我，讓他沉悶的人生重新活了過來，母親比父親年輕了十多歲，我闖的禍，讓他們一夜白頭，父親分別給了三個家庭一筆賠償金。

這件事，就到此為止。

父親說自己的前半生，都在懊悔過去，不要我也走上同樣的命運。一個人沉浸在過去，就是阻撓自己前進。父母親送我上清晨的飛機，父親的學校與母親的小店也早在車禍後的一星期後，急速休業，房產也委託當地房仲變賣。

我二十歲那年母親因乳癌去世，三十歲那年父親去世，現在我回到土地的身旁，處理父親埋藏在密室的前半生。我仍會在夜半懷疑自己的決定，想起父親給了我富裕的生命，想起他到生命最後一刻的無助，他內心對這片土地的牽掛……。

父親在世的最後一個月因為插管、氣切而無法言語，常常是我一個人自言自語。我想起無數個和父親在那北美寒冷冬天共度的夜，只有我和父親在壁爐旁，父親不停說著中文世界的事，文學、政治、經濟、外交、旅遊、美食、味道，父親總有辦法將話題繞到一九四〇年代的青春與家鄉，池塘與櫻花。父親總是不停地問我問題，要我聯想，要我告訴他這個西方世界的種種，他靜靜地在搖椅上聽著，有時閉上眼睛，我都以為父親睡著了。

父親用黃疸色的眼睛望著我，八十三歲的他不停流著淚，是什麼樣的偏執，讓父親無法嚥下最後一口氣，國家？土地？最後留給我「must 照顧映初」這個訊息。我突然覺得，最理智的人，情感上的羈絆最難解。

父親口中一帆風順的我，在父母親雙雙離世後，面對著一連串的困惑，停滯在無風無雨的港口，想到在這世上我和誰都了無關係了，難免感到憤怒與悲傷。

朋友建議，我對這些土地毫無情感，倒不如賣了它們，回到大都會過自己的日子，經營更壯大的事業。理性面我說服了自己，父親在彌留之際的記憶已和夢境混淆，他神智不清的決策能力怎能表達他一向對我的期望，要我回到這毫無希望的土地上。

我看著陳小鋭，聽著我說自己的故事，試著在她臉上找到阿嬌姨那群人的崇拜，但只看到空洞。

我也有幾段短暫的關係，西方人、東方人、亞裔混血，醫生、律師、會計師，獨立成熟程度幾乎像男人般的女人們，從小我也習慣在這樣的女孩子身旁長大。我們逛精品、到小島旅行、在飯店做愛、各自和朋友喝到爛醉，偶爾逛逛拍賣會，和別人調情（也許出軌了幾次），上米其林餐廳。大都會金融機構設計標案暴增時，我和合夥人搬進了公司拼業績，一衝刺兩三年過去了，那時候有個虔誠的基督教徒女伴希望我們結婚，我們兩人守貞了兩三年，到最後我對她沒有愛沒有欲望，就這麼自然散掉了。以前有個女孩子說，認識我，就像到一個未開發的星球，所有分子組合都異於地球。現在這個陳小銳才是個詭異的人，我相信她和父親一定有著什麼關係，搞得我像個偵探一樣！我認為她的腦袋應該要重組，護士小姐曾告訴我，我父親的病痛並沒有帶給家屬太多煎熬，他是個有福氣的人，時間到了就結束，陳小銳也許是被男朋友的病拖久了，才會這麼 bitter。

「我們的起點是不一樣的。」老實說我很討厭她這麼說。

「Boohoo 全世界都是一樣的。妳想要什麼，就努力去幹！」她如果參加辯論賽，肯定立刻落敗。

她說她的固執，不只是缺陷，還是一個我陌生的時空與時代，是的，time and space，我想她的意思是這樣。

＊＊＊

這一段路我們沉默地走著，她走在前面，我拖著帆布鞋跟著。

我跟隨她，翻過柵欄，我們在及肩的樹叢穿梭著。她必定來過這裡不少次，劇烈臭味一點也沒有影響她前進的速度，她毫無遲疑，好像已經演練過這條路徑數十次。我看著自己的黑色布鞋陷進鬆軟黃土，還來不及將自己陷入土中的腳抽離，她已經走到前方的三座巨拱紅色橋墩下。我叫了她的名字，車流聲蓋過了我的叫喊，我快步經過橋墩下粗糙的塗鴉，看著蹲下的她。

她輕巧地打開骨灰罈，太陽突然露出眉角，我們流了汗，她將他撒向水流，它們很緩慢地在水面漂浮著，她拿出紙袋，將它倒進紙袋中，我離她有二、三公尺遠，它們被風吹散、落在青綠色的草上、黏在土上、飄在汙穢的河面上，她仍然面無表情進行著這個儀式。不知是不是心理作用，我感覺那些粉灰吹到了我的衣服上、褲子上、腳上，甚至是頭髮皮膚舌頭上。

她站起身，我看不見她的表情，冬天尾聲的陽光照著她瘦落的身子，她將罈子高高舉起，用力砸在石頭上，飛機飛過高空，她將碎片丟向河裡。它們，會漸漸沉到河底的。

她轉身，我看見她哭紅的眼，她將那裝著骨灰的外帶食物紙袋裝進自己灰黑色的側背包裡，撿起沾有黑泥的紙箱。

「走吧。」

「好。」我回答。

我們走了好久好久，我跟著她，沿著騎樓，身邊有高分貝的交通聲響，也不那麼尷尬寂寞，這時候我們最需要的就是無關緊要的噪音。捷運快速行駛經過，她沒有停下來過一秒鐘，我也分不清楚我們經過了幾個捷運站，她將那紙箱塞進一個紙類回收桶裡，繼續往前走。我感覺人潮愈來愈擁擠，她仍然沒有停下來過，我的內襯衣已經濕透。

我試著讓自己的頭腦放空，太陽落在我們前方，天上白雲飄動，應該是海風，我讓自己專注在自己的步伐，上一次走那麼遠的路是在三個月前在密室裡研讀完父親的那些書信，我沿著小鎮一直走一直走，走到小鎮與城市的邊界，再到城市的邊角，看著父親留下的土地們，看著土地們上住著的人們，就是那個時候，我碰巧看見小銳從父親的新大樓走出，那是我第一次見到她。

現在她上了公車，我坐在她身後，她下了車，我們不知又走了多久，經過些許人潮的沙灘，她看也沒看一眼，繼續走著、彎著、過了馬路、經過臭氣沖天的垃圾堆，我的胃不停咕嚕，嘴唇有乾裂感，她終於停了。

那是一片無人的沙灘，雲幾乎滿布天空，死白淡光，我又在想，如果這是個巨大的房間，我應該用哪一盞類型的燈，幾瓦的燈泡，哪個方位與角度，將這巨型畫板調度成有生命力有賣相的作品。

「我看過一段翻譯，艾略特說，四月，是最殘忍的……季節，季節，四月算是個季節嗎？」她終於開口說話了，「我的記憶越來越差了……。」

「嗯。不要急。」我說。我不想再說，事情只會更好不會更糟這種話，她一輩子都不會相信這種話，因為她，不願意，因為，從來沒有一個人證明給她看過。

然後她突然脫下鞋子、襪子，我低著頭，看著她雙腳上的青筋鼓脹，大概只有半秒鐘，它像是一條飽受驚嚇的海蛇，迅速地飛向那大海的家。她拚命地游著，又不斷被浪花沖回，我知道她不會做傻事。白色浪捲圈繞著她，我始終沒有走向前去，我聽見她對著地平線大喊著。

他的名字，一連串的名字……我聽不清楚。

藍黑色的海浪和她那件黑色毛呢外套，她潛入海裡時，全世界瞬間被我緊急短促的呼吸和心跳聲包裹住。我看見我們成了微小的僵化模型，我屏氣默數著，一，二，三……。

「FUCK! FUCK! 妳不可以給我死啊！我還有話沒跟妳說啦！」

我對著海洋失控大吼。
我還在接受，我和她的關係，而她，必須知道這件事。

第二章　雪倫媽

大家都叫我雪倫媽，我還記得遇見小銳的那一天，正為消防局的安檢問題煩心，我文教機構的獨立行政部主任跟在我腳步後作簡報，氣忿忿地說：「全臺灣哪一家補習班完全符合規格啊！為什麼同行要惡性競爭一直舉報我們啊！雪倫媽，要不我們也檢舉他們吧！」

「剛開學就要處理這些鳥事煩死了，學生們應該要回到安親班了。」我看了看手錶。

「雪倫媽，我真的很想告訴妳，他們真的很賤。」她委屈著一張臉說著。

「唉，有什麼辦法，我們是辦學的人，沒有時間和他們攪和這些。葉真，我先上個洗手間，妳站在門口，給我看那些老師有沒有看著學生一個一個過馬路。」

「是，雪倫媽。都是因為妳這麼寬容大量才會被他們那種人找碴啦！雪倫媽我快過去，上次那個方嘉偉就是我發現去把他從學校接回來，他們安親老師很奇怪都沒有發現，差點又讓小一生自己走回來。不然他阿公又要來飆我們了。」她邊說邊收著桌上的點名夾。

「辦得很好，還好有妳幫我把關。」我拍拍她的肩膀，看著葉真因坐骨神經失調，椎間盤微微突出的背影，她穿著厚重的運動裝及布鞋一拐一拐跑著。每個成功人士身邊都有這種人，葉真跟著我二十年，忠心、邏輯力強，雖然學歷普通，充滿上進心，個性細膩貼心，公司上下百分之九十的人心都被她收買，說好聽點是軟性技能極佳，說難聽點不過拿著我身邊公司上下八卦交換利益，但她的感恩之情常溢於言表，在我面前也懂得拿捏分寸，放在身邊，不至於刺腳。

我看著鏡中的自己，仔細盤了個迷你髮髻在後頭，上頭夾了個白色水晶法蝶頭飾，右肩上披著幾束的卷髮，挑過染的，深棕髮色，說是襯我的膚色。晚餐和當地小學校長及家長會有個約，聽說兩三個民意代表和市議員也會到。

看著自己眉宇間溫柔的威嚴，我老了，早發更年期讓我的皺紋更多，皮膚更乾燥了。粉白相間的名牌襯衫下襬露出內裡較長的蕾絲花邊，今天穿牛仔褲，晚點再換高跟鞋吧。明明是冬天，我的體內卻像架了個炭爐，提前穿上春裝了。

我在高樓辦公室往下看，學生們延著鐵路火車站一直往北走，經過了楓樹街，不到五分鐘的路程就會走回補習班，接著到飲食區檢查中餐，嘗了幾口菜，走下樓，遠遠聽到孩子們的鼓噪聲。

「雪倫媽好！」

「Hello, Sharon mom!」孩子們三兩聲地呼喊著我。

「Good afternoon, teacher!」幾個孩子們拉著我的手，摸著我的衣服。

我微笑著歡迎他們，我喜歡這種突然被一堆孩童包圍，一股溫暖的人氣夾雜著混濁汗水與泥土的氣味撲鼻而來，我常在想，如果我自己有個孩子，應該就是這種感覺。

我看見遠處葉真喘吁吁地向我揮著手跑來，口中唸唸有詞，新年過後，她又胖了一圈。我最不喜歡她這種大驚小怪的模樣。

「雪倫媽，我和妳報告，小朋友隊伍裡有一個年輕的女生，看起來也不像家長，跟著我們的隊伍一陣子了，奇怪，那些老師和主任都沒有人發現，那個人該不會又是間諜吧？」

「這太誇張了！有陌生人大家都不用反應嗎？在哪裡？」

「請問找人嗎？」我看著她跟隨著他們到大樓前，學生們逐次上樓，我問她。

「沒有，我散步，剛好碰到這一大群小孩。」她說。

「喜歡小孩子嗎？」

「還好，以前有教過一些學生。」

「我是雪倫媽，這間補習學校是我的。妳看起來剛畢業？叫什麼名字？」

「研究所肄業。我叫陳小銳。」

「妳在找工作嗎？」

「嗯。」她遲疑了一會兒，緩緩點著頭。

「妳幾歲？」

「二十六歲。」

「有興趣到辦公室和祕書約時間面試嗎？」

「薪水高嗎？我需要錢。」她濃重的童音說著，讓人以為她的年紀更小。

「錢不是問題……。」我抿著嘴微笑著，我想那是我最有權力的笑容。

「但是……這年頭啊……我不相信七年級生說的話。」我當時這麼情緒化地回答，大概是荷爾蒙失調。

面試完我要她兩天後開始實習三個月，實習期間薪水兩萬二加一千全勤，實習期間為三個月。我常和葉真說，那天我們找到了一個寶，唯一的問題是她不愛笑，人也太瘦。實習一個月後我和她簽約一年，她要求月薪三萬，否則生活上會有問題。這個孩子真誠樸素，願意和我簽約兩年。第一年沒有年假，第二年開始年假三天。她成了美語補習班的全職英文老師，一個星期工作六天。她續問我調薪點，接下來必須看每三個月的考績做調薪依據，我告訴她，別擔心，有能力，獎金妳在我這拿不完。她說家中有人生病了，必須負擔醫藥費。

她總是中午十二點報到，晚上十點、十一點離開，年度全勤，從未告過病假，寒暑假時她八點到，晚上九點離開，每一年留班率獎金總是班內最高額。

我不只一次在會議上讚賞她做事心無旁騖，學習能力強，肯吃苦。除了工作，她沒有談論過其他的事，包括在補習班裡，也甚少與同事交談。美語部琳達主任自從小銳加入她的部門，小銳負責的教務與行政評比皆優等，琳達主任嚴峻的臉上也多了笑容。主任和她之間，年紀相差五歲，她們始終保持著專業上的適當距離，那件事過後，她懶得再過問小銳的私事。怪咖，她這麼形容小銳。

那時她在琳達主任的帶領下已經一年多了，但是一切都是從年終尾牙開始的……。

尾牙上琳達主任要小銳尾隨在她後頭，一桌桌敬酒示意，感謝同事對她這位新人的包容，主任挽著她的手臂，她難得笑了。琳達主任十八歲起就在補教圈子闖蕩，舉手投足皆有大將風範，架子一擺上，其他將領氣勢都萎弱地看著她的表演。她一個部門喝過一個部門，一個主任拖過一個主任，酒到瀟灑也無踰越之嫌。

她對著安親部門說，這是我的好兵，好兵一個，再不久就可以一個人作戰了，你們說是不是，我教得好不好？大夥兒回應著，好啊！好啊！小銳也跟著乾了三杯摻了果汁的紅酒。

「我帶人雪倫媽最放心了，雪倫媽妳說不是嗎？雪倫媽？我的表現怎樣啊？」

「看在妳幫我訓練出了隻千里馬，夠意思，妳們多和琳達主任學學，我們就可以擴張分部版圖啦！」她借酒裝瘋地邀功，我塞了個紅包給她。眾人起鬨，最後我也不知加碼了多少獎金。

我這輩子了無牽掛，花錢在讓我耳根子順、心情舒暢的人身上，何樂不為。

尾牙過後，小銳和大家走得更遠了。

記得去年母親節前夕，琳達主任在開放式辦公室放了一個紅包在她桌上。

「為什麼？琳達主任？」小銳看了一眼紅包，正在座位上批改作業。

「給妳阿姨的，她啊前前後後幫我們介紹了不少學生，我還聽說她對這個鄉里啊貢獻不少，都沒聽妳說過妳家裡的事。」小銳繼續低頭數算著學生的作業本。

「嗯。」她停下手邊的工作。

「請她吃頓飯或是買個小禮物送她。」

「妳見過她？」

「是啊！那天在市場聊了一會兒。我以為妳阿姨會和妳提了，她是個偉大的阿姨，妳阿姨非常幽默健談，還讓我們在她店裡貼海報和放廣告宣傳單。」

「她是個成功的人。」

「她挺以妳為榮的，妳阿姨人脈廣，口才也真是不錯。」

「嗯。」

那天小銳一如往常最後一個離開辦公室，她把紅包原封不動放回主任的桌上，主任抬起頭，一臉疑惑。

「主任謝謝您的好意。」

「這是我給妳的獎勵金，小紅包一個沒多少錢，拿去拿去。」

「主任不好意思……，這是我自己要照顧的事，謝謝您的關心。」小銳的臉壓抑著驚恐與漠然。

「小銳，我當妳是自己的家人一樣。有什麼事需要幫忙，可以告訴我。我看妳阿姨的身體還不錯，保養得很好，一點也看不出病容！妳這麼拼，年輕人有空去郊外走走，和朋友見見吧！」

「謝謝主任關心。我平常喜歡一個人在家看書。」

「哎呀……這紅包妳就收下。沒什麼。別和琳達主任計較了！」

「我，先下班了。」

「我開車送妳？」

「真的不用了，謝謝琳達主任。」她快步離開辦公室，琳達無奈將眼前的紅包收起。

主任和我描述著這件事，我肯定了主任對下屬的關心，在我打造的這個教育王國裡，我總是告訴員工及主管們，把這兒當家，把共事者當做你的家人。對於一個沒有家人的人也永遠不會有孩子的人，我愛你們，也希望你們愛彼此，如果是金錢作祟，將來這些錢，不是你們爭取而來的，我還能與誰共享這份福分。

「尊重她。別再多問。」我說。

「可是我拿自己的熱臉去貼她的冷屁股，她好幾次這樣子也不太把我這個主管放在眼裡吧？這女孩子幹嘛和錢過意不去啊？」

「這是她的私事。我不清楚她的困境，但是一定不容易。」

「她要錢，要獎金我們都知道。所以我才說她怪！現在的年輕人真是短視近利沒有職場倫理觀念！」

「我們該給她的絕對不可以少，她那樣無條件賣命，妳說她天真愚蠢也是，對這樣的薪資勞動機制，這麼多職員裡，妳想想，哪一個從來對我們的要求一聲不吭？哪一個願意為公司這樣奉獻，什麼事都支持。」

「那她有機會嗎？如果有一天她想要成為股東，我要怎麼回答？」

「她要能夠像妳這樣入股分紅，共享紅利，除了能力，她很愛這個公司嗎？她真的把這裡當個家嗎？她真的認同我們嗎？」

我把問題丟回給琳達主任，「妳認為呢？」她搖搖頭。

「雪倫媽，我以為她是妳重點培育人才的第一號人選。」

「是也不是，必須等到她無可取代時。」

「所以她要走妳也不挽留。」

「看看到時候的情況，我說過，誰走公司都不會倒閉。但妳不一樣，妳的業績是妳的事業，這點我想妳比誰都清楚。」小銳的受歡迎度逼近琳達主任，女人的世界總是容不下比自己年輕、優秀、漂亮、肯吃苦的女人，她想測測小銳在我心中的重要性，這種把戲，琳達不知玩過幾次。

「謝謝雪倫媽，我懂。」

「所以那個神神祕祕的小銳啊！她這麼相信我們為我們賣命，我們就慈悲地相信她吧！我想她絕對不敢和妳擺架子。她也不是什麼嬌生慣養出生的女孩子。」

小銳長年綁著馬尾，過瘦的臉頰上掛著一雙深邃的雙眼。除了課堂上或家長面談，那雙眼睛萎垂半張著吊在黑色鏡框後，埋首於那成疊的教科書與教案中。

我幾次從監視器中看著她那纖瘦骨幹的身軀在辦公室裡，總是按內線要她吃胖點，女人太單薄總是苦命。她總是淡漠地說著自己天生吃不胖的體質，謝謝雪倫媽的關心，若無其事地回到方才的工作。

也因此，我一直對那句「我不相信七年級生說的話」耿耿於懷，這幾年，各種荒謬的事情都有。對於我們那一代，因為傻、單純，因為一無所有，我們只能專注在一件事上，就是吃飽，那樣的生活條件談什麼信仰？我只相信，人只要努力，一定會出頭，大概是受了我們那個年代流行歌《愛拼才會贏》的影響，那是我第一次愛上的臺語旋律，現在哼來，就像是中學反覆背誦的三民主義，最後，每一個文字到了嘴邊都成了反射動作。

想起日前應邀至國內某個文創單位舉辦的演講，題目是「七年級生瞻仰，八年級生遙望——白手起家難以觸及的夢」，第一次看到演講題目，不愧是文藝界的廣告詞，我的眼神離不開「難以觸及」這四個字。

這是一個多年前教過的學生牽線，希望我分享自己的創業精神，鼓勵下一代，我是如何在沒喝過洋墨水、沒讀過MBA、EMBA這樣的條件下，創建了幼小國中文理教育版圖，近年來也涉足出版與進口事業。在這群憤世嫉俗的孩子們面前，他們會相信我說的故事嗎？還是會認為我們搶走了他們的資源，洗腦式地勞役他們？

我的確上了最高學府，但我的心思從不在書本，我從小總是不停地想……想破頭，想著……

……因為我渴望，渴望錢，渴望食物，因為我有壓力，我必須養活我酗酒的外省爸爸，長期被家暴的媽媽，和患有精神病的弟弟，我不知道那個年代我們是幾級貧戶，我只知道我們沒有別的親人，所有的鄰居都鄙視我們，不願意和我們往來。我一無所有，我的父母缺乏養活孩子的能力，我六歲開始打工，六歲，好遙遠的數字。但我也什麼都有，我有動機、有羞辱、有刺激、有挫折、有目標、有決心，我仍感謝我的父母，他們給了我健康的心智和聰明的腦袋，所以我從未埋怨，也從未要求，而我從來都知道，有一天，我一定會靠我的雙手，給他們一個安穩的家。

我活在一個極其暴力的家庭，在父親有生之年從未看過他工作、為家庭盡一份心力，他酗酒狠打母親，母親靠著拾荒養活我和弟弟。弟弟從小品學兼優，是高智商的跳級生，國中時某天母親和父親大打出手，我用肉身抱住母親的身軀，在我們幾乎昏厥的時候。弟弟卻口吐白沫地倒在地上，起身著魔般地跳著我們從未看過的舞，後來某個宮主來到家裡一看弟弟便說他是濟公轉世，弟弟就這麼被帶到宮裡成為濟公的乩身。

唯有如此，才能救弟弟一命。弟弟常偷跑回家，滿嘴胡言地說些我們聽不懂的語言，媽媽無能地在牆角掉著淚，我告訴弟弟有什麼事好好地對我說，姊姊從小賺錢養家，一定有能力幫助他，弟弟嚎啕大哭地衝出家門。有次弟弟跑回家和父親一言不合，竟對父親有攻擊性行為，拿著菜刀追著父親整村跑。我半工半讀把弟弟送到專業醫療中心，關不到一年他就偷跑到臺北新公園躲了幾個月，怎麼維生的也沒有人知道，後來看到警察和人民打起來他興奮地亂打一通，認屍時已是血肉模糊，這是我心中最深的痛。

從小鄰居看不起我們，因為窮，因為瘋。

短短的幾句話，總括了我的年輕歲月，我說這些不是要博得你們的同情，我覺得人生挺公平的，這些戲劇化的成長過程，讓我在面對你們這一代時，也就見怪不怪了。

在我們那個年代，人人難以溫飽度日，今天有零工打，明天下落不知在哪，我們雖然很卑微，卻很坦蕩無畏地過著，天真地闖蕩，自由是什麼我們也沒想過，我們只是很保守地過日子，電視上說了什麼是什麼，國家啊我們也沒什麼概念，今天這個家庭鬧了，明天那個家庭翻了，整個村子還是三言兩語地誰都沒有散去。哪個外人招惹了村子的人，大家也突然團結起捍衛整個家園。

大家都守著自己唯一的東西。你們呢？你們的信仰呢？你們人生守護的價值觀呢？

以心理學的角度出發，我應該是心理極度不健全、仇富厭世。你們所有過慣的好日子我應該是鄙視且痛恨，滿口道德經，甚至可能變成殺人犯的人吧！許多聽過我故事的年輕人，常說我的內心應該有著恨，是不是恨讓我有前進的動力？或是問我這種心情是不是像說過「感謝那些打擊我的人」之類的話的流行天后。

我笑著回答，年輕人，世界上，有什麼值得你花費生命去恨呢？我說過，當每一天你只想著怎麼存活的時候，你連一點點思考別的事情的精力都沒有。我十七歲進入南陽街，從一個什麼也不懂的工讀生開始，不到二十五歲別家補習班用一個月十萬元的高薪挖角我做招生主任，我記得那時補教協會開會時，所有的男人們都在抽菸，只有我一個女孩子，據理力爭南陽街應該要有學費標準與競業條款，於是大家最後在煙霧彌漫的五星級飯店會議室裡簽下協定。

我還記得某個資深的老主任拍拍我的肩膀：「小妹啊！妳這樣玩不行的。」

當然我的提議之後衍生了同業惡性競爭的作弊行為，我也被迫離職，孤立無援。就在那時我遇見了生命中的貴人，我用我的辦學理念、創業計畫，申請到了一筆慈善創業基金，條件是每年回饋鄉里，開發鄉里經濟。這麼多年來，我從未打破我們的契約。

一個人在做某事時，永遠不會知道自己會不會成功。我沒有憤恨我的出生，也沒有懊悔這麼多年來身邊來來去去的部屬，底下的主管常常說我有金剛不壞之心，樂觀至極。樂觀，不過是極度的悲觀。我的家人全死去了，到他們生命的最後一秒我都陪在他們身旁，讓他們吃飽穿暖，住在舒適的房子裡，實現我從小的夢想。今天我想謝謝十多年前的學生邀請我來主講這場講座，我唯一能讓你們受益的，不過是想擴展你們思考的空間，除了往前看，還要往後看，往上看之餘，也別忘了往下看。就像我們去拜拜一樣，拜了玉皇大帝還有虎爺，人生要瞻前顧後，看高看低。

一個機緣，讓渴望成功的我卯足全力，我發誓，有一天我也要成為那樣慈悲仁心的人，後來我發現，幫助人比開除人更困難，因為多半沒有人會相信你說的話。

近年來我總是碰到同一款員工，好像這群年輕人是同一個加工廠出來的，思考的時間多了，選擇多了，反而使人迷惘，他們這麼多心思，卻這麼不確定。就好像同一班列車的低頭族，下了車又不太記得剛才自己滑過手機的畫面和內容。時間就這麼過去了，這一款人，只是恰巧搭上了那班車，恰巧投履歷到我旗下的某間教育機構，找一個工作，不適任，離開，再搭上下一班列車，繼續迷路。你要我的幫助，卻不信任我的安排，想要證明自己的能力，卻不給我培訓的時間。

我不知道你們聽我這麼說，是否覺得很熟悉？這款年輕人，也讓我反思了不少。

我想，我們人都是充滿缺點的，我們以為自己不斷革新，事實上守舊、投機取巧，每一個決定，都是恐懼與孤獨的化身。這是我近年來才領悟到的面相，我們太著急了，不是急著「贏」，而是急著躲避「輸」。我們太焦慮了，不是試著「相信」，而是先「懷疑」。我們慌張地投入與我們相似的人的陣營裡，和人們站在一起，我們的戰鬥力變強了，我們降低失敗的可能。真的如此嗎？

當大家都在網拍韓貨、代購精品、轉賣美國名牌，潮牌的風靡、手作的文風等等，當這一切也充滿你的生活時，你真的不會輸了嗎？

輸得最澈底的，永遠是群眾。

你們這一代都會說 Think outside the box，但真正有幾個人知道，要跳脫框框思考，你第一件要做的，是知道「你的」框框裡有什麼？「你的」框框外有什麼？否則，不過從這一個框框跳到下一個框框。

如果你們將輸贏放大，會看到，有時候的輸贏，不只是有沒有能力自己立足、養活自己，後面還拖著一個詭異的時代。

當然還要和你們聊「失去」的人生課題，因為失去了我所有的家人，我必須重新給予。在這世上我沒有了親人，我沒有生育能力，膝下無子，我也許將來有可能遇見一個伴侶，但是我懂了，我必須學著去愛那些和我毫無血緣關係的孩子們，我必須和為我工作的人一同分享我們所創造出的利潤。在我的教育機構，有百分之十至二十的孩子用獎學金以半價甚至更低的學費求學，另外約百分之二十至三十來自單親家庭，他們需要更多的資源去支持輔助。以私人補習班來說，我相信全臺灣沒有人做得到這點。

這必須感謝當年無私的慈善家給予我的支持與信任，啟發了我的人生信念，「信念」是一個多麼珍貴的東西！

假如今天我有孩子，我還能如此無私嗎？我的孩子肯定成為一個予取予求，失敗則怨天尤人的人，因為養尊處優成長的孩子，永遠不會懂我們那一代執著信念背後的強大力量。我的孩子即可能懷疑我對他／她的愛，因為他／她必須接受我，眼睜睜地看著我用愛他／她的心思去對待成千上萬和我毫無干係的人們，把我理當應該和他／她分享的一切，分給那些需要希望卻和我毫無血緣關係的人們。天底下沒有這種孩子，也沒有這種孩子應該接受這種考驗，也沒有像我這種人了吧。

所以，這份「失去」，你們說，是不是讓我得到更多呢？

精神上的健康，也是你們所必須去努力擁有的。因為我碰見太多你們這般年紀的社會新鮮人，躁鬱症、憂鬱症、恐慌症、被害妄想症，孩子，社會不是一個讓你／妳用生病逃避的地方，永遠相信一件事，沒有人可以逼迫你／妳發病，只有你／妳自己。文明，讓我們學會了編織藉口。

我的員工常對我說，也許我早該是個億萬富翁，好幾個億的那種，但那又如何？一個人，究竟要多富有呢？我不是郭家不是王家也不是蔡家，我只是一個很平凡的人，兢兢業業地開創一份屬於我的事業，誠實經營一個孩子們可以安穩成長學習的補習教育機構。現在的年輕人總愛和我抱怨，雪倫媽，薪水太低。我總回，我不怕花錢，但你／妳吃得了苦嗎？這個「苦」啊，蘊藏了太多智慧。記住，我不是在問你們能夠為我開創的利潤有多少，我在意的，是態度，是你們的信念！

有的時候我想，我在尋找一種熟悉的東西，希望用那份熟悉，連結我和整個公司的下一代們。就像當年我從慈善家手上接到創業基金那一刻的相知。

我要談一個很平凡的七年級生，半工半讀出國留學了一年，一個和你們外表一模一樣看起來弱不禁風的女孩子。她來到了我這兒，迷惘脆弱，我不應該用這麼情緒化的字眼描述她，但對於我們這種人，看得出來誰受過傷，不是被男友女友劈腿拋棄的那種，是一個來自生命更底層的傷害。她是我這麼多年來第一次看過，化悲憤為力量的孩子，絕口不提自己的軟弱，除了盡忠職守，成日腦袋瓜子天馬行空地為孩子的教育方式和風格提出建議與改良。最大的興趣便是瀏覽歐美各國的教育機構網站，寫信給他們請問指教，或是蒐集各項有利於孩子五育發展的新知與活動。

她做的所有自我訓練，都不是我指派的工作。我聽過了太多想要成就一番事業的厥詞，太多的口號，氾濫的勵志分享文，成就了什麼？太多的潰敗與埋怨。

這個女孩用行動告訴我：雪倫媽，肯定我，我做得到，我不能成為家裡的負擔，我要照顧別人，我要自己生活，我只能成功。她的能力，就是剔除一切非關努力的雜質，什麼情緒，什麼勾心鬥角，利益勾結，她全部將它理智地刪除了。

耐性啊！孩子們，現在的孩子們要看到立即的成效，要我立即用月薪十萬元證明他們的傑出，但是孩子，你們忘了我們的經濟體制與回饋，你們忘了，我好歹也是一個人、沒有任何集團資助撐起這一切，照顧著中小企業的三四百位員工。這些壓力，你們哪裡懂啊！

在座的孩子們啊！「家」如今對你們有什麼意義呢？什麼是「啃老

族」、「蝕老派」，我想你們比我還要清楚，我不是在訓斥你們，我只想強調，你們的幸運，而這份幸運，不是天注定的，哪一天會消失，你們不會知道的。你們有想過，怎麼好好發揮這個幸運嗎？

這個世上能夠依靠的人，只有你們自己，誰，都不可靠，包括你／妳的父母親……相信我。想成功，就拿出自己的意志力，證明你的實力，成功沒有回頭路。

那篇演講在文創單位的臉書粉絲專頁轉載了幾萬次，標題是「貧民窟鐵娘子延續神祕慈善家精神」，我盯著「貧民窟」這三個字，這輩子，永遠不會再過那樣被踐踏的生活了。

我希望小銳留下來。我讀著她的謝卡，她說自己沒父沒母，缺少很多東西，她知道我用我的行動證明，我愛著我「家」裡的每一分子，她相信我感激我。她對家沒有期盼，如果有也是一大片的空曠地。在我編織的「家」的王國，她拼命用她的方式回饋，感激我待她不薄，但這終究是「我的家」。她以為她可以一直這麼下去，她發現自己什麼也不是。該是她自己誠實面對自己的人生了。我好累。她最後說。

她黑白分明的雙眼就是她的心，我想我懂她表達的是什麼。「相信」是一個多麼情緒性的字眼，帶著自私含義的動詞，我要她「相信」我，用心去相信我所有的決定，那麼我的決策與安排也會容易許多。

我遲遲考慮是否讓她入股的原因，是因為，我不確定一個沒有被愛過的人，會不會去愛別人，我承認她是一匹千里馬，我老了，我的私心也需要愛，我的權力需要被擁戴愛護。即使偽裝，小銳都拙於演出，將來有天在我臨死的床，我無法將事業交棒給血是冷的人。她的心不在這，就像她無法告訴我她自己面對的問題。

她口口聲聲感激，一個人對另一個人那樣卑微的感激，說穿了也可能是怨。

她向琳達主任提出請辭時，琳達主任立刻稟告我，老狐狸如她在我面前一把眼淚一把鼻涕地說著自己無法問出任何端倪，這一次真的留不住這個人，從來都留不住她的心。我沒告訴她，我早收到小銳的謝卡。

我記得那整夜輾轉難眠，隔天低沉的聲音和小銳聊著，空洞中有淡淡的回音，看著小銳，這個應該是個女人年紀的她仍然有著小女孩的外表，她說今天路口老伯的舊胡琴好像快扯壞了，我微笑著，班內翻修的油漆味讓她不時沁著鼻水。

「妳離開這裡，要為妳自己做點什麼，打通電話來和雪倫媽聊聊。我會支持妳的。」

「雪倫媽，謝謝妳這麼多年來對我的栽培與照顧。」

「那也是妳應得的。」

「我知道。」

「妳知道雪倫媽一直都有所安排。」

「嗯。」

「也許有一天妳想回來，妳還是有機會，妳懂，進入管理階層，幫我經營事業，把這當成妳的第二個家。」

「謝謝妳當初給我這個機會，雪倫媽，謝謝妳。妳幫我的夠多了。」

「妳難道沒有幫我嗎？當我是自家人就不用一直說謝謝了。我還記得第一次看到妳那個迷迷糊糊的樣子。」小銳微笑著。

「小銳，妳對雪倫媽有著很特別的意義，妳陪我度過了很多危機。」

記得有一年那群八人小組臥底到我的補習班想搞垮我某個分部的七年級生們，還有那個仰仗我信任與寵愛的主任，連夜偷走了我班內資源，人間蒸發，最後落腳在中部小鎮假裝是留美回臺的年輕主任，再來就是那些用玩弄人性的謊言離職的下屬們，什麼癌症、什麼流產、什麼誰重金挖角、什麼法院查封房子、發瘋脅迫的都有，不過都是為了錢，實在讓我痛心。每一次的危機處理都是考驗人心之時，在這幾個時機，小銳總是任我調派，跨級越界，她的表現都可圈可點。

我從未埋怨過那些無知的孩子，這種小奸小惡，都是利益爭奪作祟。人生是一個因果循環，這一方面我看得很淡薄，無奸不商，我不也在道義與利益之間遊走多少年嘛。

這時候理智的我內心不知被什麼牽動著，鼻酸敏感。

「七年級生，那個時候，他們叫你們『草莓族』。凡是七年級生成的，總帶番闖蕩風味地被大肆報導。人們想啊，原來，七年級生，也能為時代做些什麼。現在啊，這詞語所象徵的精神，被網路及媒體布下的天羅地網取代，潮流過了，你們這群孩子跌入了現實，嗯嗯啊啊地在新世代中當起老大哥老大姊說著過去。現在的生活不是我想要的，有一天我想……你們常掛在嘴邊。從六年級後段班開始吧，七年級這一代命都是不錯的，天塌下來有上一代扛著。妳，卻不一樣。一點都不一樣。」

「雪倫媽，您一直都很照顧大家，尤其是我。我知道自己的能力有限。」

「我想是緣分吧！我們人啊，往往低估了自己。妳知道嗎？妳想當個怎麼樣的人，往往取決於妳怎麼看自己。有什麼困難雪倫媽可以幫助妳的，妳知道錢的問題，我一定可以幫助妳。」

「我一向不喜歡把自己的問題丟給別人，我想，既然是問題，能解決的人，就是我們自己不是嗎？」

「好吧。這麼多年妳也沒有請過長假。這裡有兩個月的薪水加上獎金，就當作是雪倫媽送妳的禮物。不管妳是要離職還是只是想放個長假。」我看著她，她頭髮剪得更短了，依舊蒼白清瘦。

「謝謝妳對我的慷慨。」小銳的眼眶紅了。

「再謝我要生氣了。我知道妳沒有媽媽，雪倫媽一直希望這裡給妳家的感覺。」

「嗯。」她眼睛直吊吊地看著我點著頭，我說的話像是空氣一般。

「雪倫媽問妳最後一件事？」

「嗯。」

「是不是男朋友？」她沉默了很久，這麼簡單的一個問題，這麼多年我從來沒有問過。

「我需要妳幫我保密。」我雙手撐著下巴，聚精會神地聽著。

「他已經昏迷五年了，我的錢就是用在這裡。醫院通知我，他的心臟已經快速衰竭，這是最好的結局了。機器們，也可以關掉……關掉。」小銳鼻頭也紅了，我不發一語，對於這年頭這樣的死心眼我當作是可笑至極，我極力掩飾自己的不屑與說教的衝動。

「雪倫媽，我一直不說的原因，是因為我不希望任何人改變我的決定，我已經這麼做了五年了，我不後悔，我應該好好結束。」

「嗯。」我嘆了一口很長的氣。

「我不是有意要欺騙，我從來沒有說過生病的是我阿姨，不知道誰傳的。」

「不用擔心這個。」

「我想我該走了，雪倫媽不好意思耽誤妳這麼多時間。」她站起身。

「等一下。」我將我的私人手機號碼和家用電話寫給她。

「找不到人時，打給雪倫媽。」

「謝謝雪倫媽。」她僵硬單薄的身體給了我一個擁抱。

我看著她走出我的辦公室，地板上仍鋪著許多舊報紙，白漆四濺，辦公室外四周雪白，頭頂的管線外露，承租紅紙還有一角黏在朱漆色的鐵門上，她走了過去用指甲把它摳除乾淨，指緣脫皮紅腫，持續地又摳又撕，最後搓搓手指走了，她似乎回頭看了看。

鐘聲響起，孩童的驚叫聲蓋過了電影《媽媽咪呀！》的主題曲，當時是她的提議，把英文流行歌當作下課鐘響。葉真之後告訴我，小銳三步做兩步地走向一樓後門，一下子聲音便消失了，摘下自己的耳機，拿下脖子上的吊牌，抓著上頭的鑰匙，啪地打開了門，蹲下摘了把藍星花抓在手中，從防火巷鑽了出去，她不在打卡上下班的體制內。

「她會回來嗎？」我搖搖頭！

「什麼，忘恩負義！」

「別擔心，誰走，我們的體制都不會倒，公司會好好的，別怕。」我說著。

我這份感情，原來在小銳的心中，也不過是按下一個刪除鍵就消失了。

第三章 瑪爾得

「嗨！妳叫什麼名字？」

「啊？」

「妳叫什麼名字？」

「我？小銳。」

「我是瑪爾得。妳幾歲啊？」

「六歲。」

「我也是！妳妹妹嗎？」我指著店裡面一個可愛的小女生。

她搖搖頭。

「喔。妳會想要一個嗎？」

「一個什麼？」

「姊姊？妹妹？」

「啊？」她一臉疑惑。

「妳耳朵怎麼受傷了？」

「我不小心跌倒了。」

「很痛吧！真可憐。」

「還好，我不太怕痛耶！很痛時我一直捏自己的手就不會痛了耶！」

「哈哈！」

「對啊！像這樣！哈哈！」

「我媽咪和妳媽媽好像老朋友。」

「喔，那個是我阿姨。」

「妳媽媽呢？」

「生病死掉了。」

「那她幾歲？」

「不知道耶。」

「算了，我也不知道我媽幾歲。嗯，妳喜歡這個嗎？」
「嗯。」
「送給妳。我喜歡妳當我的朋友。」
「真的嗎？」
「真的，打勾勾。」
「嗯，謝謝。」

記得那是個我身高一半的填充布偶，背上縫著一個粉紅色的布包，包包裡面有隨身攜帶的梳子、一本有著城堡的迷你故事書和一個布水壺，她的手上拿著行李箱，手提箱內有幾件衣服。那天她穿著一件白色胸口有蕾絲的短襯衫、鵝黃色的背心、灰色的裙子，腳上穿著白襪與黑色皮鞋。

因為媽咪說要去兜風，要開很久的車，於是我把「小力」所有的家當都塞進當時和她一起買來的小力行李箱。當時我們和爸爸分開一陣子了，分開後常常旅行，郵輪、火車、飛機、轎車，媽咪說我三歲時這些交通工具都坐過幾百萬次，兩歲開始她就幫我申請航空公司會員累積飛行哩程數。

小力粉紅色的箱子上還有張圓形的大頭照，那天是我和小銳認識的第一天，她手上拿著寶特瓶，裡頭裝著沙沙響的東西，身上穿著奇異不對稱的衣服。

「妳那是什麼？」

「樂器啊，妳聽。我 Bachan 教我做的。」

「誰？」

「我的外婆。」

沙沙，沙沙，沙沙沙，沙沙沙沙，沙。小銳搖著瓶子，把那個外頭貼有髒髒卡通貼紙的瓶子靠近我的耳朵。

「原來是沙子！好奇妙的聲音。」

「我還會用沙子做蛋糕、杯子、房子、城堡，還有車子！」

「哇！我只有在海邊看過一次沙堡，這裡可以玩沙嗎？」

「跟我來！」

「喂！大小姐！」我抬起頭，突然發現媽咪在二樓的窗臺上瞪著我，所以趕緊用力拍去鞋上的黑沙，不久就看見媽咪的紅色高跟鞋來到我身旁，她一語不發地把我的胳臂用力拉起，我的涼鞋掉了一隻。和小銳還來不及說再見，她面無表情地看著我被媽咪拖走。

「瑪爾得，妳覺得妳這樣做對嗎？」

「我們在玩。」

「是啊！妳當然在玩，瞻前顧後妳不懂嗎？妳的衣服，看看妳的洋裝，一個女孩子家，腿張那麼開在路邊玩沙子，好看嗎？看看妳的內褲，全部都髒掉了，真是丟臉，妳要全世界都看到一個女孩子大落落地把短裙掀開玩沙子嗎？妳知不知道法國的蕾絲有多貴？」媽咪不停拍打著我全身，手臂和大腿被拍得有點痛，我的身體扭動著，她更不耐煩。

「我和小銳在玩。」

「我管妳和誰在玩，重點是你自己有沒有管好妳自己。真是沒家教。我是怎麼教妳的？」

「媽咪，我下次不敢了。」

「妳知道妳自己做錯什麼事了嗎？」

「沒家教。」

「那是結論，結論妳懂嗎？瑪爾得，媽咪從來都很尊重妳，妳看天底下哪一個媽媽和自己的女兒這樣說話，我從來沒有把妳當做過小孩子，用幼稚的疊字和妳說話。從小老師總說妳的語言能力資優，天曉得那是因為我，一向用邏輯和妳溝通，結論，就是結果。我不是要妳告訴我結果，我要妳說清楚因果。懂嗎？」

「我懂，媽咪。」

「所以？」

「因為我自己沒有照顧好自己，我把自己弄得很醜很髒，我很不應該。」

「知道錯媽咪就不會生氣了，媽咪是關心妳。我不希望別人認為我的女兒一點都不注重自己的外表儀容，妳的美姿美儀老師也有教妳站有站相，坐有坐相，對不對。妳也不希望我和老師說今天的事吧？」媽咪嘆了口很長的氣，她激動時總是嘆氣翻白眼。

「不要。」

「知道媽咪最愛妳嗎？」

「我知道。」

「下次不可以再犯嚕！」

「對不起，媽咪。」

「沒關係。」

當時我有點擔心，媽咪說的是，以後再也不能和小銳做朋友。凡是媽咪這麼規定的，我真的就不會再和那個人交朋友。幸好媽咪沒有這麼說，也沒有問我小力的去向，所以我猜，媽咪是喜歡小銳的，因為我很喜歡她。

媽咪說只要我不要再要求她生一個妹妹陪我，她一定會再帶我去找小銳玩。媽咪說「我發誓」，她說一個人發誓說出來的話叫做「諾言」，不可以輕易被改變。

除非，為了保護所愛的人。

那一天，即使被媽咪責罵了，我還是感到非常愉快，那是媽咪第一次讓我感覺，她也喜歡我喜歡的朋友。

＊＊＊

但是媽咪說謊，因為我再見到小銳時，是七年後的事情，這七年，媽咪讓我們兩個成為筆友，期間發生了好多事，我升上七年級，小銳念國一，媽咪從我五年級就規定我穿上少女胸罩，即使我的胸部只有隆起大約一兩公分，初經也未報到。我對女孩子身體發育的知識都是從身旁同學「見習」來的，到了六年級好多朋友的乳房已經是B或C罩杯，到了接近暑假時，一群女孩子的初經竟然同時到來。她們好多人抱怨著，要坐十幾個小時的飛機回家看祖父母或親戚，夏天竟然有一個星期不能游泳，我的好同學貝拉說她大概兩個星期都不能下水了。

貝拉從一年級就入學，是全班中文說得最好的美國人，金髮碧眼說著流利中文，在哪裡都引人注目，她的褓母是本地人，一句英文都不會說。我們從一年級就在同一班，她總是喜歡和我說中文，因為將來有一天要成為旅居世界的畫家，爸爸說如果中文學不會就別想到中國去。

「我想到北京學筆墨山水畫。」

「妳還會想學什麼語言？」

「西班牙文我們會啦！上星期我在圖書館遇到校長，他發現我在語言角落那選書籍，他也這麼問我！」

「妳怎麼說？」

「我說，看看我有沒有時間，學校課業忙不忙，會再考慮這個問題。」

「妳真酷啊！」

我們兩個大笑著穿過走廊，貝拉對學業沒有太大興趣，但她在語言及美術上的表現是我們全校最出眾的，尤其是在繪畫上，舉凡水彩、鉛墨、色筆、油彩等，不知得了多少獎。

她和我聊著紐約的計畫，他們會住在祖母在曼哈頓上東城的公寓，附近有她最喜歡的大都會和古根漢博物館，夏天的中央公園裡，可以帶著祖母的「朱蒂」在草坪上翻滾，幸運的時候還會碰到「我的狗寵物集會」，會看到上百隻超級可愛的狗兒們在中央公園社交。

「哈，我下次應該帶我爹地幫我拍的照片給妳看！我猜，中央公園大概和臺北一樣大吧！」

「不可能，貝拉！中央公園南起五九街，北抵一一〇街，東西兩側被著名的第五大道和中央公園西大道所圍合，總長九十三公里的步行道，九千張長椅和六千棵樹木。不是我編的，妳看，旅遊書上說的。」

「妳不懂啦！眼見為憑！」

「傻女孩。」

「這個暑假妳要怎麼度過？」

「一樣，去南島。」

「那個雞不生蛋的地方啊！」

「笨蛋，是鳥不生蛋。再見，有人來接我了。」我快速朝門口的接送區跑去。

「再問妳媽啦！我爸媽說隨時歡迎妳和我們夏天一起回美國！」

「噓……想也別想，我媽……。」我轉身，食指在脖子前畫了一刀，關上車門。

回到家後泰瑞阿姨把水果沙拉切好放在餐桌上，奇異果、蘋果和草莓，上面淋上蜂蜜優格，旁邊還有幾片有機餅乾，上面有我最喜歡的鮭魚和起司。我看了看時鐘，再過一小時，鋼琴家教老師就會按門鈴，一小時的鋼琴課後有一小時的西班牙語課和一小時的法語課。上完課是我和爺爺的晚餐時間，晚餐後陪爺爺到社區的草坪區散步，回到家之後做點功課，梳洗完畢後喝杯羊奶，媽咪通常這時才回到家。

這天她又遲到了，要泰瑞和我整理好明天出遊的衣服和背包，一早見。我把藏在床底下的剪貼本拿出來，回想著記憶中的紐約，最後一頁有一個我用鉛筆素描的男人人像。我們是在我五歲還是六歲搬離紐約的，我已經記不清楚，爸爸一直是家裡禁忌的話題，他在我的記憶裡越來越模糊，老實說我已經記不得他的長相。他以前經常抱我，送我上足球課，聽我練琴，爸爸有副好歌喉，喜歡雪，我們在雪地裡堆雪人。最後，就是爸爸和媽咪唯一的一次爭吵，把全家的水晶玻璃全砸了，之後爸爸就離開了，再來我們也離開了那個花園裡有著玫瑰花的家。

剪貼本裡大部分是貝拉寄給我的名信片，和我們在學校「紐約週」的服裝設計作品照片，以及我從雜誌《十七歲》剪下有關紐約的插圖和風景照，有一面還是我和小銳站在自由女神前的剪貼（照片是小銳十一歲的近照），還有好幾張影印的地圖，都是根據我在旅遊書上的直覺印下來的。我根本不知道自己以前住哪兒，爸爸媽媽為什麼要分開，我想回去紐約，我想問問爸爸，他離開的原因和我內心的看法一不一樣，我想告訴爸爸，不管他和媽咪之間發生了什麼事，我都原諒他，我愛他。

有一天我一定要找到他，親口告訴他這些話，這是我今年的生日願望，我不可以輕易告訴媽咪我的想法，她說想要自己出國，要等我滿十八歲。

「媽咪早。」

「早。」媽咪喝著一杯綠色的果汁。

「喝掉。對妳的皮膚好。」

「喔。」媽咪的雙眼從桌上的雜誌抬起瞄了我一眼。

「謝謝媽咪。」

「嗯。昨天上課怎麼樣？」

「還不錯，巴洛克時期的曲子還不熟。」

「那自己要安排時間練習，知道嗎？」

「我知道，暑假每天練習奏鳴曲、中外曲子和巴洛克時期的曲子，兩個小時。我都安排好了！」

「很好，我想不用我多說。善用自己的時間，Be productive。其他呢？不要每次都要我問，我說過，自己報告。」

「有，我把學校成績單放在妳房門了。」

「泰瑞？」媽咪的手上握著一疊報告，眼神沒有離開上頭密密麻麻的文字。

「太太，我放在您的梳妝臺上。」

「喔，那個啊，去幫我拿來。」

「爺爺呢？」

「去打太極。」

「那我們什麼時候出發？」媽咪又瞄了我一眼。

「等一下。」泰瑞把成績單交到媽咪手上。

「新學期參加了什麼社團？」

「萬國博覽會社。」

「做什麼的。」

「環遊世界！」

「你們這些千金少爺，真是不食人間煙火！妳的成績還可以，又是科學，需要我請那個名校的家教老師再來嗎？」

「不用，我只是期中考失誤。」我討厭那個老師。

「好，如果下次沒有A^+，一個星期兩個小時。」

「嗯。」

「對了我們下個月六號出發。」

「這麼快？」

「我幫妳找好寄宿家庭和學校的課程了，還有暑假要念的中英文書單全準備好了，到了那兒學校會帶你們去辦圖書證。」

「可是媽咪，妳說我的成績平均A就不用出國上課了。」

「不是上課，妳是去玩，還有去和英國家庭學文化學禮儀。」

「我不喜歡滑雪，可以停掉嗎？」

「理由？」

「我不喜歡老師。」

「啊？他不夠專業嗎？每年寒暑假都教你們這個年紀的孩子，妳也熟悉他的教法不是嗎？嗯，那明年就停掉不要上了，別浪費錢，但是妳必須自己去告訴學校和教練。準備一下，五分鐘後出發，傍晚帶妳去訂做一件晚宴衣。」

「晚宴衣？」

「自己看看暑假的課程，最後一晚是晚宴。我已經幫妳租好禮車了，一定會有人約妳，有個伴好，就當去見識見識。晚宴結束我會派車在飯店門口接妳，禮車車號都在裡頭了，自己找時間好好看看。」媽咪下巴抬起微微點著桌上的牛皮紙袋。

我不發一語地上樓去。

＊＊＊

「我從來沒去過麥當勞。」小銳說，我睜大了眼睛。

「超好吃的垃圾食物，我一兩個星期大概會偷和同學跑去吃一次，在我們學校附近就有一間了。」

「垃圾食物？」

「我媽咪說的啦！」

「我想去，妳喜歡的我也一定會喜歡的，可是，妳要幫我點喔！我可從來沒有去餐廳吃過飯。」
「不是餐廳啦，叫速食店！今天我請妳！」我大笑著。
「那外帶去公園野餐吧。」
「無所謂，我們遲到了我媽咪可是會殺了我的。」我看著手錶。
「我知道，公車兩站就到了。」我們兩個勾著肩走著。
那是我生平第一次坐公車，小銳把冷氣口對著頭吹，她教我怎麼看公車路線和站牌，還有按鈴及下車（從後門），我記得我請了她吃大麥克套餐。
「這個公園好奇怪，荒廢很久了吧？」
「會嗎？我常來這個水池。這邊很涼爽也很安靜，因為那排老松樹，一點都不熱，在這裡，我覺得很舒服。」
「那頭是什麼？松樹後面那裡？好像鬼屋。」
「不知道，荒廢的老屋子吧！大家不太喜歡接近那兒，我也不喜歡。」
「這裡以前應該是個很漂亮的地方。」
「可能。那個涼亭每天都有好多人在下棋，水池這邊大部分都是小孩子，因為下坡那有溜滑梯、盪鞦韆之類的東西，這是我們這裡唯一的公園，好像附近很多人沒事都會跑到這邊。」

「自由真好！」

「妳覺得這樣好，我才羨慕妳。有時候我想，真不懂妳怎麼會和我做朋友。」

「幹嘛這麼說呢？妳是個超級有趣的筆友，妳不知道嗎？而且我從妳身上學到好多東西喔！真希望常來找妳聊天，媽咪說妳家太遠了，我本來以為要花五六個小時，結果開車一個多小時就到了！」

「還好吧！以前我和 Bachan 住的地方才遠哩！我教妳坐公車來，要轉車就是了！」

「好啊！我們升上了中學部有的時候社團活動是自我探索時間，我可以溜出來找妳！」

「臺北車站妳有去過嗎？」

「有，校外教學去坐火車，兩次吧。」

「我看我要帶妳坐一次啦，免得妳迷路。」

「妳猜，我的媽咪和妳的阿姨，究竟在聊些什麼？真是神祕。」

「從我阿姨的反應看來，我最好不要多問，反正她什麼事也不會告訴我的，她不太喜歡我。」

「妳會想妳媽嗎？」

「不知道耶。對於從來沒有過的東西，怎麼想啊？很奇怪，我似乎從來沒有想過媽媽這個人，啊，現在連我嘴巴吐出這兩個字都怪怪的耶！沒關係啦！我有我的 Bachan。第一次認識妳，那個時候我們才搬到我阿姨這不久。」

「妳喜歡她嗎？」小銳搖搖頭。

「她有病。老實說，不喜歡。」小銳指著腦袋瓜。

「那妳表妹呢？妳們像姊妹這樣嗎？我都沒有堂表兄弟姊妹，所以完全無法想像。妳在信中很少提到她。」

「也還好，她五年級轉到私立的寄宿學校，雖然每個星期都會回來，我們啊，好像比較像室友。我阿姨不太喜歡我們太好，怕我帶壞她吧。但是她對我不錯就是了！」

「這樣子啊！我媽咪好像請妳阿姨幫她做事，做什麼事我就不太清楚了，但是我看她們說話的樣子，好像認識很久了，妳阿姨對我媽咪很客氣。」

「是嗎？我倒覺得她們很生疏，我阿姨和市場那些婆婆媽媽可三八阿花了！」

「三八阿花？」

「是啊！就是三姑六婆七嘴八舌那樣子！」

「七嘴八舌？」

「七張嘴八個舌頭，夠吵了吧！」小銳大笑著。

「小銳，常常都是妳在教我東西，我教妳英文吧！妳喜歡英文嗎？英文學好，將來長大我們才可以一起出國去玩！」

「真的嗎？我英文很爛，阿姨說我沒有時間補習。」

「妳忙什麼？」

「顧店，搬貨送貨啊！」

事到如今我已經忘記了那一餐麥當勞的滋味，也忘了我怎麼在百忙的才藝課程中及司機的緊迫盯人站哨下抽出時間和小銳見面，當然不是我去找她，都是她坐公車，照她的說法，轉了兩次車，她解釋了半天我也不記得那些地名。我不喜歡坐公車，媽咪說過公車是細菌的競技場，誰贏了就可以贏得一個「宿主」，我覺得媽咪的比喻很生動，把細菌可愛化了，沒想到我內心也認同她的說法。

我們總是在學校附近的麥當勞見面，話題大多圍繞在抱怨我的媽咪和她的阿姨，她常提起她的 Bachan，只有她知道我們會跑出來溜達，小銳保證，Bachan 一言九鼎，絕對不會出賣她，她是這麼形容的。

她很喜歡讀書，說要教我讀「散文」，天啊太悲傷了，我總覺得書裡面寫的都太傷心了。要不就是太勵志了，像是神說的那一套，我覺得和我的生活是有距離感的。

我把她的建議改成報紙，我以後想當個記者，社會兇殺案或是第三世界那種新聞比較刺激，我告訴她。我用的是我們學校三年級的文學課讀本，我記得第一本是《綠野仙蹤》，她說很小就把這本書背得滾瓜爛熟，後來我發現她的生字實在太差了。

到了我十年級，小銳聯考考上城市的高中，竟然一個人搬出來住了！我們換到米漢堡餐廳，小銳第一次吃到米做的漢堡，感動地眼淚都快要掉出來。我記得她說：「這是我從小到大吃過最有創意的食物了，尤其是裡面的醬，日本的醬料風味，照燒珍珠堡，他們真會幫食物取名字。」真是誇張！

「反正我阿姨也沒有意見，這樣對大家都好。」

「真羨慕妳可以搬出去住！妳真的很棒耶，聽說聯考的壓力就像新光三越的摩天大樓倒下來壓在身上，真是變態！可以背那麼多無聊到腦漿都要流出來的東西。」

「妳真好笑，我有考上就不錯了。我找到工作了，一個小時有六十元！可以補貼我在外面的生活費。」

「工作？」

「在參考書書局，不過要騙大家說那是我的表叔。」

「違法的吧？這麼刺激！改天也讓我試試看吧！」

「Bachan 說是認識很久的朋友，打工不要緊，這種小店沒人會舉報。妳可千萬別來，妳太引人注目了，到時候大家都為了要來看妳……不行，千萬不行……。」

「開玩笑的，那妳住哪？」

「學校宿舍，很好玩哩！妳應該來見識見識！」

「我一定要去看看！」

「瑪爾得，遊學是什麼樣子？我們班長也去遊學了，那是怎樣的經歷啊？」

「學英國人說話、喝茶、請安，上課是還不錯啦，除了世界歷史、地理、政治、經濟，還有一星期一堂鋼琴課、油畫課、滑雪課、高爾夫球課、壁球課、騎馬課、西洋棋課、電腦課、西班牙文課、法文課、中文寫作課，意外吧！一星期還有一次校外教學，自然生態，歷史導覽之類的行程。」

「哇！真是不可思議，真是多采多姿，妳將來一定是一個很了不起的人。那妳最喜歡哪一堂課？」

「都喜歡。但我最討厭滑雪。」

「我還沒有看過雪，一定很美。為什麼討厭？」

「我非常討厭滑雪教練，一副他什麼都知道的樣子。不過就是出張臉和出張嘴。長得好看就混得開啊，提到他我就想飆罵髒話。」

「不可以換教練嗎？會讓妳討厭的人一定不是好東西。」

「我媽咪喜歡他比起我喜歡他重要，這個人啊，就是國語說的，賤。英文啊我叫他 scumbag。」

「大概是不敢得罪妳媽，妳媽這麼好，每次都會送我幾件衣服和幾本書。我阿姨才是全天下最可怕的女人吧，每天情緒都在坐盪鞦韆，大部分面對我時總是剛好搖盪到暴怒那一邊。妳媽應該是太愛妳了，老實說她一點也不像妳媽，比較像妳姊姊，她看起來就是個女強人。」

「小姐妳說話很跳躍耶！」

我們大笑，我其實想說，小姐妳說話亂沒邏輯的，到底有沒有仔細聽我之前在說的話！小銳從小就是這樣，因為崇拜我喜歡我，聽到我罵髒話說媽咪的壞話抱怨東抱怨西時，就像是沒聽到一樣，好像我根本不存在那一面。

「但是真奇妙，因為這兩個詭異的人，我們竟然會認識。」

「我媽咪有次說她們是年輕時代的朋友，不知道叫什麼社團認識的。」

「社團？我阿姨只會參加抗議國民黨的社團……。」

「不大可能吧！我們家都對政治冷感，我媽咪只在乎利益。不過要猜她們在哪裡認識真難，她們唯一的共通點就是外表。」

「什麼意思？」

「妳的阿姨和我的媽咪都算是漂亮的女人。」

「我的阿姨還好吧！歐巴桑了！」

「相信我，好歹我也是從小和專業美姿美儀老師上課長大的，妳和妳阿姨一樣啦！都是好看的人！」小銳紅了臉。

「哪有！瑪爾得妳才是大美女哩，我才不是。」

「哪沒有，反正以後一定會有人超愛妳的。」

「別亂說了！」小銳真是可愛極了。我喜歡小銳，她既像我的妹妹也像我的姊姊，從小到大我就想有個伴，小銳是我心目中的第一人選！

「說到出國，改天我們一起去吧！」

「不可能的，要花很多錢的。」

「不用，妳沒聽過 backpacker 嗎？背著背包旅行的人，不用花很多錢的，我會計劃行程，學校有教。而且妳從現在就開始打工，妳又不亂花錢，存到我們十八、二十歲，總有個兩三萬元買機票吧！」

「妳的學校有什麼沒有教啊……連這些都知道……兩三萬，好多錢……。」

「明天開始理財課了，我好期待！我認為每個人應該從小就要懂點理財。」

「需要嗎？」

「什麼收入與支出、儲蓄與投資，妳別告訴我妳不知道這有多重要！我啊，有了錢我就能遠走高飛。」

「妳還不夠有錢嗎？我啊，就算哪天對中發票頭獎，也不知道要去哪。」

「別擔心，我會告訴妳。還有我告訴妳，我媽咪的錢，不是我的。」
「別再亂說了。」
「真的，永遠都不會是。相信我。」

＊＊＊

我十八歲了。

從小到大每當我正面迎向媽咪的權力，她總是把自己反鎖在房門內，一個人對著空氣壓低聲音罵著：「我就知道，該來的就是會來，我怎麼辦？我真該死，沒有人可以回到過去，妳很清楚這一點，這就是命運，就是這樣……。」那些讓我從驚嚇到自責到聽膩的自言自語，我怎麼會忘記。媽咪說完那些話後，她會哭，也許還會對自己有暴力行為。過不久，她會假裝若無其事，一臉完美妝容地開車出門治裝購物。她在責怪我吧！責怪我耽誤了她的人生吧！

這次她說：「妳走吧！走了就沒有回頭路！」她一定不知道，我對她，也是抱著相同的想法。

我已經忍了很多年了。她讓我跟著學校坐巴士到那個檜木建造的雪地宿舍裡，一個喜歡綁著公主頭卷髮的日本室友一路哼著他父親做的曲子，傍晚時她說我們去泡溫泉吧！其他來自世界各地的父母都出席了，和老師們交流著，只有我們兩個落單。「風呂，我的國家這麼叫它，這裡的風呂可以望見整個山下的小城，那些燈下的剪影，真像我母親的剪紙。」她說她的母親是日本某電視臺上的剪紙王后。她啪啦啪啦說著，南十字星、水流、雪花的形狀、檜木風呂的等級等等，可惜他們有音樂會、有通告契約沒辦法來參與這次的親子共遊。我們一起走吧！我幾度想叫她閉嘴，最後說出：「不要再用『我們』了，我一點也沒有興趣聽妳的故事。」

「妳真是個沒有文化教養的野女孩。」她漲紅了臉說，眼眶流出了眼淚，蹦蹦蹦地跑走了。

我滿腦子想著如果媽咪有來參加這親子共遊，我就不用聽這個炫耀鬼的屁話，媽咪又自以為是地騙了我。她才不是忙著談她的鬼生意，不過是用廉價的謊話支開我，好去滿足自己的私慾。一定又是男人吧！

升上九年級後有一天我突然懂了，在媽咪的心中，永遠都在計算「投資報酬率」的排列組合，事情的輕重緩急決定於利益與私人情感，我一直在觀察她，她喜歡人服從她，當這成了如同喝水一般的「生存所需」條件後，她的工作中心成了「說服人服從她」。

她常有一種「感覺」，她說那是她特異的第六感，如果她「感覺」判斷重要的事情，絕對優先處理。

這是我的叛逆期吧。

我不知道是不是因為我的失望，我潛意識裡開始偷偷期盼一種可以帶來生活巨變的某樣東西，可能是一場戀愛！

我下定決心慢慢遠離媽咪。那份失望一直在那，那份因為她總是逃避回答我關於爸爸的任何事情而在我心中長大的失望，漸漸大到超過我的身體。

那個我從小仰望、我這世上唯一的媽咪，背叛了我，我懷疑她也背叛了我的爸爸。在青春期那幾年，她用慾望與貪心，將我阻擋在門外，所以我做了這個決定，等到我十八歲，我要離開，我想過自己的人生，還有爺爺信託的那些財產，到時我也可以使用了。

那一天我知道她一定會出現，我當著全部同學與家長的面前，丟下有懼高症的媽咪，自己搭著纜車，沿途我拿出剪刀，一刀一刀剪著綠皮護照，在山腰的停靠站挖了團雪掩蓋，踩著滑雪板一躍而下，風馳電掣，直到聽見她的尖叫聲才驚覺自己到了平坦的快樂谷。

媽咪來回奔波，折騰至九月下旬才帶著我回到臺灣。

我知道自己這一次挑戰了媽咪的底線，我曾經和她形影不離，是她先背離了我，是她漸漸把炫耀我當成習以為常的外交手段，或者，一種抬高她身價的方式，人們總是對她的外表讚歎。

爺爺告訴我，成年後，必須對自己負責，不需要對誰交代，我們這一代，重點不是在實現了什麼，而是沒實現了什麼。「妳懂嗎，小妹妹？」爺爺是我生命中唯一能夠投射父親形象的人，我牽著他那滿布皺紋、呼風喚雨的手，別叫我小妹妹了！我已經十八歲了。我這麼做，爺爺你支持我嗎？

「我從來不該管妳們的。」

「那就夠了。」

我從爺爺手中拿到財產明細，我從來沒有細讀，我總覺得，一旦我用知識去爭，我會發現什麼事情，可能會徹底失去媽咪，我只想和她相安無事地過著各自的人生，這是我們唯一可以得到快樂的方法。也可能，我的記憶裡有數，那些東西，不應該是屬於我一個人的。

我手邊依靠的零用金來自儲蓄險、存款與利息，我唯一確定的，我擁有自主權管理更動我的財產，連遺產規劃都請爺爺的律師做見證鎖在爺爺信任的銀行保險箱裡。我徹夜打包行李，就這麼前後折騰了一個星期，自己搬到本地大學附近住了。

媽咪，已經不是那個把我放在生命首要位置疼愛保護的媽咪了，是因為事業的名利嗎？是因為這麼多年呼風喚雨仍得不到爺爺的認可嗎？她不願意告訴我的過去，藏匿著我思念的爸爸，難道我不像她所說是她唯一能信任的人嗎？這麼多個她遲到的夜晚，我的猜測是對的吧？她有了男人了吧？幾個？我知道她不喜歡更換男伴，因為總是那幾個人，他們躲躲藏藏地，怕是給爺爺掀了底。我並不介意媽咪戀愛，但我厭惡他們，那些男人，或許應該叫他們男孩，對她而言，太年輕了。

這便是我討厭滑雪課的真正原因，我很早就偷窺到男女之間那件事了。

＊＊＊

那是小銳申請上的學校，早在同年的二月分，我請她每申請一所大學，也幫我寄上一份成績單、推薦信、比賽得獎證明、琴藝、語言檢測証書，小銳面有難色，怕是我媽咪找上了她阿姨，我發誓這件事絕對保密。

所有學校都錄取我了，小銳只上一所。

我租房在面向河口的十五樓，我不屬於這裡，光是聽到這個學校的名字，就足夠媽咪飲恨一輩子，我知道她始終看不起小銳，我懷疑她是否也瞧不起小銳的阿姨。我想起了媽咪和我決裂前的對話，怎麼她毫無察覺我的反叛。
「朋友，浪費時間，朋友有什麼用。」她說。
「那什麼不浪費時間？」
「準備妳的未來。」
「我以為我已經在自己的未來了。」
「半瓶水，響叮噹，差得遠了。」
「我和妳不是同一種人，我以為妳也希望，我，和妳走不一樣的路。」
「是的。妳太幸福了，我多希望當年自己的爸爸能給我這樣開明的教育。你們這一代的孩子，真的是生在福中不知福。」
「媽咪妳知道，人是很孤單的，我曉得妳特別明白這個道理，在國際學校我也有好朋友，但小銳不一樣，她是我的好姊妹。」
「妳壓根兒不懂姊妹的含義，別隨便稱呼別人是妳的姊妹。」
「為什麼不行！」
「不要去揣測自己從來沒有擁有過的東西。」

＊＊＊

小銳傳了個短訊，說在福園水池見面。

十月中的秋陽正午十二點，福園水池見，妳會看見大學城此時成了螞蟻窩，一個一個新鮮的靈魂都是頭飢餓的獸，對食物、愛情、音樂、熱舞、玩樂、性，那麼學業，有嗎？

我走到小販部，拿了幾個裡面包著白色軟狀物的三明治，工讀生說是鮪魚玉米，又點了奶茶，我看著她朝著黑色的紅茶杯裡擠壓著一瓶白色的液體，原來是奶，奶精吧！我看著。

「妳要多奶嗎？」

「啊？」她停下。

「喔，不用，謝謝。只要一杯。」什麼啊？我還需要一陣子習慣這裡的食物！

我們找了個長椅坐下，把兩個三明治和奶茶給小銳，和我無話不談的小銳僵直著身體，那直挺的背像是石頭長椅的延伸。連最喜歡的早餐也沒動。

「這個味道真好聞，是老松樹的氣根，和那個公園一樣的味道，我以為，這裡的文學院，是這個學校我唯一喜歡的地方。現在多了妳，可我又覺得，妳不應該在這出現。」

「既來之，則安之！這是妳以前教我的吧！學校讓我從大一就修雙學位，妳有所不知，這學校在美國有幾間姊妹校，他們破例讓我可以超修遠距學分，我怕什麼？」

「放榜後我阿姨對我心灰意冷，也懶得看我一眼了，我也不知道我怎麼那麼笨，只申請上這間學校這個科系，她說我讓她顏面掃地……。」

「妳自己沒念到理想學校，最難過的人是妳自己吧！我真不懂妳阿姨，這麼不喜歡妳幹嘛不一腳把妳踢出門，妳也不需要每個星期回家工作吧。」

「不行，她需要我。」

「妳真是，怎麼說，鄉……鄉愿，就是很孬。」

「是啊，我真的是……將來，我想成為一個作家。」她撇過頭去說著。

「很好啊！我的夢想是當個駐外記者或是個翻譯官，我一定會完成夢想的。放棄名校太任性太可惜了，又怎麼樣呢？這是我的決定啊，我和媽咪之間……我必須離開她的安排與決定。妳相不相信，將來我們會成為這個學校最優秀的人。我知道我的GPA一定可以拿到4。」

「那是什麼東西？」

「就是妳的學期總成績。」

「夢想啊！我不太確定我可不可以做得到……我還要打工，還要幫家裡，我還要存錢。」

「總之，別再讓任何人看不起妳。我想好了，大三時我們一起出國吧！」

「那麼久之後的事……留學的費用很貴。我還要問阿姨和 Bachan……。」

「哪有很久，我接下來五年的計畫我都想好了。到時候我會幫妳。只是啊，妳不要有什麼 baggage 就好了。」

「嗯，不會的。」那是第一次我覺得小銳口是心非，女人一旦遇到一個男人後就會開始說謊嗎？為什麼我們愛上了一個人之後，就要對另一個我們愛的人隱藏我們內心的想法？小銳認識了一個神祕的男人，一個大我們五歲的男人，認識一個月後就和他做愛，搬進了他的公寓。

對於性事，在國際學校裡那些學長學姊的事，我們十一、二歲就懂了，可能太早懂了皮毛。而媽咪從小耳提面命地警告和過分的保護，可能又太晚懂了真正的意義。我不停地追問小銳和他的事，我想知道媽咪在做愛裡得到的，怎麼形容？歡愉吧！我想懂我想要經驗，我不是害怕，我不知道我在等什麼。小金想要我，我卻覺得那太沒有意思了，讓男人的性器官這樣放進自己的雙腿之間，然後搖搖晃晃地就結束了那幾分鐘。這是我和媽咪之間的隔閡，我不懂為了這個，她為什麼一而再再而三地要我。

我期待，我的處女膜，應該是在一種山崩地裂的解體中爆破，那一個人，得是我思念一輩子，期待一輩子要相見的人。我喜歡小金，也喜歡讓他撫摸我，我喜歡觀察他興奮又壓抑的樣子，我這一切，都是為了將來的有一天做準備。我一定會遇見那一個人。

我不是不懷念小時候可以完全占有媽咪的時光，我不是不愛她，但是這麼多年來，我已經習慣被那些人取代，愛和想念的感覺就越來越淡了。

這兒的男孩們對我的注目爆發成女孩們對我的嫉妒，這兒的人們總是釋放出模棱兩可的訊息，喜歡還是厭惡？幼稚還是成長？我仍在觀察與摸索自己在他們眼中的對錯。是荷爾蒙嗎？讓年輕的男孩與女孩，所謂的感覺不夠深層，喜歡我、討厭我，也說不出個所以然？做事也沒有什麼因果論證，這裡的人很容易被牽著鼻子走，某群人喜歡一樣東西，大家就要跟進，不太有自己的選擇。

這是我最不習慣的地方。我到這間學校是和媽咪賭氣，我希望威脅她要她改變，她勸我卻無法給我任何承諾。老實說我並不擔心學歷，我知道我在做什麼，我也知道我要學什麼，這不是那麼簡單地說我想讓自己的中文更精進才到這，我可以藉機了解這裡的人，和我同樣一個世代一個土地上成長的我們，結果表面上相安無事，背後卻針鋒相對。

「不遭人嫉是庸才。」小銳托著腮，若有所思地說。

「妳以為我怕啊！笑死人了，小銳啊，總有一天我會離開這裡，沒有一個人會對我有什麼意義，They mean absolutely nothing to me。倒是妳，別活在別人的眼光下了，妳不辛苦嗎？記住，他們不是妳的阿姨。別這麼笨！」

「我只是認為，烏合之眾憑什麼，那些不敢出聲的人自以為是濁世裡的中立者。」

「哪來這麼強烈的道德觀，不要開口閉口這麼老派，別那麼天真了！Screw them。哪一個敢在我面前說四道三，我一定打她一巴掌。退學告我我也不怕。有些人就是欺負好人啦！」

「是說三道四。」

「妳懂我的意思啦……。」

許多人因為小銳選擇的男人恨起了她，那個男人是個……怎麼說，有點滄桑感的人，不知道為什麼女孩子迷戀那種鬍渣男，不過正確說法應該是那個胡安選擇了小銳，所以又是因為男人？我不懂，天下的女人、媽咪、這些班上的花痴們，為了一個男人，必須去傷害其他女人？真是，無！聊！至！極！我預估這些女人將來頂多找個水準普普的男人嫁了，然後歲月會很快爬上她們的身體和臉。

小銳說要當個文人，人如其文，天地良心。我的天啊，之所以掩蓋她能夠越來越好看的外在與個人魅力，就是這種思想，我告訴她關於某個嫖妓的作家，關於海明威的風流史，她搖搖頭皺著眉離開了。中文這樣說，搞什麼文藝腔！

以前我總是希望和小銳在一起的時間多一點，一起玩樂學習都可以！現在時間真的有了，我們卻忙得不得了，小銳每次都說，忙著過日子啊！我對她阿姨的感覺就跟小銳一樣，又愛又恨，覺得還好有她收留小銳，又覺得她很自私。這麼多年來，我幫小銳想出很多方法擺脫她阿姨，小銳又良心過意不去跑回去，還有我們用過很多方法想套出媽咪和小銳阿姨之間的關係，卻又抓不到她們的把柄，後來我們也放棄了。大概是件沒有價值的事吧！（我後來發現後度過了一段荒唐、差不多自殘的時光，我對媽咪太憤怒了！）

大二那一年，我和媽咪冷凍的關係有了改變。竟然是因為小金，一個告訴我他身上流著中國北方血液的男孩。

「上車吧！」

「嗯。」

「我知道妳在這邊一點也沒有荒廢學業，去年網路上的遠距課程學分也都有拿到，成績很不錯，妳GRE和GMAT的成績單都寄來了，還不錯妳的成績，照這樣下去，可以再加上在學學分和表現，進入劍橋、牛津都不是問題，或是妳要直接申請博士也有可能。但妳得提出學術研究方向。」

「我不一定要繼續念書。」

「媽咪沒有怪妳，也沒有生妳的悶氣，我尊重妳的決定，同樣地，我也希望妳尊重我的。」

「好。」

「我知道妳認識了一個很不錯的男孩子，很好，我相信妳夠聰明，知道自己要的，自己要注意。」

「我知道。」

「我見過那個男孩子，迷妳迷得不得了，他提到打工的事情，我替他在公司安排好了。」

「妳下手太快了吧！又是威脅利誘嗎？」

「瑪爾得，我說過，從現在開始，我們互相尊重，妳懂我的意思嗎？」

「嗯。」

「我知道妳不需要我的錢，我只是想表達我在意，妳知道，身為一個母親，我終生的努力不過是為了我的孩子，我的錢，不留給孩子留給誰。我和你們系主任談過，妳三年級出國一點問題也沒有，提早畢業也是有可能，代表學校到世界哪一國當交換學生也都符合資格。」

「我不是小孩子了，我知道怎麼判斷真假，妳不用再用母親那一套壓我，我也希望妳不要一直干涉我的學業我的生活還有，我的戀愛。」

「小金說妳積極地在找學校。」媽咪又嘆了氣，我不是故意這麼說，只是我不想聽她說謊。

「很重要嗎？」

「記得，妳爸爸不希望妳干擾他的生活。」

「做什麼提起他？」

「我只是不希望妳到時候白忙一場。」

「爸爸什麼時候這樣說過了？我就算去美國難道就會和他有牽連嗎？」

「我們的協議是不可能改變的，等妳二十六歲再說吧。」

「西班牙。我要去那。」

「很好。我匯三百萬給妳，就當作是媽咪給妳的旅遊基金，高中畢業本該送妳到巴黎的，這一次就當我欠妳的，去把歐洲玩遍吧。」

「我要小銳陪我。」

「好，只要妳開心。」我很訝異她這麼回答。

「瑪爾得，對不起，我希望妳可以想想我的處境。妳的父親是個有地位的人，妳……是個他不想承認的私生女，我答應過他，不會讓妳回到那裡。」

「我要下車了。妳不要再監視我了。妳和小金，這麼喜歡合作，乾脆在一起好了？妳不是最喜歡這種年輕的 fresh meat 嗎？不是嗎？」

媽咪打了我一巴掌。我激怒了她。

我覺得痛快，舒暢。

＊
＊
＊

我和小銳在大學期間把時間分給了男朋友後，相處的時間少之又少，我想這和我們彼此看不順眼彼此的男朋友有關。幸好大三那年我們一起出了國，我愛上了攝影，小銳陪著我幫我扛著沉重的鏡頭們走遍了歐洲，她說那是她人生最自由的時刻，小銳終於發出了自己的聲音，對「自己」的將來有點打算。我覺得她早該這樣，一直記著阿姨口中那些苦日子幹嘛呢？人生哪有那麼悲情啊？

我們拿到學分預備出發到德國慶祝前，小金和媽咪要我立刻回國一趟，說是小金的媽媽要死了。我不喜歡她，她真死了對我的影響也不大，我不知道我對小金的感情，值不值得我心中有恨，我後來在倫敦之所以跳下泰晤士河，不是因為他，就算是，我一輩子都不會承認。

只是他和媽咪之間，他們那日後的纏綿，間接地放大了我心中對爸爸拒絕我的黑洞，如果今天我跟的是爸爸就不會經歷這麼變態的人生了吧！小金和媽咪，是我隨心所欲的生命中，低劣的汙點。我也不想澈底揭發他們的假面具，我只想逃跑，越遠越好。看到他們，我快不能呼吸。

小銳對不起，我只能先離開妳，直到我找到我的爸爸，我要親口問他我媽咪的過去，有些東西我必須要去弄懂。妳一定不相信我已經發現我真的曾經有個姊姊或妹妹，她也許死了，也許還活著，小銳我得自己去找到這個祕密的答案。對不起。

等時間到了，我會回來，我們會經過一些事，但是我還是愛妳，我會告訴妳這所有的事。我向妳保證。

第四章 陳地心

收到張老照片，我一直都收藏著，不知道總召還留著照片，方哥說他是個學識豐富、才華洋溢、性情溫暖、對未來充滿理想的大學教授，大家叫他「江教授」。這是張時空膠囊邀請函，是我們的舊照片。小時候的我真好看，穿著媽買的及膝大衣，帶著一個毛帽子，我們高舉著手，握著拳，江教授在我們的中間，小組中的幾個人我只記得一個叫做艾娜的美麗姊姊。我沒有想過，映初圖書館會死而復生。我和方哥盯著那張邀請函，我們搖搖頭，就把它擱下了。

那年我們跟著全國第一學府的大哥大姊，一起坐了好幾個小時的火車和公車才到達密室集會，那幾個夜晚的守夜，我們堅信我們可以改變什麼，直到看著黑白電視抱頭痛哭的那一刻。

我們的心中，被挖了一個很大的空洞，這比我親生父親拋棄我和媽還強烈幾千倍的悲哀感。我們澈底地被孤立了。

那是中美斷交。

那年我十六歲，方哥二十歲，是他帶我到那兒，他已經在那兒幫忙一陣子了。他說那是最後一次集會。聽說後來有幾個人不見了，有天方哥平靜地和我說，教授被放出來就變了，我們再也沒有提過那個密室的事情。世界真小，我們選了映初圖書館的小鎮定居，就算偶爾經過那兒，他從不和我聊過去，怕我想起創傷。

媽口中那一套一說出口就令我噁心，好像她是神，懂得什麼命運、什麼時代，把什麼東西齷齪都怪給命運和時代，難道就可以算了？

有那麼幾年，南部街坊鄰居說我瘋了，是媽把我安頓到這兒，方哥留在北部就業，待遇聽說不錯。我一直知道他喜歡我的，在那件事發生以前我看不起他，我自認可以找到更好的男人，更好看的男人。我不喜歡他吊吊的單眼皮和肥厚的唇，也不喜歡他笨拙的身體比例。

那件事後我高中剛畢業，大學獎學金因為缺席報到不翼而飛，媽在中部找了個褓母先看著嬰兒，媽很快速借了一筆錢，租了一個店面，安頓我們的新生活，一起做起小生意，賣起日本女性保養品和化妝品。方哥把畢生積蓄和他爸媽留給他的眷村小房子賣了，在市場裡租了個便宜雅房，那個梅雨季，每天到店裡來幫忙，然後有一天幫我拉下鐵門後，他跪在地上拿出一個白金戒指，我想，就這樣吧。事到如今，我還有什麼資格去選擇，以前的我，已經死了。媽雖然沒說，我知道她也希望我就跟了方哥，她心底掛念著我試著殺死的那個嬰兒。

頭幾年還年輕的時候，每個夜晚我總躺在床上發呆，如果沒有他，我會變成什麼樣子？我會跟著什麼樣的男人？有著什麼樣的未來？或是，如果沒有發生老芋仔那件事，我沒有變成現在這副模樣，我應該可以走在那個兩旁都是椰子樹的大道上，騎著單車，車籃子裡放著沒人看得懂的外文書，我應該拿到獎學金，找一份辦公室的工作，找一個體面男人，像那個大學教授或是像當年那些大哥們，我們可以住在城市的高樓，開著進口的轎車，我，也還會是美麗的。說不定，我還可以到美國，那未來，更不可限量了！

我實在不配活在這個世上，我真希望自己在映初圖書館那個對著夜空大喊的那一夜，那麼小的我，相信自己將來有一天可以遠遠離開那個不像家的家，帶著媽媽到北部生活。我好喜歡映初圖書館那個地方，江教授那裡有好多書，我從來不知道什麼是國家，我從來不知道有一股這麼神聖的召喚力，會讓人想跟隨，想更瞭解，想要改變。我從來不知道，即使我只有十六歲，那些不過是大學生的他們，我們每一個人的聲音都那麼重要，我在報紙上、電視上，都看到了我們的臉孔，真實地發生了！我一定可以考上一所好大學，然後，我會把媽接來，安頓她的生活，我會像以前一樣，讓她為我感到驕傲，我們會過著依賴彼此的生活。而不是像現在這樣。

就是那個無恥的混蛋奪走我的一切，我的青春，我的夢想，我的整個人生。他玷汙了我，他的孩子我卻殺不死。

想著想著，我常起身把自己關到廁所，淚流滿面，方哥總挨在門外，端著杯溫水和溫毛巾，等我開門，扶我坐下，幫我擦拭臉頰，看著我喝上幾口水，什麼話也沒說。

我和方哥的女兒出生後兩年，我漸漸康復，懷孕前停止的藥物暫時也不再服用，最重要的是我參與了里長辦公室裡的「自治後援社團」，一開始客人帶我去時我還不懂，慢慢地我懂了這個祕密社團的召集理念，讓我對過去的憤恨有了出口。我又有個東西可以去追，在那兒，我們每一個人的存在就是最重要的！我可以永遠藏著我的遭遇，但我不能永遠忽視我的思想。我本可以成為一位有出息的女人，和男人一起坐在辦公大樓，創造我的人生。憑什麼，讓低俗、沒有文化、道德淪喪、眼中只有錢的敗兵，毀掉了我的一生。

我恨透了那些宣傳式與洗腦的口號，也對那些不敢發聲默默吞下不平等待遇的人們嗤之以鼻，像媽那樣的人，是舊時代的作風。我們社團幾個月會邀請一些活躍於地下獨立活動的領導者來演講，揭發更多我們所不知、被掩蓋的，無恥卑劣的事實。

那個年代我們的活動仍然非常祕密低調，里長說，重要的不是眼前，看遠一點，五年、十年、十五年，甚至更久，一切都會翻盤，到時候，我們不用再對這些拿著雞毛當令箭，把我們當猴子耍，愛搞階級，官商勾結的政府。我們啊！就是英雄所見略同，「開創時勢的先驅者」，那天演講的陳大哥這樣稱我們時，現場歡聲鼓舞。我們投資的是時間，我們創造的，是這個國家的未來。

我們各自有各自的故事，但是我從未說實話，我不知道，要怎麼在大家的面前坦承，自己被老芋仔繼父強暴這種丟臉的事。

我們之中有國高中老師、圖書館員、行政祕書、賣菜賣魚賣肉賣養樂多的，還有很多像我這種家裡開個小店做些小生意的人。我也在朋友的鼓勵下到夜間補校重修，拿到二專學歷。

一開始我只是義工，漸漸地接觸到越來越多的文書工作，發放文宣，幫忙影印書籍之類的工作，最後甚至我也可以幫忙寫一些宣傳語，再交給祕書審核，她認為我的文筆還可以，讓我成為她的助手之一。我們所有人都有著自己原來的工作，固定一個星期集會一次。里長的房子有兩個隱藏式的後門，一個通到隔壁小學，一個通到市場，辦公室裡堆疊的文件規定一定要放在兩個綁在推車上的塑膠櫃上，如果真發生突擊檢查，體育老師及賣豬肉的大哥會拉起推車往兩個通道跑去，這兩條通道路線經常更改，他們兩人一個月演習「落跑路線」一次。真有意外，小學操場旁的樹林有條乾掉的大水溝，往裡丟就是，有人會在那預備火把和石油，市場裡四散的「暗樁」小販都安排好了，會「煮掉」所有的文書資料。

這只是我們拙劣的排演計畫，我們都心知肚明也做好準備，如果真發生什麼事，誰消失了，絕對不會出賣誰，尤其是絕對不能提演講者的名。

人可以死，國家的未來不可以死在我們的私心與苟且偷生。我們是極端分子，我們有恨，難道不是因為我們有更多的愛？

所以方哥一直反對我參與這樣的活動，卻阻擋不了我，他又看到了年輕有活力、聰明的我，我那心靈及肉體都被硫酸腐蝕的人生，應該可以重新開始。直到那天在電話裡，我試著和媽借一筆更大的錢，想把房子買下來。我知道，有些我難得建立起的秩序又要被破壞。

「媽，最近好嗎？」

「當然好，我這邊的生意不錯，她電視看一看竟然可以背二三十首唐詩，妳相信嗎？我朋友說這是個天才哩！」

「我想和妳借錢。」

「做什麼？」

「買房子，我想跟房東把這個房子買下來，妳就不用一直幫我們付租金，我現在的生意穩定，地下室我想拿來儲貨做防潮，我們暫時可以繼續住在後面的小房間，之後有錢我還可以蓋二樓。對了，最近我聽我那邊的朋友說，如果我要進更多貨，一定要買颱風地震意外險，天災人禍保險公司會理賠。」

「那個啊！我一直沒有時間告訴妳，房子我買了。」

「不可能。」

「妳怎麼有這麼多錢。」

「我賺的。」

「不可能，媽，妳怎麼一下子賺得到這麼多錢？」

「有朋友幫我投資什麼股票地產啦！錢滾錢利滾利，我看到本子自己也嚇到啦！房東要脫產有急用，房子很便宜賣給我哩！」

「沒聽過妳有朋友懂投資？」

「幾十年的老朋友，妳不認識啦！」

「嗯。」我胸口發悶，不想再追問下去。

「喂？喂？還在嗎？」

「我在。」
「妳要蓋二樓找個人估價吧，我來出。」
「媽不用，我可以貸款。」
「不用啦！我的錢就是妳的錢。」
「媽真的不用，妳一直這樣幫我了，房子多少錢我也慢慢還給妳。」
「那我先出，不用去還那個利息。這麼傻！」
「媽不要再一直這樣子了。」
「我欠妳太多了。」
「不要再這樣說了。」我流下了淚。
「好啦，妳啊！把孩子照顧好最要緊。」
「晴晴很好，很好帶。」
「不過我有個條件。」
「我不要。」我知道媽想做什麼。
「小孩慢慢長大了，我沒有能力繼續教啦，而且教育北部比較好，這邊鄉下地方。」
「我這邊還沒有準備好。」
「妳也不是小孩子了。」

「可是……。」

「等妳二樓蓋好吧！」

「我要和方哥討論一下。」

「我已經和他說了，他答應我了啦。」

將近一年後，媽帶著小銳住進二樓靠市場的房間，晴晴和我和方哥睡一個大房，我又開始服用鎮定劑入眠。

她叫我阿姨，和晴晴念同一所幼稚園，她念中班、晴晴念幼幼班，她非常能幹，自己吃早餐、換衣服，幫晴晴穿衣換褲，無時無刻總是牽著她的手，生活許多事情都可以自理，媽非常驕傲有小銳這麼一個乖巧懂事的孫女，自從小銳來到我們家，總是在我洗碗、洗衣服、晒衣服、折衣服時，像個小ㄚ鬟般站在我腳邊幫著我，也陪著方哥顧店，我經常忘了她只是個孩子。

小銳聰明伶俐，晴晴資質普通，一個六歲、一個四歲，我內心什麼都清楚得很。如果說這兩個孩子相比，小銳的腦袋像我，晴晴的外表像我。上天是公平的嗎？給了一個女人聰明的腦袋就削弱她的美貌，給了美貌就奪走她的智慧，給了兩者就毀了她的命。

小銳不多話，家裡原本就有一個沉默的方哥，這兩個人顧店時，方哥看報紙，小銳看故事書、摺紙、或是畫圖，他們似乎不喜歡彼此也不討厭彼此，相安無事地面對面，各做各的事。我想方哥是喜歡這個小女孩的，因為她懂事、主動卑微到令人心疼，我們偶爾聽到媽的房間傳出的她和媽的笑聲，她卻從未在我們面前大笑過。

「寄居對任何孩子都不是容易的事吧！」方哥說。他難得建議，把客廳旁的一間儲藏室改成孩子的房間，放個上下舖和書桌，讓兩個女孩子住在同一間房，我激動地反對，無法接受這兩個女孩要好起來。晴晴是我的寶貝女兒，不要和外頭的雜種放在一起長大，等我們有一天更有錢，我要送女兒念私立名校，里長女兒念的那間，女兒在那有練琴室、美術室、體操室、音樂教室，一路可以念到高中，這樣栽培，女兒一定可以考上國立大學。女兒的交友、才藝、教育，我一步都不可以走錯你知道嗎？

其實方哥並沒有反對我說的任何話，只是我無法停止計劃對女兒未來的安排，也無法停止收留小銳的腦怒感。我不停地說不停地說不停地說，直到媽敲了我們的房門。

「孩子不是什麼都聽不懂，地心。」我看著媽的皺紋，媽雙眼都紅了。

我內心不是不愧疚，但我不想承認自己傷害了小銳又傷害了媽，但，難道不是她們先傷害我的嗎？妳們從我身上搶走的，如果我要拿回來，有什麼錯？

那天過後，我和方哥一如往常地過著一成不變的日子。接著在一個大雷雨的午後，我突然被一通電話召集到辦公室，說是有關勢力的消退內幕消息，我匆匆忙忙地交代方哥與小銳，保險款帳都在信封內，一定要仔細簽收。

後來回想，我實在大意，那時下了難得的大雷雨，天空烏黑，幾個路人是誰為了躲雨站在騎樓間我們也沒多問，我急著穿上雨衣交代這麼私密的事情，就是隔牆有耳。結果我們推論是那男人已站在騎樓許久，守株待兔，趁方哥到對面買晚餐時，拿了張假收據給小銳簽收。小銳說要等姨丈回來，那人告訴小銳，這筆錢今天晚上不支付將違法，警察是要上門的。「妳的家人應該有交代妳，妳這小孩怎麼這麼不懂事呢？」

小銳沒有簽下那張紙，但那男人用力將小銳推倒在地，搶走了我留在桌上的信封袋。

這都是後來媽告訴我的。

等我回來，一聽到錢是在她這個倒楣鬼、掃把星手上掉的，我拿起衣架失控打著她全身，媽把衣架子從我手上搶走，我賞了她一個巴掌，最後是方哥抓住我的，小銳的左耳流出了鮮血。

媽抱起她趕搭上計程車，方哥來不及幫忙撐傘，媽和小銳在小雨中跑著，隔天傍晚才回來。從此小銳左耳有點輕微失聰，但不至於要帶助聽器。

我後悔嗎？自己是一個這麼惡毒冷血的人，傷害了一個六歲的小女孩，她這麼陌生，卻又露出那種極為熟悉、天不怕地不怕的眼神，那麼地像小時候住在眷村的那個野孩子性子的我。小銳不是個不好看的小女孩，她的好看在我眼中極為醜陋，她的雙眼，提醒了我那個人的存在。

因為內心這樣交雜的顧忌，我更厭惡自己，我非常恨自己。恨自己的命、恨自己從小媽給的臉和身體、恨自己從小招來的眼光、恨那個賤骨頭、恨媽、恨媽作賤自己的選擇、恨懷孕、恨小銳留在我身上的疤痕，它們非常的噁心，非常的難以入目，像怪獸的爪子、糞便、有毒的口水，像藤蔓，我是全世界最醜陋的人，根本不配做一個女人，我的內與外，全爛死了。

可是，如果我不愛她，我哪裡會恨她？但我一點都不想要愛身上流著那賤骨頭血液的她，我只想當她的阿姨，我永遠不想要她知道我的過去，不想和她有關係。雖然幾個月後當地警察抓到了這個賊，但傷害已經造成了。

我的藥物又加重了。深夜的藥物越重，我白天跑辦公室跑得更勤。

小銳左耳輕微失聰後不久，有一天來了一個貴氣、戴著名牌墨鏡的女人，她身旁帶了一個非常漂亮，古靈精怪的小女孩。

有種東西叫命運，讓生活階級完全不同的人產生交集。

艾娜就是和我生活圈子八竿子打不到著的人，我想要不是一九七八年的中美斷交，我們永遠永遠不會有點干係，像她這樣出生上流社會的女人，連經過我店裡方圓百里都不可能。照片上的她有著蓬鬆的卷髮，穿著牛仔喇叭褲和緊身上衣，我還記得當年她每天變換及膝的A字裙與高跟鞋，她不怕冷，說我們小島的冬季真是涼爽，那個時候的她，身上有發亮的水晶手錶和卡帶隨身聽，也是總召和她帶著我們到臺大參加愛國簽名運動。艾娜用英文接受媒體採訪：「我們熱血的憤慨是歷史的血液、歷史的臉孔，我們中國人，永遠不會倒下，會處變不驚地站在一起，會效忠我們的信仰。」

總召帶領著我們怒吼著口號，我們年輕的臉孔流著淚，聲嘶力竭，那個時候，在我還沒被那可恨的野獸玷汙之前，我發誓我可以為我的國家死去，我想要證明給全世界看，不久的一天，我一定要騎著單車進入這所校園，有一天，我一定會成為一個我母親口中嚮往的男孩，甚至超越男人。

當她再出現時，我將她請到我們的陽臺小花園，陽臺上有方哥種的玫瑰花，傍晚可以看到遠方的夕陽，是我們家唯一符合她一身高貴氣質的角落。

「艾娜姐，妳什麼時候回來的？」

「回來很久很久了。」

「天啊！剛剛方哥有認出妳嗎？」

「他應該是嚇著了。」

「艾娜姐，妳怎麼一點都沒有變？越來越漂亮。」

「我有事想和妳談，請幫我照顧一下女兒。」
「沒問題，艾娜姐妳怎麼找到我的？」
「別叫我姐了，我們年紀差不了多少。」
「說得也是，太不可思議了！對不起，我還是很難相信現在是妳站在我眼前。妳真的好漂亮啊！」
「別誇張了，妳自己看起來也是挺不錯的。我透過戶籍找到妳的，妳當時留的是真名。我今天來拜訪，是因為有個忙想請妳幫我。」
「我？我可以幫妳什麼？」
「這麼說吧！我在幫一個人，但是我不想讓任何人知道。妳願意嗎？我必須找一個可以信任的人。」
「我們這麼多年不見了⋯⋯。」
「我知道，所以才找妳。我身邊的人都太不可信。妳聽我說，我知道妳發生的事，之後發生的那些事，我很抱歉。」
「嗯。」
「能不能夠，就當我們幫彼此保守祕密吧。」
「嗯。」我點點頭。
「別想了，誰沒有過去。」艾娜白皙的手放在我手上，我低著頭，看著自己蠟黃色的雙手與粗糙的指甲。

「艾娜姐，對不起，艾娜，能夠幫妳的事，我一定幫妳。」

「我只想做對我們都有利的事。我想過了，妳女兒們的教育，妳知道妳們這個郊區最有名的私立學校吧？」

「我知道。」我點頭。

「我是那個學校的董事會幹部，從國小開始到高中部，妳孩子的學費只要付不到三分之一。」

「妳說的是真的嗎？」我壓抑不了不可置信的語氣。

「如果我做不到，今天就不會來了。」

「只要不是非法的事，是我能力可以辦到的事情。」

「事情沒那麼複雜，我需要用妳的名字開一個帳戶，每一年我會轉兩次帳，請妳幫我轉到另一個帳戶，轉帳記錄寄給我就好。」

「沒問題，小事情。」

「我喜歡妳這種簡單的個性，不隨便問些有的沒的。既然是透過妳，和我也沒有關係，妳了解我意思吧？」

「我會保住這個祕密的。」

艾娜微笑地點頭。

「至於學校……謝謝妳，否則那樣的學校我們……。」

「別這樣和我說客套話了，今天該說謝謝的人不是妳。」

「我這個女兒大家都說好看，但說話的晚，依賴感重，也不是太靈活，有時候我想，青春期萬一學壞了，我也不知道該怎麼辦。我就這麼一個女兒。」

「母親的用心孩子一定會知道的，放輕鬆，地心。」艾娜唸我的名字，心字拉得長長的。

「我就怕自己會毀了她。」

「哈！怎麼可能。我告訴妳，我們的女兒絕對會很優秀的，相信我！」艾娜笑了。

「謝謝妳。」

「妳幫我這個忙，我一輩子都感激妳。還有，這是我公司的私人電話，我會主動聯絡妳，我工作忙點，請妳不要打給我。再見了，有空再來和妳聊天。很高興見到妳。」艾娜邊說邊從容不迫地拿出名片，上面只有艾娜兩個黑色的字和她所謂的私人電話和郵政信箱。接著拿出一些銀行開戶的文件給我簽名，我們準備下樓，她在二樓窗臺對著一樓咆哮，那個美麗的小女孩嚇得臉色發白。艾娜走了，好幾年沒出現，唯一的聯繫反倒是她的女兒瑪爾得，那年寄了張聖誕卡給小銳，她們兩個便開始玩起筆友的遊戲。

對於她突然的出現、說知道過去那些事情，留給了我一個很大的問號，她彷彿是隻高高在上的母獅，看得清楚草原上何時可以生吞的動物。而我又不得不接受她的條件，那像是一種施恩，當她走進我的店裡，帶給我一種詭異的虛榮感。方哥雖然沒有說什麼，我們對艾娜有著相同程度的尊敬。他也許更多一點，畢竟艾娜是個美豔的女士。

艾娜這貴人幫助我順利註冊晴晴入學，晴晴被選為入學招生廣告的小模特兒，和外國英文老師一起拍照。他們說這學校主打菁英貴族教育，我納悶為何艾娜的女兒不在這所學校就讀。

後來幾年，女兒可以受這麼好的教育是唯一發生的好事，其餘的，不過是賺錢過日子，一天一天想辦法擴展我們的小本生意，我們賣美容品，賣些女性衣物，方哥有天騎著腳踏車到附近買金紙回來告訴我他被放學時間的學生們堵在路口。什麼時候我們家附近這麼多學生啦？大家這幾年孩子生得不少吧？

「來賣學生制服吧！」方哥第一次對我們的生意有想法，從找工廠、打版、盤點都是他負責，方哥的判斷正確，我們陸續買了車，每個月固定還媽當初買房子和蓋房子的錢。

小銳仍然是個不多話的孩子，上了小學之後和晴晴也保持著適當距離，我和方哥帶著晴晴，媽帶著小銳，晴晴天真單純，沒有對小銳的來歷有什麼懷疑，我們也不會阻止她對小銳姊姊的關心與友好。上了國中晴晴成績總是在班上中後段，但是私立學校的補救教學穩定了她的程度。只要晴晴維持在班上的中等程度，學校老師保證應該可以直升高中部，上國立大學頂尖科系有點困難，冷門科系還有點機會。

我買了一臺電腦，帶著小銳和晴晴一起去社區上免費的電腦課，我要小銳開始幫我將物流紀錄及店裡開銷輸入電腦。

小銳聯考上了排名中段的普通高中，我想她不過如此，媽怪我給小銳的工作太多了，她根本從來沒有時間念書。這是訓練，這點苦根本不算什麼，小銳可以住在這個家，安全有飯吃，還不夠多嗎？她開始住學校宿舍，半工半讀，媽給她找的工作。小銳想搬出去我當然極力反對，一到五我必須再聘一個半職員工顧店，搬出去的條件是週末必須回來打工，星期日再搭傍晚的車回去宿舍。

我必須掌握小銳的行蹤，每一天我都會和她打工的書店大哥通電話，確認她離開的時間，填滿她的行程，這女孩的心就不會亂。

我們又蓋了三樓，原本的房間給了晴晴，我和方哥搬到三樓，一樓也聽媽的加蓋了間美容室，媽的手藝幾乎吸引了整個小鎮的有錢太太們，不少是退伍軍官的老婆搭著轎車來。媽和什麼人都能聊，聊到人家心事都和她說，什麼美國的親戚們她也從未搞混，讓太太們很窩心，紋眉燙睫毛化妝做臉上甲油，媽的功夫讓每個夫人驚艷，一傳十十傳百，媽幾乎全年無休，當年我們開始採預約制一對一的客製服務，滿足了許多有點錢的太太們。

媽的客戶出手大方，我們的美妝店轉型成日式複合美容美妝店，得了好幾年營業額紀錄獎，我也上了許多美容課拿了許多證書。媽將房子過戶到我的名下，買房子的錢一毛也不願意拿，媽說小銳她會一直照顧到她斷氣的那一天，媽是個了不起的苦命女人。

艾娜又來了，帶了一大包好看的衣服和一箱書，說是給小銳的。我沒有回答，她說是她女兒堅持只給小銳。

「兩個女孩子不知怎麼天馬行空亂聊一堆，成了好筆友。」

「我可以禁止她。」

「我看過她們的信，妳把她教得不錯。」

「我沒有特別做什麼。」

「孩子越大有些事越擋她們是越想做，尤其是女孩子，瑪爾得一直想要有一個妹妹。隨她們去吧。」

「存摺和收據都在這裡，妳的信箱前年開始好像停用了。」我拿出一個乾淨的夾鏈袋。

「不用了，只要沒有人找我麻煩，我就知道一切順利。」她沒有碰那袋子。

「確定嗎？」她點點頭。
「我今天來是因為我的女兒，我答應她出國前帶她來和小銳玩。」
「我沒聽說小銳聊起妳女兒的事。」
「我想她應該什麼也不會說的。」我訝異地看著艾娜。
「她在信中這樣寫我的嗎？」
「差不多。」
「無所謂。」
艾娜點起了一根菸，拿出一個精緻的隨身菸灰缸，我聞到淡淡的薄荷味。
「妳要試試嗎？」
「好。」我遲疑了幾秒，不停咳嗽地抽著洋菸，我們笑著。
「妳的店，妳的品味，越來越不錯了，這些玫瑰花養得更漂亮了。」她參觀著我新建的紅磚陽臺和溫室玻璃屋。
「不過是過日子。」
「玫瑰花耐寒耐熱，中性土壤，只要注意溫度和通風，真想不到，這麼美麗的花這麼好照顧。照顧它們的人，也應該下了不少心思。」
「我不幹這種浪費時間的事，方哥知道我心煩時就上來坐坐，不過是些市場出生長得稍微好看的花。」

「有個男人愛妳，這不就是幸福嗎？」

「嗯。街坊鄰居都這樣說。妳呢？我可以問嗎？」她微笑。

「我啊，可以掌握住我身邊的事情，就是所謂的幸福。」

「有再婚對象嗎？」

「地心啊，我不會結婚的，這麼說妳可能不懂，我是個自私的人，不可能去死心蹋地愛一個男人，我只愛我自己。妳知道嗎？我們有一個很大的共通點？」

我搖搖頭。

「在那年之後的事情，讓我們整個人都變了，而這個改變，是我們對任何人，甚至對自己一輩子都說不清楚的。我想這是為什麼我找上妳幫我。」我凝視著她高聳的鼻梁，我們不一樣，但願我有她那百分之一的自信與驕傲。

「妳會熱嗎？」她指指我手上的菸，我忘了自己在抽菸。

「不會，妳的雨棚和天花板風扇位置很好。我說的對吧？」她又點上一根菸。

「我不太記得以前的事了。」

「不記得和不想談是兩回事，擺在心底越久，越禁不起人提起。」我紅了眼眶。

「兩個女孩子不知道野到哪裡去了。」她優雅地抬起下巴往下探著，不見她們的人影，之前還在對街的小攤販晃著。

「小銳在市場長大，很機靈，不用擔心。」

「我那寶貝，是匹野馬。」

「誰年輕不是呢。」我笑著說，艾娜露出紅唇貝齒笑著，就像那年一樣。

「難得妳有點幽默感。要我們妥協真不是件容易的事，對不對？」艾娜第一次和我有這麼深入的對話。

我曾經在市區的洋行布料店看過一張海報，海報中是個金髮的美國女人，側著臉抽著菸，白色的菸上還有鮮紅色的口紅印。她抽菸的樣子就像那張海報上的女人，她的咖啡色長髮、乳白色的皮膚和粉紅色的雙唇，一身灰色的套裝窄裙與黑色的細高跟鞋。

那不是妳的命。這句話不斷在我的心中響起。

「是啊，我還是能拼命的。」

「哈。以前的我們都不是我們了，我覺得我們很有緣分，也許是我一廂情願，畢竟是我主動找妳的。老實說，那年要回來這，一切好像都在我的盤算中，也是不情不願。我哪裡有朋友，一個能夠信任的人也沒有，多虧妳毫無條件地幫我。」

「妳也不是沒有付我酬勞，我很高興妳還記得我，那個時候我才十六歲吧，能夠被妳當成朋友我很幸運了。妳知道，我們都崇拜妳。」

「哈哈！別把自己貶得這麼低說話。妳怎麼變了這麼多，以前的妳聰明機警任性，還有點傲氣和衝動。那時候的我，真羨慕妳這樣沒有拘束地長大。」

「唉。我真希望自己年輕的時候有點腦袋，我太自以為是，才會吃虧。」

「我只是隨口說說，妳可以不用理會我。妳想聊那件事嗎？」艾娜用纖細的指頭輕輕彈去菸灰。

「想喝冰啤酒嗎？」她微笑點頭。

我到廚房拿方哥冰在冷凍庫的啤酒杯，倒了兩杯冰啤酒。

「Cheers.」她毫不遲疑舉杯，她一直沒有說話，我們喝著啤酒，我不知道在心裡的話怎麼起頭，眼前這個和我生活沒有干係，階級懸殊的女人，曾經是我崇拜仰慕的姊姊，曾經懷抱著熱情、理想，用著深奧的字彙對我們解說關於美國的政治考量與外交走向，和我們站在同一陣線捍衛她想像中的國家。她現在平靜地如一灘深水，我不知道她的過去，更不清楚她的現在，我不想像個八卦的大嬸，什麼也沒開口問。我信任她，因為她的生活超過我理解的範圍，每一年給誰一大筆錢，我猜也沒猜過，她的一切，都不干我事。

「從小到大，我沒有妥協過，小時候我一直像男孩子一樣粗魯，我媽把我的頭髮剪得非常短，後來我才知道那是為了保護我，她很早就看出來女孩子成長外貌的變化。只是在一個這麼不正常的家庭長大，有些事情就是躲不過。不是我媽的錯，她是一個這麼樂觀認命的女人。好長的一段時間，我不停怪自己，為什麼那麼自大，自以為年輕好看，自以為我可以和那無恥的男人對抗，我以為自己可以勇敢地殺了他。但是，我不敢，我就是不敢，想到沾滿鮮血的雙手，我不敢殺了他，也不敢殺了自己。我真是笨，笨得和豬一樣。」

「地心，有一種慢性中毒，叫自我憎恨。」

「我的血液、皮膚都是毒，妳看，」我掀起了上衣，脫下了褲子，讓她看著我滿布撕裂傷疤的身體，「他媽的雜種給的。」

「背叛，慾望，喪心病狂，是人心給魔鬼迷惑了。」艾娜緩緩地吐著煙。也許她想和我說什麼。

「我無知地被那個雜碎利用、踐踏、毀滅，妳可以想像那種感覺嗎？」

「我說可以，妳相信我嗎？」她滅了香菸，拿下墨鏡，我終於看見她美麗、清澈、幾乎占去臉部三分之一，又長又大的雙眼，她在眼角擦去眼淚。

那個下午，艾娜和我以前崇拜尊敬的艾娜根本完全不同，她輕浮地和我聊著男人，問我我和方哥的床第房事，我笑著她的黃色笑話。第一次我和艾娜有共同的話題，那天她走後，我更確定我們是完全不同世界的人，除了階級，她還有慾望，我，不過是乾涸的廢井，堆積著腐臭的垃圾與廚餘。

＊＊＊

從她第一次拜訪，十六年來，她從未間斷送現金來要我放進自己的戶頭，再轉匯到一個郵局帳號，我不知道是誰，讓她牽掛了這麼久。

她那時髦漂亮的女兒後來和小銳成了非常要好的朋友，艾娜不和我聊她女兒，我也不知道她們兩個之間交換的心事，我告訴小銳她不適合和那樣的女孩子交朋友，人家是念美國學校的富家千金，妳不過是個沒父沒母的丫鬟，我家裡的生意還不夠忙？妳還有時間和她瞎鬼混？小銳從未反駁我，總在我規定的時間內回到店裡幫忙，有次我偷聽到她和我媽說自己想當個作家，被我數落了幾天，這個不自量力的女孩子，我們的生活苦盡甘來，她卻做著那吃不飽餓不死的鬼夢。

我對她非常地失望，她所做的每一件事情都證明了媽是錯的，帶回來這個雜碎，這個身體流著魔鬼血液的女孩，是錯的。她唯一的用處，就是週末幫我顧店、收錢、進出貨，省了週末的人工費，我還不用擔心她偷錢。

我要從她身上榨出最大的利益，我知道她可能會變，只是沒想到那麼快。想當什麼鬼作家！這自以為是的女孩子有一天會知道那種紙上談兵的事不過是浪費生命浪費資源，我給她家住不是要她來作夢的，我告訴她。誰知道她上了大學後，週末回來的時間越來越短，大學讓她逃出國一年，是媽出的錢。後來隔週才回來，最後回來變成了個瘋子，我和媽吵得把小銳的房間砸了大半。媽要我瞧得起她，她就得幫這個家付出，要不也得找個像樣能夠出頭有點面子的工作。省得街坊鄰居表面誇我這個阿姨好心收養她，背後說我養個不成材的。

最後媽得了癌沒告訴我們任何一個人，沒接受化學治療。媽走了，走得沒有痛苦，臨死還說對不起我，要我原諒小銳，孩子是無辜的。

我還是恨，我沒有錯。我不需要任何人來告訴我我應該怎麼做。

第五章 胡安

媽說在我出生前幾年，她知道，大進步要來了，緊接著就是自由……。

「我和你爸，也就沒那麼不得了，他們不會懂的，我們總是走得比別人快，你知道嗎？你也會是一樣的，我相信，因為啊，你和我比較相像……。」她踩著木梯，挑選著爸爸的黑膠唱片，她把爸爸的西洋音樂唱盤和音響放在極高的玻璃櫃中，小心翼翼地播放著，她的碎花洋裝，在半空中搖擺著。

我一直很用力記住媽說話的用字、語氣和表情，她是全世界最美麗的女人。

「還好你是帶把兒的，他們不想再提起我，但絕不會忘了你這外孫，如果可以，以後過年就你代替媽媽回姥爺家給曾姥爺磕頭。」

我和媽回去過幾次那個門口有著鐵柵門，裡面有著一間一間、平平水泥屋頂的房子，每一次我總要和媽媽一起非常用力地把那生鏽的鐵門推開，聽著鐵軌摩擦發出的吱吱聲，有些人會探頭出來看我們一眼，但從來沒有人和我們說話。

一開始我喜歡去那，我喜歡在一格一格的停車格裡跳著，看著一臺一臺的轎車和摩托車，心想著，爸爸的車，比這兒任何一臺都亮。我們邊走，媽開始幫我脫帽子、脫手套，住在海邊的我們，在冬天裡，總是像個包心菜。媽每一年總穿上最美麗的紅色絨裙與黑色毛衣，長長的大衣剛好蓋到露出穿有黑色襪子的小腿與靴子，戴上紅毛帽與手套。

「你姥爺大過年喜歡看人家穿紅色，這是喀什米爾羊毛做的，你來，來摸摸，很暖的，和你的帽子是一樣的材質。你爸從英國蘇格蘭給我們買回來的，你爸真的很愛我們。」媽緊緊抱著我，「這麼愛喔！」

「媽，會痛。」

「對不起，你知道，你不可以著涼，呼吸可以嗎？」

「我沒事。」我將手放在胸膛前，媽從小告訴我，裡頭有勇氣，到我小學才知道，那叫心跳。

「感覺到你的勇氣了嗎？我愛你。」她抱著我，每一年出發前，我們幾乎都有著一樣的對話。

媽敲了敲木門，嬤嬤打開門，「是小胡安啊！」她總是這麼說，一把把我抱起，房裡充滿著溫暖的炭味，姥爺穿著長袍馬褂，頭上戴著雷鋒帽，媽叫了聲爸媽，他們沒有看她，姥爺要嬤嬤把我帶到他身旁，只是握著我的手，說著一種帶著奇怪腔調的話，塞給我一個紅包，繼續泡著茶看著電視，好像是歌曲伴唱帶之類的影片。嬤嬤問我要不要來這裡住，海邊房子破風又大，挺無聊的，這裡有嬤嬤做的麵條和水餃，你最喜歡的，嬤嬤蹲下身來很溫柔地摸著我的臉。

「幾歲了？」

「七歲了。」

「真是的，都是你爸爸給你的爛身體，看你個子小的，像個五歲的孩子一樣！」嬤嬤板起臉說，她非常討厭爸爸，這使我無法真心喜歡她。

「媽，遺傳性疾病就是這樣子，沒辦法啦！」有個我搞不清楚是誰的胖阿姨說著。

「她從小就喜歡用好的，要她不跟著他也不可能啦！」另一個很高的阿姨插上話，「你爸多久沒回來啦？上次回來是幾月啊？」

「我不知道。」

「小孩子那麼小哪裡懂！」胖阿姨說。

「我知道怎麼問了，上次你爸爸帶玩具給你的時候，你記不記得你是穿長袖還是短袖？天氣冷還熱？」

「長袖。」我說。

「媽說我只有七、八月可以穿短袖。」我想起了媽的規定。

「哈哈，妳自以為聰明啊！」胖阿姨笑著打了很高的阿姨屁股，鑽進廚房拿了一個圓形的大餅出來，我看著她，她塞了一口餅到我嘴裡。

「你想不想爸爸。」她問我，我點點頭。

「下次你告訴他，再不回來，你要去住阿姨家。」

「或是住舅舅家。」一個高壯的男人從二樓下來對我大喊著。

「還有嬤嬤家。」姥爺面無表情說著。

房子裡非常吵鬧，姥爺的伴唱帶開得非常大聲，最後大家輪流拿起麥克風唱著歌。家裡除了另一個表哥，其他六、七個都是表姊，媽是老么，上頭有四個姊姊一個哥哥，每次媽帶我到這兒後，就自己到附近的年貨街去買花和種子，儘管我們住的地方什麼盆栽養不到幾個月就會死掉，淹死的。

我們吃完飯，領完紅包，媽就帶著我坐著巴士回家，平常的媽喜歡唱歌、聊天、跳舞，她從來沒在姥爺家唱過歌，買完東西回到姥爺這來，總是過分殷勤地對我說話，像是「小安餓了嗎」、「渴了嗎」、「手有冰冰的嗎」、「會太熱嗎」、

「呼吸可以嗎」、「想吃糖嗎」、「這首歌你喜歡嗎」。除了我，那個屋子的人不太搭理她，只有不停地照料我，她才不顯得多餘、累贅。

最後一次回去姥爺家是我滿十五歲前，爸一開始是兩三個月回家一次，再來是半年。那一年，他像媽說的一樣，在「春天繁花盛開」（淹水問題終於解決了）時回來，我在牆上算著，整整七天，他們沒有離開房門。

爸走後媽也走了，奶奶總盼望媽媽回來，所以說她「出門了」。我從未埋怨爸或媽，要知道他們兩個的失蹤對我有什麼影響，那也是很多年之後的事了。

我十歲時，媽要我到海港市場旁去跟著張叔做木工小弟，「可以到大船上工作，你沒想過吧，上面還有冷氣電視冰箱洗衣機喔！你現在長大了，已經不需要總是穿著長袖，再過幾年應該可以跑一圈操場哩，你看你，也不是全班最矮小的，媽媽說得沒錯吧！你是個有勇氣的孩子，像我！打工的錢我會幫你存著。有天蓋艘大船給媽媽坐吧！」媽媽遞給我一本綠色的存摺，上頭寫著我的名字。小學畢業後媽媽開始帶我上郵局，教我怎麼領爸爸匯回來的錢，帶著奶奶一起坐巴士去做我的定期心臟檢查。媽所做的一切，是為了準備她的離去。

之後的日子我跟著張叔認識船體，幫他提各種加工工具，他有時下班後買兩碗切仔麵和幾份小菜，邊吃邊教我認識牆上那些充滿線條的施工圖紙。「造船就像拼圖一樣，裁切要精準，要玩得久，造物的品質就要精良，傢俱用檜木，地板用柚木。小子啊！」我滿喜歡他和我說話最後總加上那句，小子啊！張叔喜歡我媽，我就是知道，我想媽是一個大部分男人都會愛的人，張叔是個好人，我也學得勤快，比起媽媽那些花花草草，這才是男人應該做的事。

後來我出了社會，遇見很多像媽這樣已婚又漂亮的「偽單身」女人，但她們卻按耐不住寂寞，要不把自己捧得天高，要不把自己貶得地遠，難得有像媽，多少男人的愛慕她都靜默面對，成天大聲放著爸爸的唱片，把玩著小平房的周圍花草，聽著音樂，煮著清淡的三餐。我們家裡的書堆積成山，小時候每次淹水時、書本都會浮到我們的小腿肚，她天馬行空在天花板掛了個白色漁網，橫跨了整個客廳，做大水時她還能放著搖滾樂，大聲嚷嚷著要我和她一起把書往上丟，我們笑鬧著。後來不淹水了，媽說好想念那個濕漉漉的遊戲。

小時候我常聽不懂媽說話，似懂非懂地就過去了。泡軟的書媽捨不得丟，大太陽出來時把漁網鋪在水泥地上，一本一本書攤開來曝晒，乾燥後捲曲變形，再把它們整齊地放回書櫃。媽說，這樣時間就留下痕跡了。

媽走後，爸爸匯回來的錢和我們這幾年的積蓄，幾乎全部用在我的手術費和生活恢復上。媽媽已經走了，只有平時靠回收紙箱打發時間的奶奶陪著我，張叔幫著解釋，奶奶簽著一堆她看不懂的文件。我很努力記住我的病，叫做「心室中隔缺損」，奶奶不多話，總是握著我的手。「簡單地說，就是先天性心臟病，左心室的血流經過心室中隔缺損的洞流到右心室，左側心臟負荷就太重，會引發心臟衰竭。醫生說，你的左右心室間破了一個洞，其實看你的就醫紀錄，那個破洞已經逐年縮小，這一次你的胸痛和昏厥就是這個破洞引起的，病理上很多無法解釋的事情，都因來自外在的刺激引起的。你現在沒事，將來不一定沒事，唯一的方法是動手術。」

醫生將我的胸前切開，留下一個二十公分的傷疤，我不記得在醫院躺了多久，之後我上氣不接下氣的問題離開了我陌生的身體。

媽總不准我哭。我記得。

醫生冷靜地說，破洞沒了，就這樣吧！我做了一個夢，有個穿著白色衣服的人，拿著一根巨大的鐵湯匙，朝我的身體挖了一個洞，我只剩下頭和四肢。明明治好了不是嗎？

「就這樣吧！可以回家了。」那個大家喊他叫主任的人說。

* * *

頭幾年，我以為她會回來，她不只一次和我提過她要離開，我常說我不希望她走，她也陪在我們身邊那麼久了，真真假假，希望與絕望，是我禁止自己去思考的問題。奶奶和我再也不提「媽」這個字，爸仍不見人影，錢還是照匯。高中念了海專，放學後我就跟著張叔泡在船廠，跟著工人搭伙，每天給奶奶打個便當，夠她吃上兩餐。我和張叔不聊媽的事，這世上，不是所有的事都要弄得明白，人就是過日子，過完了日子，該發生的事就會發生，媽總是這麼說。

在張叔的休息室牆上有四、五張明信片，ＵＳＡ，他用粉筆在牆上寫著。明信片上有沙灘、紅色大橋、河流、海洋、自由女神、船，我偷偷看過，背後只寫著住址，還有一個Ｌ的署名，是媽。至少她還活著。

海專課業輕鬆，我跟著幾個朋友到酒吧打工，市區首間歌劇院裝潢的吉他酒吧，二樓三樓都屬私人包廂，某次經理請我代班到其中一間服務，我意外認識了乾媽，她發掘了我歌唱的天賦。起初連我自己也不相信，媽媽整天播放的英文老歌，存取在我的腦海，媽的歌唱、爸的音樂，是我唯一和他們連結的方式。

因為心臟病免役，那幾年，乾媽送我學吉他、練發聲、吹薩克斯風，她讓我住在市區巷子的一個新裝修的三房舊公寓，還幫我找了個晚上唱歌的酒吧。我們之間的事，誰也不能提。我辭去張叔那兒的工作，仍然一個星期回去陪奶奶吃一次飯，偶而看看張叔新造的船。我沒有朋友，乾媽不過大我十二歲，我唯一的生活圈是她的太太友人們。

她有個五歲的小女兒，生產時出了點狀況差點死在手術臺，之後卵巢囊腫惡化，醫生說從此難再受孕，免受苦。小女兒成天女傭褓母照顧著。乾媽不太喜歡說自己女兒的事，說到她時，總是說「那個小的」。孩子出生後她先生去了中國當臺商，在中國有二奶，聽說有了兩個兒子，再也管不著她，老傢伙健在，家訓是不准離婚。我認為她是害怕的，所以選擇了我，一個和她世界毫無關係，任她操控的人。

她喜歡我每天對她說我愛她，乾媽喜歡我誇讚她的身材她的肌膚，喜歡做愛，喜歡我射精在她的身上也喜歡我射精在她的身體內。她對我非常溫柔、無微不至，我們說著家裡的事，她只是眨眨雙眼望著遠處，把菸遞給我，自己又點了一根。

「寶貝，你看。」她朝著我吐著煙圈，瞬間有個像愛心的形狀出現，她笑著。

「不錯嘛！」我在貴妃椅上對著一個和歲月沒有關聯的可愛女人笑著。

「現在這一分鐘我很開心，再也沒有這麼開心，你也是吧！」她用肯定的語氣對我說。

「妳對我的好我一輩子不會忘記，這麼多事。」

「去你的，說這些廢話。不過，你會忘記，我當初就不會選你。」

「怎麼看出來的？」

「不告訴你。」她爬上我刺在胸前的那隻龍，傳說中的動物，在天上，在我的傷疤上。她舔著我，直到我也有了生理反應。然後她穿上精緻的名牌服裝，精神奕奕地去參加她的派對。她說我是她的玩伴，但是她這個人對任何事情都不容易膩，我呢？

「怕嗎？怕有一天我拋棄你嗎？」

「我怕，不要離開我。」我說了謊。我不知道。

一個人在那間屋子裡時，我不停彈著吉他，唱著歌，放著爸爸留下的黑膠唱片，他鍾愛皇后合唱團，我讓搖滾樂充滿在屋子，填滿所有的縫隙，我看著這個工業風格與巴洛克風格混搭的新公寓，小時候媽也喜歡將音箱對著河口，我們因此對低音聽得特別清楚，低音喇叭在我的雙腳上震動著，媽的手在我背上打著拍子，我從不知媽為什麼這樣做。

乾媽討厭噪音，房子全是中空雙層玻璃窗或是密閉窗，牆面多做了一層吸音棉和石膏板做隔音，連大門也是防火隔音門，她還在陽臺種滿了又高又長的綠色植物，所有的窗簾材質都是棉麻製，據說這也能阻擋噪音。

我將電動防光窗簾關上，留一盞小圓燈，一絲不漏的噪音，外頭的進不來，裡面的也出不去。這就是我，不是不快樂，我是不懂快樂。

她每個月都會趁我不注意時在我的吉他裡放一包厚厚的現金，我想，怕我離開的人是她。我感激她，她讓我看到社會上層的生活，帶我出入那些餐廳、飯店、俱樂部、私人招待所、馬場，品嘗各種山珍海味，在外頭她說話得體、優雅出入，在我們的世界，她喜歡帶著那無所謂的態度弓起身體、彎腰、脫得只剩下特意穿在內裡的鮮豔情色衣物，她總有上百種暗示我主攻的方式，讓主導權巧妙地回到我手上，她的狂放才有了出口。

沒有她，我什麼也不是。

他們說我歌唱得不錯，我的夜晚漸漸忙了起來，慢慢地我發現我不是唯一的販賣者，寂寞的有錢女人，買完了全世界，最難買的是渴望，她們不要我們奉承討好，她們要我們攻陷她們的驕傲，讓她們流滿了汗水、淚水，和身體自然的汁液，她們就會越來越美麗，我們是他們垂手可得的毒品。

那陣子我開始在酒吧認識了幾個年紀輕的女孩子，也在大學社團教了吉他，我和乾媽的生活沒有改變，她仍是我生活的重心。乾媽私自幫我和酒吧請了長假，安排坐郵輪到日本玩，那段旅程我們依舊沉迷在彼此的身體，天天在房裡喝著香檳，吃著海鮮，在陽臺泳池邊晒著太陽。有一些話我一直不知道如何和她開口。

「房子我過戶給你吧！我們認識幾年了？」

「三年半。」

「你這孩子啊！」她笑著，又流下了淚，第一次在我面前哭，那一刻，我突然有點愛她了。

「我愛妳。」我吻著她。

「我生日時，記得來陪我吃飯。」

「我發誓。」

乾媽說難得有人從不貪她的錢，這樣安分地順著她的愛，讓她找不到任性的藉口，在這世上，不是非要誰不可，錢啊錢，盡是禍源，她又這麼愛錢。乾媽將房子過戶到我的名下，讓我受寵若驚，我發誓我會回來，她要我別傻了。我不懂乾媽，她說，鏡花水月，何必呢？對於走的人，最不需要的是期盼。

我懂，我說。我哼著 The Police 的 *Every Little Thing She Does Is Magic*，我六歲便會唱這首歌了，媽曾說，這是爸為她唱過她最愛的歌之一。

我會不會愛人，會不會有人愛我，是我沒有想過的問題，直到遇見了她。

我將公寓出租，回到老家住，一個月兩萬多加上我的存款足夠我生活花費，白天補習、晚上繼續唱歌，我想念運輸管理，如果我沒記錯，那才是爸爸真正的工作。張叔的牆上現在已貼了滿滿的明信片，他說今年公司老闆派他和小老闆到美國的郵輪展，張叔對媽媽的愛仍然沒有消退。也許，他們會見上一面也說不定。

我沒有開口問過他關於媽媽的事，我不去想，她為什麼不問起我。

我如願進入了大學，放榜那晚海風特別大，一個身材壯碩的男人帶來了爸爸的死訊和幾箱遺物。

「上個月的事，你爸爸在巴拿馬走的。他希望我將這些東西轉交給你。你真是和你爸年輕一個模樣，好小子長得不錯。」

「我爸爸，他，還有其他家人嗎？」

「知道對你有什麼好處？」我聳聳肩。

「我不太記得我爸爸的樣子了。」

「所以他希望補償你，這是他指定要交給你的，還有這份保險理賠單。」這位自稱陳伯伯的人給了我一份文件夾，還有一張五百萬的支票。

「在哪裡？我其他的家人？」

「不重要了，年輕人，這是你們該好好調整心情的時候！我做了我該做的事情，其他的就交給你了！」他急著起身告別。奶奶在旁不停擦著眼淚，我站起身，送他到門口。

「我爸，是個怎麼樣的人？」我最後問。

「你爸啊。」他沉默，「對我們來說，是有膽識有義氣的大哥，對你媽來說啊，不過是個男人。對你，只有你自己知道了。」

不過是個男人。他磁性渾厚的嗓音，一直在我的腦子裡嗡嗡徘徊。

我打開爸爸的第一個皮箱，隨便抽出他一張黑膠唱片，是皇后合唱團的*Under Pressure*，那一晚不我停反覆聽著這張唱片，我哭了，我爸死了，他早死了不是嗎？

* * *

大學是個單純乾淨的世界，至少在我眼裡，常覺得白天的天光讓每個人顯得那麼輕盈、實在，幾乎成了天使。不像那些充滿人造燈光的夜晚，每一次燈光閃爍，都有著不同的暗示。就像乾媽喜歡那透著寶藍色淡光的床頭薰香燈臺，她用天絲被包裹著半身，全身的肌膚瞬間燃著白色的螢光。教室裡的燈管把白紙上的字照得那樣清晰立體，每一個人的臉上掛著簡單的線條，平凡的思緒。

爸走了，剩下媽，她會回來吧？我也可以去找她，見上一面也好。從認識乾媽到現在，我的英文也算是學得不錯，有一天，我也可以照顧媽保護媽，我承諾過她，我也不恨她。

我一週仍在酒吧駐唱三天，再也沒有見過乾媽，生日她也不接電話，有天遇見乾媽某個姊妹淘邀我在連續假期到她的別墅泳池派對演唱三天。我仍然沒有見到乾媽，最後一天晚上莎莎姊讓我一起加入別墅裡的夜店派對，我第一次看到房子裡的夜店，許多人吸了毒直接在舞池、沙發上做起了愛，所有的人都是我沒見過的新面孔，我已不抱任何希望可以見到乾媽。我喝了許多酒，頭痛欲裂，回到我地下室的房間，不省人事。

白天醒來時莎莎姐赤裸地躺在我身邊，地上丟著充滿精液的保險套和藥丸，我背著吉他與行李，離開她的別墅。

第一次，我覺得自己骯髒。這是我和乾媽在一起從未有的羞恥感。我卻一點也記不得昨晚的事。

我辭去了市區酒吧的工作，在學校附近找個新的落腳處，我騎著機車到處晃著，在電線桿上看到一張字跡斑駁的廣告：「獨立陽臺，套房雅房出租。」我立刻打了電話給房東，他要我留在原地等他，不久後一個留著大鬍子的老先生喘吁吁地出現。我跟著他爬著小山坡上一百多個階梯，他不停說著：「嘜！安靜，划算，又健身，年輕人，對吧！」我笑著，均勻地呼吸著。

終於到了這棟紅磚舊公寓，我聽著他介紹。「一樓是我的停車場，二樓是我的古董儲藏室，之後我搬到新房子喔，二樓也要隔間成套房，三樓有四間套房，四樓有四間雅房，五樓只有一間套房，陽臺只有四樓和五樓有喔！看你喜歡哪一間，現在五樓還是空的！」

「阿伯，這房子很特別耶，我想上去看看。」這房子到了四樓，樓層面積往內縮了四分之一，而多了一個小陽臺的空間，小陽臺上是玻璃屋頂，到了五樓，面積又往內縮了點，同樣也有一個玻璃屋頂的小陽臺。「年輕人有眼光！這我自己蓋的哩！二十五年了，看不出來它那麼老了吧！」

「那怎麼租不出去？鬧鬼啊？」

「講笑話哩年輕人！那麼遠又舊，年輕人都愛熱鬧啦！」

「一樓後院用來做什麼的？」

「隨便你們，我沒空整理，以前我小孩子小都在這烤肉。」

「真是有點安靜啊這裡。」我靠著陽臺的水泥牆，看著遠處的淡水河岸。

「居高臨下你有聽過沒！以前這是我兒子的房間哩！」

我隔天就背著一個大背包和我的吉他搬進這裡。課餘時間我打工、練唱、種花草，因為撿到一個古怪女孩的筆記本，開始學點西班牙文。終於在那個炎熱的九月底，我將她一個星期前忘在教室的筆記本還給她。

「謝謝，你偷看了？」她翻了翻幾頁，兩眼直愣愣地瞪著我。

「對不起。我想說裡面可能有寫妳的名字。」

「算了。」她快速轉身離開。

「嘿！等一下。」她停下，我不小心撞了上去。

「陳小銳。讓我幫妳吧！」

「什麼？」

「筆記本裡面寫的事情。」

「我知道有一個地方在出租，有一點遠就是了，但是安靜便宜又乾淨，妳可以在那裡寫作。」

「哪裡？」我把住址和房東電話寫下給她。

我們成了樓友，我住五樓，她住四樓某間雅房，我看到她的時候她要不坐在小板凳上，雙腿間放著一個綠色塑膠水盆搓洗著衣服。洗完後也不脫水，滴滴答答地把四樓共用的陽臺水泥地弄濕了一大片。或是坐在小板凳上抱著一個老舊的手提電腦敲敲打打著。我們這樣互看了幾次，她也不打聲招呼。

「喂！陳小銳，銳利的銳。」

「嗯。」

「妳很忙喔？」

「嗯。」她仍低著頭洗手上的衣服。

「想請妳幫我個忙。」

「你，有點大聲。」她指著我房間，我正播放著一部電影，說的是幾個愛丁堡海洛因癮君子的故事。

「喔，這音樂好聽嗎？」

「啊？我不知道。」

「真抱歉，妳喜歡聽什麼音樂？」她搖搖頭。

「你們樓下沒有洗衣機嗎？」

「共用的，髒。」

「我想請你幫我個忙。」她繼續洗著手上的衣服，看了看手腕的錶。

「可以幫我餵貓嗎？每個一三五。」

「沒有能力照顧為什麼要把牠帶回來？」

「沒辦法，同情心是矛盾的，妳不覺得嗎？我問過房東了，他頂多一個星期幫我一次，這樣下去，我的貓會跑掉的。」

「跑掉牠可能還比較開心，不用每天瞎等著不負責任的主人。」

「哇！妳罵人真不帶髒字！牠不會跑的，我這隻貓不同於其他貓，特別重感情，牠寧可把自己活活餓死也不會拋棄我的。」

「嗯。」

「所以，妳願意幫我囉？貓飼料就在我陽臺的鐵櫃子裡，接住這個。」我丟下進入五樓的鐵門鑰匙，她看了看。

「對了，我想我們都有點潔癖吧！我搬進來不久就買了一臺新的洗衣機，房東的我用來洗襪子而已。如果妳不介意，妳可以用我的洗衣機。妳幫我，我也有回饋的！我一個星期還洗一次洗衣機，看不出來我的個人衛生習慣這麼好吧？妳啊！把洗衣服的時間拿來做別的事不是很好？」她停下手邊的衣服。

「幾點餵？」

「我七點後就不在了，大概凌晨才會回來，所以隨便妳什麼時候來用。」

「嗯。」她起身準備進屋。

「小銳！」我叫她。

「我叫胡安。」

「喔。」

「謝謝妳了！」

我開始在她系上旁聽文法課，看看她上課的樣子，她應該是班上最專注的學生，我總是在課堂開始幾分鐘後從後門進入，找個最不顯眼的位置、可以剛好看到她的位置坐下，她不停抄著筆記，她把自己的課程規劃滿檔，不是在本系上就在旁系聽課，沒有課就衝進圖書館，圖書館沒有位置就回到家裡的陽臺，每個晚上都在大學城餐廳打工，我除了見她和一個好看的女孩子常走在一起，和我一樣，大半時間是個獨行俠。

大學生是群奇特的人，他們既天真又自大，既熱血又毫無方向，他們享受著家裡提供的舒適圈，校園裡沸沸揚揚地吃喝玩樂，只有她，看來憂心忡忡，一張娃娃臉上掛著解釋不清楚的表情。

她果真履行承諾餵養著我的貓，也用了我的洗衣機，我猜想她檢查過所有的管線與洗衣機內橡膠接合的地方是否有棉絮殘留，櫃子上的洗衣機清潔劑少了幾包，我想是她用掉的，也許是在每一次洗衣前都高溫殺菌了。後來我在陽臺擺了套桌椅，我想她等待洗衣時可以在室外用點電腦，桌上總是放有一瓶乾淨的礦泉水，我出門放上的。「給妳。」我留的紙條。然後隔天，她會買瓶飲料，「還你。」她留的紙條。接著是一些小點心，有次我放了 Embrace 樂團的唱片，她回了一本卡繆的《異鄉人》給我，我們就這麼一來一往傳著紙條，我在張叔老闆子公司的某船運企業打工也一個多月了。

那天同事和我調班，我在家，她進門時已經九點多了，她溫柔地呼喊著小咪的名字，抱起牠熱情撫摸逗弄著牠。

「嗨！」我敲敲桌子。

「啊！」她嚇得將小咪丟在地上，牠喵一聲跑開了。

「不打擾你了，抱歉。下次這樣你應該先打電話告訴我或是寄個 Email 告訴我你在家，我就不會這麼冒失了。」

「我又不知道。」

「這算是基本的吧……你自己餵貓。」

「我是說我又不知道妳的電話也不知道妳的信箱。」

「喔。」她又慌張地在包包找著紙筆。

「妳可以暫停一下嗎？」她抬起頭，黑白分明的雙眼，非常純潔。

「一起吃晚餐？」

「我不餓。」

「當宵夜吧！很有名的，我還放在烤箱，熱的！」

「嗯。」我用托盤端出山腳的桶仔雞與速食店的薯條，搭配啤酒。

那算是我們第一次的約會，她很可愛，她有種不討好人的強悍，話不多卻非常有意思，她很真實又不得罪人，很簡單又令人不懂她真正的含意，她即使笑著仍能讓人感覺到她的防衛心，所以我猜測，是她的家。觀察她，就像乾媽觀察我一樣。所以我順著她，就像乾媽容納我的心一樣，然後我知道，我，喜歡她。

「我擁有這份真實，同樣的，真實擁有我。我過去正確，我現在正確，我永遠正確。」我打開著她的書唸著。

「怎麼樣？」

「妳喜歡的句子。」

「嗯，其中一句。」

「妳啊，滿可愛的。我想問妳，願不願意和我在一起，真正地在一起，我們不浪費時間，不作無謂的曖昧，就是很簡單，一起過日子，創造回憶。」

「還沒開始就成了回憶？你這個人就像大家說得那麼隨便嗎？」

「大家？妳不像是會聽大家說廢話的人。」

「耳朵就長在臉上能不聽嗎？人言可畏。」

「別人不喜歡看我們演的戲也沒有錯。」

「我也不是什麼討喜的角色。只有那些幸福、得天獨厚的人才能奢侈玩樂，我去過一次聚會，自己的手腳放哪裡都不知道，看到別人在笑，我好像解離了一樣，你懂嗎？靈魂出竅那樣！我這沒有時間的人，和大家住在不同的世界，撞到什麼都相互排斥。」

「妳真是老成啊！妳不知道，有排斥就有吸引。」

「不聊了，太晚了。」

「妳沒有回答我的問題。」

「我沒想過那些事情，我忙著餵飽自己。」

「妳這麼沒有自信怎麼寫故事說服人。和我在一起吧！我不會讓妳浪費時間的。」

「偷看了我的筆記本一次，記性倒是不錯。」
「我喜歡妳，還不到愛，但我相信，有一天，我們會愛上對方，就這樣。」
「就這樣？」
「就這樣。」
我們笑了起來。我將她輕輕抱入懷中，小心翼翼地親吻著她，她是全世界我碰過最柔軟脆弱的生物，她不同於其他人，她大於我的音樂、我的吉他、我的乾媽，大於我自己，她純潔的生命因為被拋棄而孤獨，她的文字震動著我麻痺的心臟，我可以感覺到全身的血液因為她，在各個血管內橫行無阻，我會，盡我所能去保護她。
那是我人生第一次，做，愛。
我們開始同居，我第一次知道，愛一個人，這麼困難。

＊　＊　＊

離開乾媽第一年的生日我找過她，她兩支手機都停話，我只好打給莎莎姐，她給了我新的電話與住址，輕描淡寫了乾媽的病情。我突然懂了她一年多前那場崩潰。我開了兩個多小時的車，來到北海岸山頭上一座白色小別莊社區，她已經在房間等我。

白色的天絲床單，白色的蕾絲輕透睡衣，白色的絲襪，她的頭上也包了一條白色絲巾，她說蕾絲剛好落在她的髮髻邊上，挺好看，她展示著自己的勝利品，清瘦的身軀，依然像以前一樣婀娜性感，病容讓她的美麗多了柔弱的撫媚。

「梅雨季濕氣都進來屋子了。」我把窗戶全關上。

「乖，過來坐著。」

她窩進我的胸膛。

「不知道該說些什麼啊，乖。」她說著，我往下看著她依舊豐滿的乳房。

「生日快樂。」

「就知道你不會忘了我，我有個禮物給你，在這。」她從枕頭底下拿出一個盒子。

「謝謝。」

「交了女朋友了？」

「是的。」

「年輕真好。」她熟練地撫摸著我的身體，她的手非常柔嫩且滾燙。我可以拒絕她，我沒有拒絕過她，現在我真的可以拒絕她嗎？我沒有。

「嗯。」她吻著我，我回吻著。

「我不管，我要你。」她喘息著，將細肩帶衣物褪至腰間，她像雪一樣白淨的身體扭動著，她粗暴地將我脫至全裸，她的手她的口她的雙腿沒有停過，我注意到了她腹部的美容膠帶，她用力將我的頸子轉向別處，我們像是兩輛超速行駛的火車，綿延不絕，衝向了彼此心中最黑暗的山洞，她是谷，我是山，她滿滿地覆蓋了我，震撼晃動著地表。

直到許久許久之後，才允許我射精，在山谷的最深處。

乾媽捲起大麻菸捲，這東西，以前她不讓我碰，現在放到嘴裡讓我試，外面的雨聲讓我們感到平靜，像回到從前她還未發病的日子，我從來看不懂她，綜合了少女與老成的眼神，我喜歡的女人，都有著這樣自我矛盾的眼神。我陪了她三天。她沒有哭，也沒有說再見。

「小子，我真喜歡你。」她最後說。

「妳知道……。」

「如果又是謝我就快滾吧！」她嬌嬌滴滴地說。

「嗯，妳，要保重。」

我在北海岸富貴角燈塔附近的木棧道走了很久，雨停了，空氣很黏，望著老梅海灘，媽帶我來過很多次，總是在春天來看綠石槽，媽告訴我，大片海藻附著於石槽，白色浪花一打來，有多美呢！她笑著。現在想起來她的笑，像死人回眸人間的記憶。我繼續走著，有一年我們在夏天來到，媽沿途摘著路邊的天人菊，望著遠方巨大白色的風力發電電車，媽說，爸說在歐洲隨處可見，有一天，也會帶我們去看。我站在臺灣最北端的燈塔前，它已不像記憶中遙遠與令人興奮，我看了一眼就走了。

媽，我是個壞人嗎？

我很想找個人說話。

回到家後小鋭沒有問我的事，她平日除了讀書就是打工賺錢，週末還得回阿姨的店幫忙，那天一早我輕放著 Embrace 的 *Gravity*，哼著，她因生理期仍昏昏欲睡。她說過這男人堅定的嗓音給人世界末日的傷感，鼓樂敲擊著。我拿起她床邊的書《生命中不可承受之輕》，米蘭．昆德拉，奇怪的名字，我試著讀了一兩頁，作家聊著什麼回歸的神祕概念。小鋭就是一個這麼古怪的女生，為了可以多借點書，空堂時間還跑去圖書館打零工。她的書桌一向非常亂，房子有了她後多了許多書，她啃書，就像我和她做愛的頻率。

我想起乾媽和我聊著，一個女人的子宮是有記憶的，所以每一個女人的第一個男人對她非常重要，因為他將在她的子宮裡，留下自己一部分的 DNA，一輩子的記憶，無論將來有幾個男人都一樣。所以⋯⋯。

「所以如果我有生育能力，跟下一個男人生的孩子，也可能像你。」她撒嬌地說著，我不懂，我又不是她生命的第一個男人。

我知道，我不會和小銳分開。

小銳對我一無所知，她為什麼和我在一起我也不知道。我想問她，但她總是太無所謂了。無所謂地任由她的阿姨左右她的時間，無所謂地搭配我的行程計畫與工作，無所謂地在圖書館和餐廳洗碗打工，無所謂地繼續聽著那些教授在臺上哭夭，她做什麼事情都那麼用力，那麼希望旁邊的人快樂，總覺得有人喜歡她一點點，就是天大的施捨。

她難道不知道，我們最寶貴最無價的，就是時間。

我知道。所以我們吵架，吵她的安靜，吵她的服從，吵她一副什麼人都可以推她一把、踩著她的頭往上爬那個，我要她擺脫那可憐又可悲的樣子，她卻什麼也沒有說。

「如果瑪爾得在的話，她會反駁你的。」小銳又搬出那女生。

「我的愛不拐彎抹角，我擔心妳這樣子沒辦法去對抗，我就是光用想的就捨不得妳。」

「你對我太好。這只是暫時的，有一天所有的事情都會不一樣，等我，等我寫出一本書，我就可以掌控自己了。」她緊緊抱著我。

「妳要自私一點。萬一沒有那本書呢？有一天只剩下妳一個人，什麼都沒有呢？」我捧著她的臉說著。

「沒有我們？」

「我不是這個意思。」

「我知道，懦弱是我的弱點，我不會一直這樣的。」

「太慢了。沒有什麼好怕了現在，看似不公平的社會，我們還是有機會的。」

「我沒像你這麼樂觀。」

「我不是樂觀，我只是面對現實。照顧妳是我的責任，但我不可能一直在妳身旁。」

「我也沒有要求你照顧我。你應該聽聽你的自大，說得一副你明天就要離開。你太小看我了。」

「妳還不了解我對妳的心嗎？不要每次都把我推開來結束話題！」

「你要分手，我不會哭也不會留你。我會繼續這樣過我的日子，你才是根本什麼都不懂。」

「妳知道嗎小銳，妳真的不需要在我面前裝得一副無所謂的樣子，也不需要對愛妳的我這麼生氣。我們都是有選擇權的！」

「喜歡一個人就是喜歡她原來的樣子，不是改變她吧！」

「我只是要妳多為自己想有錯嗎？」

我又激怒小銳了，小銳碰到衝突總是不發一語、逃離現場，她從來沒有說過愛這個字，「愛」對她幾乎是個尷尬難以啟齒的字。我知道她有她的計畫，我只是要她快一點，起來反擊，人不為我，天誅地滅。她就是看不清自己的阿姨怎樣摧殘、利用她，她的時間，她的青春，她的體力，她那顆卑微的心。

剛好是週五，往常她都是搭週六的凌晨公車，她拿起打包好的行李回家了。

她再回來時，說想去西班牙留學一年，我沒有反對，我聊著喜愛的音樂，The Beatles、Clash、The Who、Jefferson Airplane、The Jimi Hendrix Experience、Led Zeppelin、Marvin Gaye、Bob Dylan、Queen & David Bowie、Rolling Stones、Eric Clapton 等等。連續放了十幾首陪伴我的搖滾樂曲，她搖搖頭、不懂，說只有一首 Led Zeppelin 演唱的 *Tangerine*，旋律聽得比較順耳。我說這首歌有點清清淡淡的鄉村味，吉他和弦簡單和諧，這都是從跑船的爸爸那兒學的。

在哪兒？她問我。

到處都跑，最後常跑英國，不久後有個人來家裡，說他死了。

「這是他喜歡的嗎？」她拿起我擺放在房裡四處的香皂。

「不是。是我媽。」

「我們倆，跟彼此真不熟啊！呵呵。」小銳傻笑著，「音樂啊我一點也不懂。」

小時候很喜歡鋼琴好想學，阿姨說我上輩子肯定是個討債鬼，這輩子想盡法子要錢，於是每天放學我就跑到學校旁邊的鋼琴補習班站上半天，用力記住教室裡傳出來的聲音。有一天我決定，不再喜歡它了。我那放棄所愛的速度，從小練習到大，越來越快。所以我阿姨說我善變，多面人。」

「妳不是的。恰恰相反。」

「你最好這麼懂我！我從很小就學會了，怎麼放開，太喜歡的東西。」

「我，發誓我會等妳回來。」她斜眼瞄著我。

「嗯。我，發誓我會寫出一本書。在你離開我之前。」她說。

「我發誓我死前都不會離開妳的，傻瓜。」

「你才是，胡說八道！」我們緊緊抱在一起。

我真希望妳不要走，小銳，不要浪費我們可以在一起的一分一秒。

我竟不知，上天竟讓我在不久後，還沒聽到妳說妳愛我，還沒看到妳寫的第一個故事，我，就毫無預警地離開妳了。

第六章 小金

瑪爾得一直要我給一個分手的答案，我現在真的沒有答案，我不知道以後我會不會有答案，為什麼凡事都要個因果，我不懂？我怒吼著，難道我們人不能活在當下嗎？

我內心咒罵著，幹你他媽的自命清高的臭婊子！

如果一個人一生可以選擇用橡皮擦擦掉人生最後悔的一天，我希望抹滅掉那一天我對瑪爾得的狠絕。我的懦弱讓我用尖銳的言語掩飾自己對人生的無力感與罪惡感。

那時候，任何一個像我這樣年紀的男孩都會喜歡上瑪爾得，當時我以為我是愛她的，而她也習慣被愛。但是後來我發現我們口中談的愛，根本稱不上愛，或是，什麼是愛，我也不懂了。

如果我不愛她，怎麼能為她改頭換面，如果我愛她，怎麼又能背叛她，說出那些傷害她、想要毀滅她的話（連我自己都意外怎麼會有這樣的心態）。

也許，我愛的只有我媽，也許，失去她時，我也失去愛人的能力，這麼想時，我感覺自己的愛偉大了起來。這都是也許，我媽不在了，也沒有人可以給我一個答案。或是我想聽她的話，瑪爾得這種女孩子一點也不適合我。我不想違背她，違背她就是背叛她，尤其在她快死去的時候我若還這麼做，就太不厚道了，畢竟我媽是最瞭解我的人，她說的話，不會錯的。或者，我該感謝我媽，我利用我媽的遺願，離開了瑪爾得。

想著想著我也厭煩了。這是我開始泡夜店的原因，在那裡我找到了快樂，遇見了真正的女人，不是瑪爾得那種全身充滿仙氣與道德的女孩。

女孩與女人們的裸體非常相似，身體的曲線、雙腿彎曲的方式、修長的雙腿與滑嫩的皮膚，我們這種內外都粗糙的男人，根本澈底玷汙了她們，她們敏感、神聖、美麗、聰明、性感、脆弱卻又無比堅強，我們一點也比不上女人。

我的狐群狗黨們都喜歡年輕可愛的女孩子，像陪伴我們長大的日本女優那一款，我曾經也以為我和他們沒兩樣。和女人在一起後，我注意到了女孩和女人身體最大的差異，除了身體移動的方式和某些脂肪長的位置，比起女孩，女人不但性感，還散發出不扭捏造作的迎接訊息。我想以我的表達能力，只能說到這個程度，但我說話的功力不及真實體驗的十分之一。

經歷媽的癌症與死亡後，是女人陪著我度過創傷期、療養期，甚至讓我身心恢復健康，對做了對不起瑪爾得這件事，當它隨風而逝，是的，記得流行歌曲常常這麼唱著，愛不愛的，我們年輕人唱得再聲嘶力竭，心裡是一點痛感也沒有。

我媽走後我更確定，我需要一個人，可以讓我在她身旁安心睡去，一種互相需要彼此填滿彼此的情感，否則我無法在這個世界活下去。

我很想重頭說起當時第一眼看到她，那種心頭震動的感覺，她不是我第一個喜歡的女生，上大學前也和同校的女生發生過關係，有些女生，你看到她就會很想跟她進一步，就是我們年少氣盛的男孩之間談的那些。有些女生，只想能和她說話、和她做朋友，其他的一點也不敢奢想，好像有她在的地方，能和她呼吸一樣的空氣，眼前的風景都不同了。瑪爾得就是後者，何況，她和我們太不一樣了，是她的任性，讓她意外進入這間學校。我不知道她為什麼選擇我當她的第一個男朋友，也可能又是她的任性想要激怒艾娜（我不這麼認為），我知道她的姊妹一直非常討厭我、看不起我，認為我配不上她，這是她周遭所有人的感覺。

對我來說，喜歡就是喜歡，我一開始這麼迷戀寵愛她時也沒有想過，自己有一天可能會傷害自己最寶貝的女孩子。我和她越接近，我幻想得到的越多，越來越不像我自己。還是，那是我真正的樣貌？我心中真正的渴望？

我和瑪爾得曾經有過非常快樂、浪漫、兩小無猜一年多快兩年的日子，在我欺騙她以前，那應該算是我這一輩子唯一談過的戀愛，我的朋友們都無法相信，我和她談了這麼久的無性戀愛，他們說這一定是造成我們分手的原因（我不認為自己是那種人）。我們分手，是因為我們的戀愛關係裡還有彼此的媽媽，搞得我精疲力盡。還有她說出的話，多年過去，那字字穿心的話我已經無所謂了，但在當時，我想那使我失去了自尊。但最後我想自己是贏了，她在我真真假假的言語中，找不到邏輯，也找不到答案。

我聽說之後她失蹤了幾年，在不同的國家生活，又聽說有個心愛她的人在她的身旁，每每聽到她的事我總是會試著想像，如果沒有我們的母親，如果我們現在還在一起，我應該可以保持年輕那份單純的愛，與呵護一個女孩子的決心。她是一個獨立又強悍的女孩子，以前她告訴我，因為我懂她，所以她喜歡我。以前她說過，想看看我三十歲的樣子，沒想到時間真的帶我們進入三十歲，聽說她回來了，好像訂婚了。有時想想我對她的想念，我知道自己不是一個無情無血無淚的人，那年我怎麼成了那麼惡毒的人，我也不懂，我一定是瘋了。

我希望她知道，那不是我的錯。是命運吧！讓我們分開，但它卻沒有讓我們澈底分開，我和艾娜與她緊緊綁在一起，不過這也是我一廂情願的想法。經過這幾年的沉澱，我一直有些話想和她說，也許她不願意和我面對面，我想是因為當年我們太愛了，恨才會那麼深。最近大概是聽艾娜說她的事多了，我開始夢到以前，那已經不是我對她的崇拜或愛，我知道，就是知道，我的愛已經放在一個安全的地方了……。

＊＊＊

「小金是女真族的正統後代，妳知道他們嗎？妳看，書上記載女真族有耗之不盡的無窮體力，血液裡留著一股自然的天真澎湃，精神抖擻的原生能量。」瑪爾得唸著自己的筆記。她身旁一個瘦小的女生面無表情地瞪著我，她的眼睛其實滿好看的，卻放在一張不笑就有點哀怨的臉。和瑪爾得那張楚楚可憐又淘氣的臉擺在一起，像是兩個不同世界的人。那是她的乾妹妹小銳。

「蜘蛛圖狀說明，小金的爺爺本姓愛新覺羅，文革時期為躲避黑五類的罪名改姓金，在滿洲語裡愛新便是金。祖先世居中國東北，據說北京博物館裡愛新覺羅的族譜，還看得見小金媽媽曾祖父的名字，他是清太祖努爾哈赤的不知第幾個孩子。隨著民國開始，小金爺爺與受日本教育的漢人奶奶結為連理，堅持以貴族般的理念教育撫養下一代的兒女。」瑪爾得繼續唸著，這是我們在聊天時她寫下的筆記，自己又上網找了一些資料加油添醋寫的，她興奮地唸給小銳聽，聽說她想當作家。

我們三個一起坐在圖書館前的階梯，我擦著她額頭的汗水，聞得到她頭髮傳來的清香，偶爾看得見小銳對我不懷好意的眼神。奇怪我做了什麼？那個時候我強烈懷疑她是蕾絲邊，那個時候開始流行這種同性愛。她嗯嗯地回答，一直看著對面白色蛋捲廣場，那邊不過一群女孩子嘻嘻哈哈好像輪流在和一個男的拍照。

「誰啊？」小銳指著。瑪爾得聳聳肩，又將話題繞回我身上。

「他媽結婚後跟他爸就住在山裡，山是爸爸家的祖產，說這樣子就很幸福了。」

「與世隔絕啊？古代人啊？」她終於開口了。

「要不要一個 Godiva ？」瑪爾得把銀色的巧克力盒遞到她眼前。

「不用，謝謝。」

「他爸也不想，偷偷告訴妳。小金說他爸有下山找過酒家女。」瑪爾得拿起松露巧克力，又瞇起眼在陽光下看著它，咖啡色的可可粉撒落在空氣中，她舔了舔。其實我不在乎小銳怎麼看我，其他的人也是這麼想的，像我這樣的一個痞子能追得到瑪爾得，真是高攀了她，一朵鮮花插在牛糞上。同學教授們都謠傳這個長得恰如其分、頭腦機靈古怪，一輩子被媽媽精心栽培的女生，一定會毀在我的手上，大概是一輩子沒有叛逆過，尋求刺激。

「這種唯我獨尊的女人終究得自食惡果！」小銳故意放大音量說著……瑪爾德起身做伸展操，邊和乾妹妹聊著。瑪爾得身材瘦長而緊實，我曾經的渴望在回憶裡消失無蹤。

我繼續做著夢，又彷彿可以看見天花板的水晶燈，聽見艾娜播放的豎琴，我們和巴黎聖母院前的街頭藝人買回來的獨立唱片。她們的對話我聽得那樣清楚……。

「小金告訴他爸，如果毀了他媽跟那個家，他一輩子都不會原諒他，也要和他斷絕關係。他媽打理山裡的大小事，種菜洗衣燒飯理財樣樣精通，沒有他媽，小金說他爸也不知道怎麼活下去。」

「那他爸之後呢？」

「他本來就對他媽言聽計從，聽說之後好像得了憂鬱症，再也沒有下山過了。」

「唲，感覺跟我姨丈好像，不過有病的是我阿姨，那個年代的老男人都這樣沒種嗎？他們隱居靠什麼生活？」

「小金說他媽變賣古物，拍賣了一大筆錢，不愁吃不愁穿的，他媽才剛買了車給小金。」

「想也知道是很大一筆數目。」

「我想也是，不過小金很省，他說他媽說他們愛新覺羅有天生的貴族氣息，不需要太刻意裝扮。」

「哈！」小銳冷笑著。

「反正他媽說一是一，說二就是二。誰也不可以回嘴，像個皇太后。大怒雷霆時，曾經把全家都砸爛哩，說不定哪一天把整座山都燒了！」我走出圖書館，小銳瞪著眼看著瑪爾得，她牽起我的手，我們下山看電影去了……。

然後是我媽生病的幾個月前，我第一次帶著瑪爾得回到山上與父母親吃飯。瑪爾得第一次踏進莊嚴布置的大廳時，盯著我家那張桃木大神桌，上頭香火旺盛，供奉著各色蔬果。

「我在書上讀過，這就是：輕煙裊裊的檀香，漫散縈繞。」我對著她微笑。

「你的？」

「將軍爺爺遺照。」爺爺凜然無懼的眼神，整個房子都在他的視線下。客廳格局方正，兩旁牆上掛著古典字畫，字畫旁各有兩張桃木椅子，中間夾著一張茶几。瑪爾得死硬地坐著，雙腳踏在檜木的拼貼地板。

「涼颼颼的，需要一杯上頭漂有珍奇浮葉的中國好茶來搭配這個畫面。」瑪爾得說話的方式突然像極了高中的國文課本，一定是受了小銳的影響。

在夢裡，家裡擺設依舊，媽媽的皺紋少了許多，仍是我記憶中最美麗的臉孔。

「小金，叫你女朋友來吃飯！」從客廳後方的長廊傳來，媽媽的聲音，柔軟，宏亮，字正腔圓。媽媽一身清朝婦女裝扮，織龍織鳳的七彩雲朵，及地的裙上有流蘇，媽只穿自己的衣服，胸前斜至腰際的舊式旗袍排扣，瑪爾得露出臉上的酒窩，媽看了瑪爾得一眼，是死魚的白眼。

我牽著瑪爾得坐下，媽媽坐在我左邊，爸坐在瑪爾得右手旁，他穿著藍黑格狀的及膝粗布短褲，上身是子彈牌的男性汗衫，額前綁了一條白色的毛巾。整場飯局沒人理會瑪爾得，媽媽不停給我夾菜，要我多吃點。

當時的情況是這樣的嗎？

「外頭的臺灣食物總是添加太多味精、化合物和油物，把身體都吃壞了，不比在媽媽身邊吃得健康營養。」我不好意思地回答著。

「心肝啊！你女朋友喜歡吃什麼，你自己夾給她吃。」

「謝謝，飯菜很好吃，我自己來就可以了。」瑪爾得說著，媽突然拿著碗筷離桌。

「她自己會夾。」我低聲傳著話。

當天離開山上途中，我們沉默無語，那是我們第一次起了口角。

「對不起，我爸媽不知道怎麼和我女朋友相處，尤其是我媽。」

「我想這應該不是不知道如何跟你女朋友相處的問題，我只是不懂，他們怎麼連我叫什麼名字都沒有問啊？」

「因為我從來沒有帶過女朋友回家，我媽媽皇族的觀念裡，我是不能隨便與其他女人交往，她和我說過，姻緣必須門當戶對。」

「我只是想說關於禮貌的問題。皇族用在這聽來是bullshit。」那是我第一次看見她白眼裡的不屑，我在電影中看過一些西方人也有這樣的表情。

「妳一定要原諒她，我媽不問我爸也不敢問的，妳要知道清朝的後裔都是這樣子的。在他們眼中，其他人不過都只是漢民族的混血，金家其他親戚都是這樣子，我媽連我爸家都不踏入一步，說她聽不懂他們的方言，也看不慣他們的繁文縟節。也許這就是滿清精神遺傳下的驕傲吧！」

「我哪有資格怪她，她是你最敬愛的媽媽耶。」又是那種嘲諷眼神和不屑語氣。

「拜託，我是我媽唯一的兒子，她又那麼愛我，妳懂吧！這是沒辦法改變的事。」

「請你停車。這是我聽過全天下最可笑的事了。」瑪爾得用力地摔了我的車門離去。

「妳回來啊？妳這樣子我會擔心！」她回了我一大串英文，反正要我滾就是。

「他媽的霸道大小姐脾氣！幹！」我回到車上大罵。

我們有好幾次真的要做愛了，她看著我拚命以理性克制獸性。她在獨處的房間鼓勵著我，要我教她怎麼擁有朋友口中那種愛的高潮，她說她不懂，高潮這種東西在女人的身體，像地質的核心。我做不到，她也做不到，總在最後幾秒中猶豫發呆，她說不懂自己若是個探索情慾的女孩，怎麼能夠在最後赫然停止一切感覺。

「我是機器嗎？」她問我。

「不是。」

「那我怎麼了，你有經驗，可以告訴我嗎？」

「請妳現在先不要和我說話，我需要一點時間冷靜。我想，妳把這件事想得太嚴重了。」

比起真正做愛，瑪爾得更喜歡的是我為她失心抓狂，冒著熱汗，想掙脫她又想占有她的瞬間。我膨脹的身軀溫暖著她，令她感到自在，她說如果有那麼一天，一定是和我不是跟其他男人。她那麼說時，我知道，她根本不知道自己在說什麼，瑪爾得對做愛好奇，卻有種破壞的恐懼，她碰觸著我的陰莖，我有種被探索的不自在，她似乎在思考著什麼。我不知道那是什麼情結，她把做愛和破壞連結，讓我無法持續勃起。往往是我離開了房間，然後隔了幾天，我們又若無其事地膩在一起，上餐館看電影逛街。

艾娜找了我許多次，瑪爾得並不知情。任性的瑪爾得，其實連自己要的是什麼都不知道，「你呢？」艾娜問我。

「你這樣一個樣貌得意、無所事事的男孩子，你現在要的是什麼？你渴望性，這是正常的，那麼我可以告訴你，瑪爾得無法滿足你，她會讓你受挫讓你背上破處的罪名，之後呢？她沒有失去過愛，這種愛你給不起，她需要崇拜、她總是不停往前，你追得上嗎？你想享受青春，反倒被青春折磨，然後你一事無成，畢業了不過是一個，套用你媽的話，遺少啊！不可悲嗎？」在艾娜面前，她的火焰燃燒了我，啟發了我。

「我不只是想這樣，我只是愛她，但是妳把愛弄得太複雜了。」

「哼！愛，你還真是可愛啊！」艾娜那麼一說，我竟然臉紅脖子粗的，是的，我心虛。

「有些人，冒險一次就毀了一輩子，你不是瑪爾得人生該出現的角色，你啊，屬於我這種人的世界。來幫我做事吧？」

「好。」我不想拒絕神祕的她，我和瑪爾得，是個死胡同。

我和艾娜之間的聯繫，是從瑪爾得開始的。是的，我的人生多美好，毫無擔憂，畢業後媽建議我當個業務練練口才再回去打理家業，艾娜給的機會，突然讓我的人生有個目標，念大學對我來說，原本便是抱著混文憑的心態，在艾娜公司上班，我連學校也少去了，那年我不過二十歲，金錢與排場，激起了我另外一種慾望。

寒暑假瑪爾得都在國外進修，一開始我很想念她的陪伴，最後一次她說要去西班牙一年，我掉下了滾燙的眼淚，艾娜第一次緊緊地擁抱著我，我覺得好多了。

得知媽媽癌症末期時，我告訴艾娜我有緊急的事必須離開公司私下和她談。她立刻放下手上所有事務、取消當天會議，我們在她的私人公寓，我原本想平和地和她辭職，我想感激她給了我這個機會，給我彈性上班時間讓我同時拿到那張沒有用的文憑，這一年多來我的確快樂許多，我還有很多想法，我享受和她的團隊一起策劃投資案，一起達到目標的每一個過程。我第一次感覺，自己有能力創造出什麼。

我才說了謝謝，就壓抑不了所有的情緒，她優雅地坐在沙發上，我開始痛哭。

「過來吧！」我到她身旁，這次是我緊緊地抱著她，無法停止接下來發生的事。我哭著告訴她我的感激、我的想法、我的擔憂，還有我對瑪爾得日漸淡去的愛意，沒有愛情了我們，我大哭著，她非常地溫柔豐滿，讓我不想離開她的身體。我吻了她，用盡我全身的力氣，死命地撫摸、緊抱著，飢餓地吻著她。

她沒有拒絕我。如果和瑪爾得是我這輩子唯一談過的純純戀愛。和艾娜，就是我這輩子，唯一一次進入女人的身體，第一次，我一直不想離開她。

我告訴她，請妳，讓我和妳在一起，妳不需要愛我，只要讓我偶爾和妳見面。她笑著，發散著光輝與美，笑著，「我會全力支持你。」

為了不影響瑪爾得的學業，我們一同瞞著她我媽生病的事。還有我們之間……。

我看見自己在醫院中崩潰怒吼的樣子，我的背變得彎曲，言詞閃爍無邏輯，艾娜一身便裝在我面前。她說為瑪爾得帶來了花給媽媽，我盯著手上的那束潔白海芋，細心地把它們放進透明水晶花瓶，爸帶著媽去作檢驗，頭等病房中只剩我們兩人，氣氛有點僵冷，夢裡出現了泡在福馬林藥水裡的器官標本，在媽媽冷白的病房角落的桌上，我好像快消失在空氣之中，只剩艾娜一人。

「我一個人走遍了所有我和瑪爾得去過的地方。」我用低沉微弱的聲音說出這幾個字。

「每一個人，都要找到自己說再見的方式。」

「我想她也不愛我了，每次只要一出國，就變了一個人，現在所有計畫都無法實現了。是她先不愛我的。」我雙手抱著頭，把頭夾在雙膝間，打斷了艾娜的話。

「傻瓜，時間會帶每一個人到該到的地方。不用再為自己找藉口了。」

媽媽咳嗽了幾聲，回到病房，媽媽和艾娜第一次見面，艾娜輕柔地牽起媽媽的手以磁石為她按摩，她們談心談人生。

「打給她吧！用你的方式，好好說。」艾娜說完這句話頭也不回地走了……。

瑪爾得回到臺灣之後我已休學回到山上。化療和標靶藥物治療是媽媽苦難的開始，她開始和我訴說家裡的事，很久以前的事，我總是握著她的手，躺在她的身旁陪她午睡，用手接她的嘔吐物，用指節按摩她的穴道。接著媽媽剃光了頭髮，癌細胞擴散至她的腦部，腦中的腫瘤壓迫語言神經，漸失去語言的能力，醫生要立刻做切除手術，相對的風險是喪失記憶。

生下我的愛新覺羅媽媽，金色的生命花蕾正在凋謝，幾百年前北京皇宮的驕傲漸漸在她的眼神中暗淡褪去。媽媽生病之後，我也不再進食任何紅肉、油炸食物、起司甜食及任何加工製造的醬料，我們全家五點鐘準時起床，每人一杯天然草綠蔬果汁，牽著手潛入綠森林呼吸芬多精，接著陪媽打太極與靜坐、赤著腳丫在天然的泥土中來回漫步，中午粗茶淡飯，爾後小盹片刻，下午我和爸爸整理後院的簡單蔬菜園。爸爸將家中的微波爐、電視、電腦、等無線設備全鎖進地下室，防止輻射再度傷害媽媽，只剩支有線電話與桃木桌椅安靜地躺在冷清的客廳中。

神經質的爸爸有時電燈也不開了，常一個人半夜坐在客廳思念著健康的媽媽，媽媽病倒後的兩個月、爸爸雙眼爆紅血管，體重掉了十幾公斤，都不說話。最堅強樂觀的反倒是拚命維持體重的媽媽，每天告訴我們肺中的腫瘤一定會縮小，因為她正被兩個最心愛的男人寵愛著，是全天下最幸福的人了！

瑪爾得堅持要自己開車到山上看我媽，我和她好久沒有見面，因為媽媽下的逐客令，任何人都不能進金家門，直到門口我出生那年種下的梧桐樹散盡枝葉時，媽說可以開始見親友了，瑪爾得才來。接下來的一切，我的夢境陷入混亂，我醒來了，滿身冷汗，昨一早艾娜飛香港，晚上十點我再出門接她，打掃房子的大姐剛離開，桌上擺著新鮮草莓、法式吐司、果菜汁，咖啡仍冒著煙。

才十點，我好像睡了幾年。

我們怎麼分開了。就是那一天，是我用了最惡毒的話，狠狠地侮辱貶低她，我數落了她的自大、自私、自以為是，還有她那乾妹妹看不起我的眼神，我看著她崩潰、跪在地上大哭，她向我道歉乞求我的原諒。我很驚訝這樣一個高高在上、教養出生良好的女孩子，是真愛我？我不知道。我辱罵她，告訴她我的媽媽從來沒有喜歡過她，像她這樣的女孩只會拖累我的一生，媽媽的確是這麼說著，何況，妳是個破碎家庭長大的人，又帶著千金的面具，妳的心能善到哪裡去？她哭著回覆著話。我便更加憤怒地告訴她閉嘴，別詛咒我媽，她又大哭著，我醜化了她。我不加思索，毫無掩飾地說著，我想和她澈底決裂，人生再無關係。我說這些話時，心中對她沒有恨，她沒有什麼讓我去討厭她的地方，我只是累了，憤怒地累了，我很想躺下來好好休息，躲起來，而她不停地追著我要我給她答案。我也想要答案，我想問老天爺，我媽是全世界最好的母親，為什麼上天要奪走她的命，讓她受那麼多的苦！

一年一年過去，我說服了自己她很快（或已經）走出了這個陰霾，也許我這麼說有點不負責任，但是要去承認自己是個說謊的背叛者，對我來說是件更難的事。後來她出國了，每一次聽艾娜說，她總是在不同的國家，求學旅遊工作戀愛，我們什麼都不需要操心。她在那過分富裕美好的人生，自由自在，再沒有人阻擋著她。該發生的都會發生，該離開的誰也擋不住，就像天災人禍一樣。艾娜說的是她的情慾，聽起來像是艾娜知道了什麼事。

艾娜從沒有問過我們怎麼結束的。我和艾娜之間，就像她說的，我和她終究該走在一起，我從來沒有細想過她說的話其中的什麼邏輯什麼道理，她陪我走過了那些灰暗無光的日子。送走了媽之後，爸爸在世界各地旅行當義工，我，再也沒有人管我。我再也感受不到遇見瑪爾得那個階段心中的無憂無慮，那種單純只顧著喜歡一個人的心情。

我也想過離開艾娜重新開始，她應該無所謂，我對她一無所知，她在我生活的存在使我安心地度過那段倚賴抗憂鬱藥物的日子，然後我就習慣和她一起睡去、一起醒來，我取代了他的私人司機，她也將座車換成保時捷第六代911車款，方便我們兩人坐在一起，滿足了我們的虛榮心，或者，只有我的。

我總是在等她，在這個小城市的咖啡廳，這幾年我有沒有過其他女孩子，有。艾娜每隔一陣子總會自己開車出門辦事，我隨口說了陪她去，她不耐煩地拒絕，我也無趣再搭理。我說了，我和艾娜之間就是那麼自然，她也從不過問我的事情，我們對彼此的未知毫無懷疑，只對我們當下共同擁有和共同享受的有興趣。

她忙著私事時，我到處走走，我邂逅了舞蹈教室的老師、夜店的舞者、咖啡廳的女大學生，她們一個比一個年紀小，她們喜歡和我上床，她們說我成熟大方風趣，小女孩們極好誘惑逗弄，增加了我生活不少「小菜般」的樂趣。

我不怕艾娜知道，她如果問我我也會據實以答，她從來不問，我很訝異自己的聰明勝過一個精明幹練的女人。我們就這麼定下來了嗎？我們也從來沒有討論這個問題。不用去思考承諾或是未來的藍圖，讓我們活得輕鬆又自在不是嗎？艾娜問我，我愛死了她的人生哲學。我想她知道，我依戀她，她已經成為了我身體的家，無論我的靈魂漂到哪裡，我最後總是會自動回到她那裡，我無法解釋，也沒有人可以告訴我為什麼，幸好我沒有瑪爾得那種打破砂鍋問到底的精神，及時行樂，今朝有酒今朝醉，多好呢。

這幾年我和艾娜四處旅行，夏天我們到南半球、冬天到北海道滑雪，一年大半時間我們旅居在上海、北京、廣州、香港、深圳工作，沒有車開時我身兼她的私人祕書，聽她不經意聊著會議、分析著決策，她喜歡我當她的聽眾。這幾年我們也去了巴黎、南法、西班牙、荷蘭，最遠到了芬蘭、丹麥，這些都是我從未想過會到的地方，瑪爾得應該也在不遠的地方，我們提到她總是說些好的事。如果說艾娜有個弱點，應該就是瑪爾得對她的恨，是因為我嗎？我想是。我試探過艾娜，也許我們為了瑪爾得，應該停止這段關係。她要我別假惺惺了。

她們之間有我不懂的情感，多年來她們並不像母女，比較像是姊妹，艾娜對瑪爾得從小的疏離教育是成功了，瑪爾得了無牽掛地離開她，也放開她口中說愛過的我，我想她被艾娜訓練得過度獨立了，瑪爾得的這個結也只有靠她自己去解開了，也或許她已經遇見了一個解開這個結的人了！瑪爾得說過，她最親近她的外公（她喊他爺爺），不知道為什麼艾娜提到自己去世的父親和瑪爾得時，總是不以為然。艾娜卻又用身為媽媽的權威限制干預著她，就像當初威脅利誘我不准和她發生關係一樣。艾娜現在唯一透露的憂愁，是一種權力的失去。有時她又悶不吭聲氣著，要我讓她一個人在房裡，我知道，那是她很久很久以前做錯的一件事情，我心疼地緊緊擁抱著她。我告訴她，我們一起，把做錯的事情擦掉吧，是那一天吧？做錯的事情那一天，我幫妳把它擦掉，就算了，就像妳說的一樣。

想著對她的不解，我笑著，想起艾娜在北京和導遊聊著中國的歷史，興致盎然，她穿著輕便粉色衣裝，有我從未見過的可愛表現。聽我輕描淡寫愛新覺羅的事，她聽著，沒有多問，沒有崇拜，悠哉悠哉地揮著我們在京都買的扇子。久而久之，我也認為媽過去對金家的歷史包袱太重了些，記得那麼久遠的事情，無關痛癢。

艾娜的矛盾，是她這個女人最美麗的時候。

瑪爾得要回來了，我們知道，這一天會來。我三十歲了，這八年來我進入了艾娜的世界，喝她喝的酒、學她說話、穿她挑選的衣物、接受她的贈與、開她的車、剪她喜歡的髮型、噴她喜歡的香水，連牽著她柔嫩的手，都像在雲端漫步。世上對我最好的人，不會有第二人了。我愛她，想到無論發生什麼事，有她在我身旁，我何德何能。

聽說瑪爾得要結婚了，我內心有股解脫的感覺，她終於找到她的幸福了。我在她的記憶裡應該是個微不足道的小角色，現在我們大家應該可以像朋友般坐著喝酒聊天吧？或是就我和她敘敘舊，開車載她兜個風，艾娜是不會介意的。

第七章 小鋭

胡安，我終於離開雪倫媽了。這麼多年，我已經變成一個自己也認不出來的人了。原來的我，是什麼樣子呢？那個我，都留在你和瑪爾得的記憶裡了吧？你們呢？從來不離開我的你們呢？

胡安，如果你有意識，你一定會罵我，這麼久才做出這個決定。我的夢想，就和其他成千上萬的人一樣，一點一滴在每分每秒的勞動中被損蝕，我們像是微波爐中的實驗白老鼠，漸漸地，我不再記得自己真正的模樣。為了生活，我留在雪倫媽身旁，把你的錢花完了，還背著積欠瑪爾得的債務，無論我工時再長，賺得的金錢流入你那昏迷的宇宙裡，不過寥若晨星。白晝來臨，你依舊安穩地睡在那個我不理解的世界裡。我沒有遵守諾言，成為我想成為的人。那個故事，我始終沒寫出來。

因為你還有一口氣，我要等你。

當雪倫媽鎮靜接受我的辭呈，我突然了解自己在生物鏈中低等的利用價值，她可以輕易找一個人取代我。他們暗地裡笑我是雪倫媽的奴才，又如何呢？對一個失去自己也失去所愛的人而言，我自然而然打從心底地發揮出為人的奴性，只要能夠維持你的呼吸，這些，又有什麼重要的呢？何況，這年代，誰不是奴？

我離開她，一方面是想好好花時間和你說話，讓你好好離開。另一方面，我要三十歲了，我想「長大」了，我想做我自己。我想離開阿姨和雪倫媽這麼多年玩弄我心智和時間的遊戲，我向來習慣了施捨，我想找到我自己，真是可笑，我終於可以下定決心做我自己了！如今你的保險金之後可以讓我暫時拋下債務的煩惱，就一個月，或許兩個月，也許三個月。這些年我總是在找藉口，工作忙、健康因素，還要照顧你，我無法寫，其實是我沒有能力，我寫不出來。放棄寫作，我在精神層面，是個廢人。

但是這一切都將不一樣了。

聽過哪部電影說天上的每一顆星就是地上的一個人，我想，你絕對不是一顆平凡的星，也許是顆未被發現的行星。而我曾經那麼接近你，被你炙熱的光熊熊照耀過後，還有什麼光芒驚豔我的人生？一旦體會了靈魂被擁抱的感覺，就再也無法一個人自己生活了。

＊＊＊

那時白晝漸短，面對著河岸夕陽餘映出高樓滿布的剪影，新市鎮漸暗去，大學城熱騰騰地鼓譟著夜晚活動。你請我吃宵夜，後來我在你的陽臺看著夜景，你擁抱了我，邀我進房，第一次你要進入我身體的瞬間，是我內心暗自渴望迎接的，我迎接童真的毀壞，那是我唯一擁有、確定的東西，也是我唯一可以真正傷害自己的方式。我一直想傷害自己，果決地了斷。我跟你走了。

我們上床，女人的兩腿必須張開我都不清楚，你溫柔地親吻、熟稔地抬起我的雙腿，我全身抖動著，想著瑪爾得說過，懂了慾望就懂了痛。睜著眼睛，腦海浮現在我高中時和瑪爾得一起看過的夕陽。那個月圓初吻的夜，然後是一場冰冷的大雨，接著是冰雹，刺得我全身每個毛細孔都裂開了，沉入深海，夕陽從海底噴湧著，我的身體周圍被橘光包圍著，如在幼年搖床般溫暖舒適。

窗外一面灰濛天空，星星尚未出現，你在灰色的房間放著 Matt Wertz 的 *Red Meets Blue*，男主唱慵懶嗓音中的徐徐道來，副歌部分略有分岔，老舊音箱的關係，你說著，點起了菸。做完愛之後，我捲曲著背對著你，你環繞著我。

沒有人有能耐改變一個女人的信仰，一生一次的撕裂，沒有人知道那是幸或不幸，到頭來是潦草地遺忘，或是戲劇化地回憶。我記得很清楚，就在那時，我告訴你，我想寫一個故事。

那個時刻，是什麼在我的體內爆破了我也不清楚，我只知道，我想起自己的母親，全身痛苦地思念著她，我的痛難道可以和她生下我的苦難相提並論嗎？我沒有哭，從很小每當被阿姨冷嘲熱諷，我躲進衣櫥緊緊握拳，我的心攪和著恐懼與憤怒，我讀懂了她那情緒化的臉孔，她的心中有一個巨大的暴風圈，她在裡面，被襲捲到五官都變形了。我不敢相信那是我的親生母親。

在你的晃動中，我緊握著拳，彷彿看見了明天。

然後你用溫水沖流過我身體的每一處，沐浴著我，十指在我的頭髮間搓揉著，輕緩擦乾我，吹乾我的頭髮。那是我第一次像個孩子，被珍愛著。

你放了音樂，在那之前我極少聽音樂，你的英文歌無法引起我內心共鳴，後來我開始聽流行樂，聽那些對仗押韻或者強說愁的歌詞。我羨慕寫詞人，遙遙望著他們倚賴文字用文字訴說的工作，我被他們寫出的意象吸入，獨自待在內心最深黑的角落，怎麼每一首歌說得都是你，說著我對你練習千百萬次的思念。

我好想你，我不知道怎麼和你告別。我真的不知道。

你還記得我們那一個月四千元的公寓嗎？大門鑰匙孔有點生鏽，每次都得用力插入鑰匙，前後轉動三十度才能打開大門。那是山坡上唯一的紅磚舊公寓，柵欄上掛著學宅兩字的木片。陡梯兩旁蔓生著雜草與野菊，坡上幾戶平房及三兩街燈，我們的家離平面一百二十三階，房東在灰色的矮柵欄坡旁種滿了幸運草，你種上了全年花季的藍星花，以前我最喜歡看著長漏斗狀的花開著。除了頂樓，一到四層都被山腳連鎖補習班老闆租走當外國人的公寓，幾乎每個月一樓後院都有烤肉派對。房東和鄰居都很喜歡你種的花，有個美國人常開玩笑叫你搞花的娘兒們，你每次回說是啊我最愛搞菊花，他們誇張的大笑常讓你想起了年輕的爸爸。

四年前吧！整片的山坡舊公寓全拆了，現在是有游泳池、水療，健身房設施的高級社區。那麼寬敞的頂樓加蓋陽臺，又有著整面的落地窗，現在再也找不到那麼經濟實惠的公寓了。

現在的世界，加倍殘酷、貪婪。

我從不知道你的霸道來自何處。有天傍晚電腦資訊課完，你要我陪你走一程，我急著到餐廳打工，你硬生生拉著我，就一下下。我們一路往停車場走去，綻色的天空掛著顆晶亮的圓，浮雲掠過，妳要我抬頭看看，你說很好我們真正地在一起了，今天過了明天就沒了，我們看著那綻色的天空，你深吻了我。我開始懂什麼叫浪漫，無法拒絕你的任何要求，那天我經痛，下半身有顆心臟收縮著。

以前我在陽臺洗衣時，最喜歡看著你用紅磚架離地面的洗衣機，排水管部分廢水用塑膠管接至花盆栽種植物，成排的藍星花與花期近尾聲的松葉牡丹，冬天尾聲，你總不會忘記播下五彩茉莉種子等春天開花。我很喜歡看你照顧植物的樣子，像個孩子愛著另外一些孩子。我以前從不說愛，我想說時，你已不在。我喜歡靜靜觀你，覺得你雙眼深陷像個受傷戰士，早上總是精神不濟，眼袋掛著睡意，需要一大杯美式咖啡醒腦。你帶我看水筆仔白鷺鷥吃熱狗聞花香聊大海，身旁有一種肥皂香氣使我安心。

從我六歲搬到阿姨家後，我以為自己已在她那暴虐的對待裡觀察出人性的端倪，在我們獨立卻又緊緊交織的人生裡，很多事情我卻看不清楚，瑪爾得也開始不懂我，情同姊妹的我們第一次因為彼此選擇喜歡的人而開始疏離，你出現以前，我的生活除了討好，帶給我希望的人是她。

先是她失蹤，再來是 Bachan 去世，現在輪到你了。這些年我都在想你們，想到可以對著空氣想像你們，和你們說話。

醫生說我瘋了，得了精神解離症，我回家，阿姨大鬧整個家，把我和 Bachan 的房間都砸碎了，我寫信給瑪爾得，告訴她，和她共同度過的幾千百個日子中，我喜歡觀察她搖擺不定的性情，她蓬勃的生命能量催促鼓舞著自己與身旁的人們往前方觀望，她口中的未來總帶有一種神祕無量的吸引力，她每次的調適都是為了更充足柔軟地面對下一個不同的驛站與人群，瑪爾得了解如何讓自己悠然從容地走在變化的前端。

妳可以回來嗎？瑪爾得？胡安不見了……。

我們是如此不同，她的興趣廣泛、知識背景富足，瑪爾得可以在任何地方、任何時候，找到她的出口。「每個人的生活都有許多出口，看妳願不願意走出去罷了。」記得瑪爾得對我說類似的話時，是那般自信悠然，我明白，她是符合這公眾領域的生物，無論接受或反對，無論正面或負面，她會打開自己的窗口欣賞不同的景色，走出四季的大門。她和我說羅丹地獄之門的故事，我已經失了神。

我不是沒有嘗試過找尋出口，窗外刮著強風豪雨，大門滿布著巨大血紅的玫瑰荊棘，一個沉思者在中央審判著我。我的腳跟被發展迅速的根莖緊緊纏住不得動彈。看到許多人在我的窗外走動交談，他們像飢餓的厲鬼般互相啃咬著彼此腐爛的肉身，他們的眼神如霹靂閃電火光，我害怕偷窺他們的互動，他們倘若發現我的存在，一定會不留情地判決我鞭笞極刑，我不是故意闖進別人的地域領土，我看到自己的自尊被踐踏，我討饒著，接著迅速地關上所有的門窗，將它們一一拴緊。

我在門後大口大口地呼吸喘息，多麼希望轉身的那一剎那，我可以立刻見到瑪爾得，擁抱瑪爾得，我不想看見任何人。我渴望聽到她的呼吸聲，依稀看見她淡抹胭脂的五官臉龐，我知道，我可以順著她臉上的立體輪廓線條找到安定。

妳可以回來嗎？瑪爾得？胡安不見了……。

「瑪爾得，我不知道怎麼回事，但是除了面對妳，還有胡安，其他人都給我魔鬼的感覺。」

「我建議妳找個不得不面對人群的工作，然後妳慢慢地就會好了，相信我。」愛妳。她親了我的額頭，找小金去了。

是夢，是我的想像，當時寫出去的信毫無回音，在某一天吞了鎮定劑後我走進雪倫媽學生們的人群中，勞動暫時壓抑住了我的瘋狂。

＊＊＊

火車規律地搖晃著，絨布椅陳舊的味道蓋住我身上的肥皂味。如果有天身在地震帶的我們，全部一起毀滅有多好。

播著你留下的音樂 *Gravity*。

Honey
親愛的
It’s been a long time coming
在漫長的時間後，終於來臨
And I can’t stop now
我現在無法停止
Such a long time running
如此多的時間流逝了
And I can't stop now
我現在無法停止
Do you hear my heart beating?
你有聽見我的心跳聲嗎？

Can you hear that sound?
你能聽見那個聲音嗎？
Cause I can't help thinking and I don't look down
因為我不禁想著，而我不願放棄
And then I looked up at the sun and I could see
然後我仰望太陽，我能看見
The way that gravity turns for you and me
地心引力在你我之間如何運轉
And then I looked up at the sky. And saw the sun
我仰望天空，看見太陽
And the way that gravity pulls on everyone
地心引力如何將我們每個人緊緊相連
On everyone
拉著我們每一個人

Embrace 唱著，我一直活在書裡的世界，很多事情我無法對任何人說出口，你以前常說只有音樂懂得你，是這種被鎖住的感覺嗎？

所以命運就這麼將我們分開了。

胡安，你，太好了，我想成為你這種人，我想有你自由的靈魂，我怎麼能讓你走？

在我生活的每一秒裡，我用所有可以想像你的方式幻想你的存在。是你，讓我實現「永遠」這個抽象的字眼，我終於明白愛一個人是什麼樣的感覺，我好像醒了，麻痺了這麼多年後，我醒了。

真奇怪，昨晚我做了一個熟悉卻奇怪的夢，你和那個美麗的女人成了一對夫婦，我像是《色戒》裡的女間諜接近你們，你是個醫術高明的醫生，中年個小戴副眼鏡，她比你年紀大上許多，你們那麼親密，你看著我，對我夜半尋醫提出的要求立刻答應，她瞪著白眼，硬生生跟著你，你們把前座留給我，我卻不敢上車。

我沒見過她，但是我知道有她的存在。可我從未過問，你也知道，我是不追根究柢的。

你是別人的了，你不再俊美，可我卻認得你，就像你認得我一樣。我不嫉妒，我暗喜著我們的默契，就像以往一樣。然後我滿身冷汗醒來。

一個人失眠，就會在另一個人的夢中出現是嗎？這麼多年，你還放心不下我吧。

經過河濱公園，晴空萬里，記得你邀我去海洋漂浮。

「相信海洋、想像飛翔在天空中的感覺，妳可以在海面浮起、自然仰泳，可以順著波浪回到沙灘，聽見海水律動的聲音。有我在這，別怕，別怕。」

「我浮起來了。」在海中，身體失去了浮力，我全身力氣一股腦地壓在你身上。

我閉上眼、雙手環抱著自己的身體，睜開雙眼，窗外景致一般，矮房與稻田，偶爾有華麗的農舍，我覺得有些像是放大版的祖墳，光想到夜晚空無一人的田弄小巷，陽臺上冷颼颼的風沁入你的骨頭，只看見不遠處也有另一戶人家，死後的世界大概像是這樣子。冰冷冷地住在彼此身旁，卻碰不到對方，也說不上一句話，只能看著腳下（人間）的芸芸眾生。

那時你騎了很久的車，經過了寂寥的雜貨店與山裡的教堂，彎曲的小徑讓我一度起了雞皮疙瘩，到了無人的黑色沙灘，鼻腔裡充滿了重重的鹹味，我尖叫了起來，這裡像片迷你私人沙灘。遠方有火苗，周圍是高低參差的黃綠野草，你拿出鐮刀與粗棉手套清除野草，野生的紫羅蘭、仙人掌、濱刺麥，無根藤和濱刀豆啊妳看。

你媽媽是植物專家，捻花惹草地在溼地唱著民謠小調，讀著泰戈爾和雪萊，等待著她深愛的男人。週末時到老街賣詩及花束給情侶們，爸爸風光時手下有好幾艘船，奶奶在老社區教老人唱歌。小的時候媽媽讀書給你聽，陪著你在海洋浮潛，你媽怕你長大了不愛女人，一陣子讓你跟著漁港那些男人切割著魚的內臟，清理著汙穢的魚市，她希望讓你在父親空缺的日子裡，跟著別的男人們學著喝酒吃肉的咆哮樣。後來有個木工師傅看不下去把你帶到船廠學技術。

你說很小就看過父母親做愛，十五歲的第一次便是在海邊，和漁夫的女兒，後來那女孩十七歲跟了另外一個漁夫的兒子懷了孕，搬到基隆海港開海鮮餐廳。

我們牽著手，一起漂浮在海面。你說的每一件事，你這個人，就像瑪爾得一樣，在我貧乏無趣的生命，都是傳奇。

你選擇了我，是出於害怕一個人，怕沒有人陪你走最後一程嗎？

列車已到臺北車站，請到站的旅客們依序逐漸下車，請勿遺忘您手中的私人物品，謝謝您的搭乘。

我背起背包，跟著人群出站。轉乘捷運又轉乘接駁車，我在山丘上一間白色瓷磚的醫院大樓前下車，我才發現自己又一整個早上沒進食，到便利商店買了瓶牛奶，坐在門口長椅看著傻不楞登的鴿子們。

告別，似乎在很久以前就發生，當我離開媽媽子宮的那一秒鐘，當她決定拋棄我的那一刻，當我珍視的朋友蹤跡不明，當我無法與任何人建立起信任關係，當胡安心臟衰竭，變成植物人的那一刻。

我們每個人的每一天，都在進行各種大大小小的告別儀式，有時平凡簡單的一語卻成了永別，有時不經意的一個動作，卻是那人留在你腦海中的最後印記，我們從來沒有被告知，訣別是何時。我帶著這樣極度悲觀的樂觀，準備著與你的告別，然後，它終於要來了。

＊＊＊

這時瑪爾得說要回來，回來陪我一陣子，天真的瑪爾得，陪我？一個人可以陪一個人多久呢？妳怎麼讓我等了那麼久呢？

我無法不自慚形穢，無法不想到阿姨對我的否認，無法不想到胡安的死亡，無法不想到我對瑪爾德上百萬的虧欠，無法不想到，之後的我應該怎麼走下去。

不是我的，我總有一天要還。誰對我的好，都是我生命中多出來不屬於我的宇宙的物質。我緊緊地擁抱著她，死也不想放開。

「胡安都這樣子了，怎麼妳身上還是這個味道。」

「我喜歡舊東西，尤其是他身上的肥皂味。」

「傻孩子！」我仍死命地抱著她，「好了啦！又不是永別，我這次要回來一個月。」

「我好想妳。」瑪爾得笑著。我們走進市區小巷弄內沒有招牌的「會所咖啡館」，這趟車程花了我兩個多小時，有專人引導我們進入一個玻璃屋溫室內，手工咖啡都沖好了，桌上擺著三層精緻的甜點與鹹點。

「好漂亮。」

「怎麼能錯過和妳一起享受的機會呢！」我不好意思地笑著。

「先說好，今天不談錢的事。」

「我一定會慢慢還清的瑪爾得。」

「妳寫完了嗎？」

「啊？」

「幹什麼露出那種表情啊？妳最在意的那個故事不是嗎？」我搖搖頭，瑪爾得將桌上的一個小方盒打開，將溫毛巾放在我手上，自己拿出另外一條擦著手，吃起甜點，她拿起一顆巧克力在眼前晃，我看見黑色和金色的細緻粉末在她臉前飄下。

「我想等胡安的事過後。」

「上一次妳說等賺到錢後，又說等妳家的事過後……那，她還煩妳嗎？」我搖頭。

「我都搬走這麼多年了，Bachan 給的房子她也不提了。」

「人類的愛，都是帶著包袱自私地付出著吧？妳想過這個問題嗎？母親這個形象，究竟是誰創造出來的？宗教？文學？道德？我下一個攝影展啊，想用這個當主題。」

「我早就不想這種問題，妳和艾娜和我和我阿姨不同，妳們曾經像對母女一起生活，一起愛到兩個人快把彼此殺了。」我誇張地說著，放鬆自己緊繃的神經。

「和她分開，很多事情我慢慢看得清楚，艾娜以前常對我說 I envy you a great deal。」

「又羨又嫉。」我說，「妳說，什麼樣的母親會背叛自己的女兒？」

「別想了。很多母親都會背叛自己的孩子的。」

我很想一口氣告訴瑪爾得這幾年來所有事情的來龍去脈，我想告訴她我的身世，我想問她為什麼失蹤了那麼多年，想請她和我一起去找那個建築師泊一拿回 Bachan 在那留下的物件，我想告訴瑪爾得，映初圖書館的事，它讓我害怕，因為它可能是我終於感到活著的工作，我的工作竟然是籌備一個故事，瑪爾得，妳知道我一直想成為一個說故事的人。可是瑪爾得，我已經死了那麼久，我害怕改變。但我卻都開不了口。

我只想看到她好，好好地活著。這就是我對她的愛。沒有期盼，沒有埋怨。

如果是以前，碰到這種事我不和瑪爾得提，她到時發現一定會怪我這麼「酷」的事情不讓她參與，或是對我生命中出現「第二個男人」而發出戲劇化的尖叫聲。現在我不大確定，瑪爾得告訴我她找到了那失散多年的姊姊，她叫巧兒，巧兒用她的原型寫了個劇本得了個獎，都是那幾年浪蕩四方、恣意去愛去恨的她，要給我看看。

當年匆匆再見後，我們年輕時那種暢所欲言的無畏也一併被帶走了，像是哪位流行歌手唱的，轉眼之間……生命像個泉源……生命像個圓圈……太淩亂。

我想我會告訴她，這一切一點都不酷，阿姨的自私帶來了悲哀，但她卻覺得自己是天底下最委屈的人。還有泊一那個人，我懷疑他是我的哥哥，怎麼會呢？我不知道。我想回到映初圖書館的館藏室親自把 Bachan 留下的書信日記仔細讀過，還是就當這件事算了吧！聽 Bachan 的話算了吧，埋藏的過去可能是個深痛的傷疤。

胡安不知道哪一天會走，我的心思滿滿都是為他的死亡在做準備。瑪爾得風姿依舊，聆聽著她談著未婚夫，我的眼神落在她的鼻子，聽說這樣人們會以為你在注視他的雙眼。

「妳沒在聽我說話。」

「啊？」

「跟我說吧，妳想說的。」

「啊？」

「妳就是這樣，一點也沒有變，想說一件事情時把自己搞得那麼卑微的樣子，好像自己犯了什麼滔天大罪！我又沒怪妳什麼，還有別小家子氣了，就算那麼久沒見面，妳還是我的好姊妹。」

「一下不知道從何說起。」

「Sorry 別再管那個 bitch。Verbally abusive 妳明知道還讓給它困住！反思考反思考。」她的意思是我們以前曾經玩過的一個心理遊戲，如果先破解了對方行為或言語的「動機」，在他們「出擊」前，把自己幻想成他們，先猜出他們的 next move，我們叫它「反思考」。當時她為了幫助我克服對班上那群主流女孩子的恐懼而發明的遊戲，她喚醒我的理性，後來在雪倫媽的補習班裡，我也是用這種冷漠的理智去面對孤獨。唯獨面對阿姨我卻做不到，只能遠遠逃離她。

「這也不都關於她啦。」

「別再讓她的影子住在妳的臉上。」

「妳的中文好奇怪。」我笑了。瑪爾得坐到我身旁，緊緊抱住我。

「對不起，我走太久了。有一些事。艾娜的事，巧兒，還有我爸爸的事。我終於搞清楚了，我會陪妳到事情結束。對不起，真的很對不起。」然後她親吻了我的額頭。我開始哭了，我已經很久沒有哭了。

「乖，別哭了。」

「我好捨不得他。」

「我知道。」

「我又希望他快點死掉。」我大哭了起來。

「我知道。」

＊＊＊

我回到醫院。

……

Can't we give ourselves one more chance?
何不再給自己一次機會呢
Why can't we give love one more chance?
何不再給愛一次機會
Why can't we give love, give love, give love, give love, give love...
何不再給愛……給愛……
Cause love's such an old-fashioned word
因為「愛」是過時的字眼
And love dares you to care for the people on the edge of the night
而且「愛」激勵你去關心那些活在黑暗邊緣的人們
And love dares you to change our way of caring about ourselves
也激勵你去改變我們關心自己的方式
This is our last dance
這（「愛」）是我們的最後一支舞

This is our last dance
這（「愛」）是我們的最後一支舞
This is ourselves
這（「愛」）是我們自己
Under pressure
在壓力之下
Under pressure
在壓力之下
Pressure
壓力

我放著這首歌，輕快節奏，曾鼓勵著我的身體，像胡安的歌唱，以前他口中那幾年的遊蕩，我沒有過去，無法想像他過去生活的漂泊與情愛的氾濫，所以不在乎。

我們跟隨著歌聲，他挖掘著我的身體及心靈，我們緊緊相擁。

食色性也，他說，做愛要美麗與快樂是不容易的。他教我如何體會身體的肌肉緊縮與釋放，要自己去感覺，任何人也幫不了妳，胡安告訴我。

我在他耳邊輕聲說，你記得嗎？我們曾經那樣靠近，那樣親密。他鼻息起伏著，睡去了。他一直都是睡著，這麼睡了五年了，還有，親愛的，小咪在你睡著後，再也沒有回來過了。

＊＊＊

「不會再有奇蹟了，他不過剩下一口氣。」白袍醫生說。

「可是他告訴我，只要有一口氣在，就要努力活著。」

「他的意識已經沒有自己。生者要自己找到告別的方式，請妳節哀。」

我在胡安耳邊輕呼：「我寫到第七章了，等我寫完，你可以睜開眼睛看看我嗎？只要一秒就夠，最後一秒就夠了。」我的心和他一起靜靜地躺在那兒，等待一顆強而有力的心臟讓他重生，他一天一天虛弱卻咽不下最後一口氣，醫學上沒有研究顯示為什麼這樣的人能活著，像個活死人，就差一口氣，也插管了，沒有急救，管子拔掉不到一分鐘他就可以澈底地自由了。

他們破天荒讓我睡在醫院，是明天嗎？他們要我明天執行這場告別嗎？

＊＊＊

我坐在陽臺藤椅上，陽光燦爛，望著眼前的盆栽，開了春天的五彩茉莉，我問你，你的過去為什麼這麼美好，母親在捻花惹草間留給了你視覺與氣味、青草綠地與百紫千紅的想像，你不常談起母親，總是聊著她種過的花草，還有那些西洋音樂，過去給了你未來，你這麼說。

夢魘的黑洞總是使我生起無法解釋的恐怖感，骨頭異常僵硬冰冷，總夢到自己被塞在一個擁擠的小鐵箱裡，我追問過Bachan自己小時候有沒有被關在這樣的一個地方，Bachan說沒有，但是妳常中邪，Bachan說，妳小時候就不太說話，喜歡去「圖書館勉強」，Bachan交雜著日語說著，不然就去菜市場的土地公廟沙地玩，就在那邊幫歐巴桑挽面啊，歐巴桑都說妳很乖很好帶，玩髒了自己還會去麵店洗乾淨，怕阿姨罵妳，妳就乖耶。

我喜歡聽Bachan說自己的童年，想像著那些景象，我沒有什麼小時候的照片，我曾經想把點點滴滴都寫下來，想把Bachan、胡安、瑪爾得都寫下來，像莒哈絲一樣，我想寫下立體的青春，不自量力。

你回來了，聽我說 Bachan 的事，我巴在你的身上，你一直看著我，怎麼突然變陰天了？你看見雨了嗎？看見那片紅樹林了嗎？

我睡著了，你溫柔地吻遍，一如往常，你像片無際海洋，有節奏韻律地沖刷著我的漂浮，在那片沒有終點的海洋裡，我不害怕無名生物的威脅，不在乎人群的眼光耳語，更不害怕死亡的到來，只希望一直漂浮下去，讓你的清澈海水灌滿我的身體。你說我是海洋萃取的美麗珍珠，得小心翼翼地觸摸，多一分少一分力道都不可，你順著我天生的紋路輕撫，直到我們的身體記得彼此，永遠都不分開。

＊＊＊

回到 Bachan 留給我的小樓中樓，我用你喜歡的肥皂沖洗了全身，我愛上用滾燙的熱水水柱強力沖著自己的皮膚，疹子爬到哪裡我就用力燒燙自己，一直到皮膚毫無知覺。洗完澡後，我吞了顆抗組織胺，醫生說我的過敏科學無解，是一種心理疾病。

我開始一天吃兩次藥，它讓我思考變慢，較易入睡，從胡安走那一年，我搔抓的印子在身體四處反覆出現。中醫師戒了我的類固醇，度過了一陣子戒斷效應，五官不停腫大，後來我依賴了抗組織胺，沒有它我睡不了，也不管中醫師的勸告。

我打開手提電腦，繼續寫著……胡安，我的記憶……我最美的記憶……。

胡安在水源街買了兩打啤酒和四百圓的燒烤慶祝我得了文學獎，水泥牆上擺滿了紅色的蠟燭杯子，紅盈盈地照著地板上的彩色帆布，我們醉了躺在上面翻滾，遠處河岸有絢麗短暫的煙火，我們不停笑著，有時隨著背景的搖滾音樂擺動身體，我覺得自己比卡霍的《新橋戀人》還開心。任何與夢想相關的小小成就，都足以讓我們歡慶上幾個月。胡安說，人定勝天，他相信這句被功利社會貶低的話背後的力量。

那時是夏天接近尾聲，陽臺上的繁色松葉牡丹，清晨曇花，午後已謝。潮濕的我們黏溺著彼此，我二十歲了，胡安在我眼中是個男人，一個比我早幾年來到世上的男人，和他一起，我第一次感受身體的自由，不顧一切的解放，擺脫所有的桎梏，眾人的，阿姨的，禁忌的，瑪爾得的。我以為自己永遠不會離開那個小窩，永遠不會離開他，他是我的千斤萬鼎。

淡水不是巴黎，卻有媲美巴黎的夕陽，多年後對岸開闢成八里左岸，瑪爾得付了我的旅費讓我見識到真正的巴黎，我知道淡水的一切比不上塞納河的朦朧。

那個小鎮有著我和胡安生活一點一滴的紀錄。我們在那為了學費、生活費，努力爭取著屬於我們自己活著的尊嚴。胡安說，這個世界上，童話是留給那些有特權、做作的人，我們平凡人，哪有他媽的鬼童話。

瑪爾得曾經送給我一本書，海明威寫的《流動的饗宴》，描述著自己與第一任妻子在巴黎的回憶，他說，當時他們很窮，卻很快樂。

在人的際遇中，有幾次能和自己最好的朋友相戀，有幾次能夠享受一個人沉默的臉孔，在那靜止的輪廓中，找到一種不完美，卻真實的美。明知徒勞白費，那人眼眸子一轉，又像冬天的夕陽，火火地燃燒著你的心。這樣的愛在我心裡，我為什麼當時不告訴你，我為什麼那麼畏縮？

我們相偎著，看不見彼此的眼神。

選擇胡安，讓我相信，在這個世上，有些人你必須和他相遇，和他相戀，甚至可能失去他，生命才會漸成一個圓。在那靜止的瞬息中，我仔細地看著他的臉，他的身體，他的存在。我一直以為自己愛的是胡安的靈魂，就像當時第一眼的震撼，易怒又脆弱的眼神，讓我想追根究柢，讓我想翻閱那本叫做「胡安」的小說。因為我的懦弱，把這些都留給了文字。我從來沒有告訴過你這些，沒有寫過任何信給你，如果不是你要走了，這些文字也不屬於我吧？

你總在我面前瞬間壯碩，胸膛寬厚，雙臂結實，你瘦而不弱，我撫摸著你飽滿的天庭，微笑時雙眼成了兩尾魚，眼角夾著細沙，皮膚是深海的沙灘，高聳的鼻梁成了珊瑚，你的唇是綿綿火山，張啊合啊，吹吐著我的慾望。我迫不急待地脫去全身，熟稔地張開雙腿，我爬至那座山，我弓起腰，我半蹲著，我曲著腿，我全身的力氣都給了你，你教會我控制你，控制我自己的，慾望。

我們會永遠在一起的。我說。

然後你在我身體流瀉了，我任著它沾染了床單，你睡了去，手還搓揉著我幼稚的乳頭，越搓越慢，我翻了身，乳白色的液體在我皮膚上乾滯。我翻閱著你寫下的歌名和歌手，你總按照著順序播放給我聽，我同文盲般在你的音樂大海裡浮沉，周圍布滿了星辰，順著它們，我閉上眼想像著，緊握住你的手。

胡安，再見了，我的愛。

＊ ＊ ＊

醫院來電時，我不敢接起電話，我突然覺得整個家充滿寒流涼意。我全身顫抖著，隔不久家裡電鈴響起，是阿姨。

「阿姨？妳怎麼來了。」

「快穿衣服，我和姨丈載妳去醫院。妳電話都不接，醫院打來家裡了。」

「醫院怎麼會有妳的電話。」

「快點，沒時間了。」

我發了短訊給瑪爾得，她醒來也天亮了。到了病房外，我看見雪倫媽，我突然懂了，一定是醫院打到了公司分機，電話轉接到琳達主任那，琳達主任通知了雪倫媽，雪倫媽聯絡了我的阿姨。

他就在那，蒼白瘦弱地躺在那，和我記憶中的胡安大不相同，他們要我和他見最後一面。

「我不要，」我怒吼著，「他還在呼吸，他還在呼吸啊！為什麼要叫我來！」

我在幹嘛？我這一輩子什麼時候這麼大聲說話？我什麼時候在阿姨面前崩潰過？我怎麼在她面前示弱？連 **Bachan** 說出她是我媽時我都沒哭！我這是在幹嘛？我憑什麼任性。

我跪坐在地上，我哭嚎著。雪倫媽過來扶起我。

「妳不要碰我！」我怒吼著。

我這又是在幹嘛，她是老闆，她對我的一切利用安排不都是合情合理？她對我不夠真心不夠好嗎？我怎可藉題發揮？我以為我是誰啊？我卻按耐不住恨，和她曾說我這種孤兒單身的人最適合補教界，恨她扮演聖人的角色，恨眾人對她的愛，恨我的無能，恨這個社會對我的壓榨。我恨，恨這個時代，恨我賺不到錢，恨我無法給胡安更好的醫療照護，恨我無法救他……。

「心跳已經停了，他胸膛的起伏是呼吸器。他沒有呼吸了，由妳來關掉好嗎？」我死命地搖頭。

「我來吧！」阿姨嗚咽地說。

「不要！妳不要碰他！」我用力地站起來，全世界我最恨的就是她，不要假慈悲了！就算她的青春被上一個時代搶走了，憑什麼她可以掠奪我的！

「我可以。」

我身體的每一根骨頭都像是被幾千公斤的卡車輾過，我的皮膚爬滿了上千上萬隻微米細菌，我不停地哭，哭到五官扭曲變形。

阿姨緊緊地擁抱著我，她從來沒有這樣抱過我，然後姨丈也靠了上來，還有妹妹，還有雪倫媽。我一直聽到阿姨說：「沒關係，沒關係，沒關係，我懂，我懂，我都懂了。」

「傻孩子，天塌下來，都還有我們。妳叫我雪倫媽不是白叫的，怎麼還不相信我們呢？」

這是一個什麼樣的畫面？我希望瑪爾得在這。我被一群我不信任甚至鄙視的人們抱著。

那一個凌晨，日本東北地方太平洋近海地震，規模九級，引發最高四十點五的海嘯。

我的胡安，走了。

我那假裝成阿姨將近三十年的親生媽媽，第一次看見我的情緒，感受到我的需要。那個我為她賣命了幾年，帶著慈悲面具的老闆，第一次出現在我的私領域，無條件地支持我。她們緊緊抱著我，撫摸著我的肩膀我的背，我討厭自己這種惹人憐的樣子。我還有一口氣，我還有一口氣……胡安的聲音不停在我腦中迴響著……。

我沒有離開，我一直在醫院，胡安的奶奶和母親到了，奶奶牽著我的手。

「我就說，你們年輕人平安健康就好，天下哪一個媽，害死自己的老公又加害自己的小孩。虎毒不食子啊！奶奶我沒讀什麼書，聽書倒是聽了不少，我的乖孫幫我買了一堆保險，跟他說了我不用那麼多錢，那麼多錢我老命一把也用不完。」奶奶邊說邊哭，一把老淚縱橫。

我沒有和胡安的媽媽說話，她簽著文件，不敢看我的眼神，我當然知道，我不會忘了和胡安之間說過的每一句話……。

＊ ＊ ＊

「妳在西班牙時，我媽找到我了。」

「想去美國跟她有關係嗎？」

「有一點，但也不全然是因為她，大部分是因為我自己。說來話長，這麼久以前的事情了，現在突然回來，唉。」

我們倚在小陽臺上，吹著暖暖的海風，風中混著機車聲，面對面地說著話。

「恩。我媽媽受不了我爸爸在外面有太多女人才離開的，她跟了一個老外去美國，奶奶說她帶走了幾百萬。我開刀我媽也沒回來。我爸一生風流倜儻，愛彈吉他和唱西洋情歌，到處都有情人，那幾年原本可以留下更多錢，都花在女人身上了。我媽是睜一隻眼閉一隻眼地愛著我爸，她相信自己那樣愛著他的土地，他會回來。誰知道那一年一個風騷的南洋女人硬是找到了我媽，傷透了她的心。她決定走了，她要我繼續等著爸爸，她說美國有全世界最美好的一切，我知道那只是她一時的夢。我的心裡面仍然抱著一絲希望，美國，能夠幫助我，有一個安穩的生活。」

「美國？我們現在不夠好嗎？她為什麼回來？」

「要錢，她說她病了。」

「她老公呢？」

「離婚了，她說她只愛我爸爸一個人，生我時也順便做了結紮手術，她說她這輩子只有我一個兒子，結婚不過為了綠卡。她到了美國，跟了個美國人幾年，結果他背叛了她，後來又換了好幾個中國北方的女人，一個比一個年輕貌美。我印象中的媽媽很美，她毀了自己的人生，在美國，最後在中國城跟著矮小的中國男人混。現在她，像個乾掉的黑梅子。」

「沒聽你這樣形容過人。」

「她的臉上，爬滿了黑斑，她說自己沒有人要了，現在的她，沾染上一種中國南方很重的味道，一種屬於又黑又矮的女人的那種氣質。妳知道我在說什麼嗎？」

「我想我知道。」胡安很急著把母親的影像描繪給我聽，那使我聯想到莒哈絲筆下的沼澤，想到一個又陰暗又潮溼的身體，不停向下陷入。

「她生了什麼病？」

「我不知道，她不願意說，我也就沒有問了，這一年來，她只要錢。她鼻子的皮膚越來越差，我擔心她是染上毒癮。一個鼻子掛在臉上，像發爛的黏土，上頭塗有厚重的脂粉。身上有一種尿騷味，應該是穿了紙尿褲。」

「你怎麼這麼清楚？」

「我曾經見過類似的女人。」

「所以你才要這麼辛苦地打工嗎？」

「我不知道自己應該怎麼做？面對一個拋棄你的母親，你有權利選擇嗎？世上的人說母親有著天下最偉大、無私的靈魂，因為她們犧牲了子宮，把我們帶到了這個世上，我們能夠去怪罪嗎？」

「但是我們的能力有限不是嗎？如果她真的在吸毒，你會害了她的。」胡安像個孩子般雙手抱著頭，一個頭埋到雙膝間，他沒有憤怒，雙拳仍然柔軟，我知道，他萬般疑惑。

「錢能解決的事情絕對都只是小事，我們一起想辦法。」我屈膝在地，抱著他，撫摸著他的頭髮。

「一個失蹤了二十年的人突然回來，她沒問過我過得好不好，只是要錢，我上次已經告訴過她，我無法再這麼無止盡地供應下去了。」

「告訴我，美國有什麼好？」

「幫我治病。」胡安沒有多說，我們心照不宣。我的眼前突然一片昏黑，幾乎昏厥過去，強忍鎮定，緊緊抱著胡安，我的胡安，這麼堅強的胡安，有著一顆最脆弱的心臟。

「你做得夠多了，不要讓自己這麼累，我們也有自己的人生要過。我現在賺的錢比以前多了，瑪爾得和Bachan的錢我可以晚點還，我可以拜託家長幫我介紹，再兼一點家教。我不能失去你。」雖然我知道我賺的錢微不足道，我還是想努力……。

「謝謝妳，我在想，我們誰，都沒有權力選擇自己的母親。」

＊＊＊

胡安媽媽走到他身旁，溫柔地撫摸著他，放下一朵藍星花，在他耳邊說著話。

我突然懂了，這是胡安的選擇。他一直都用那種寬容且浪漫的方式愛著記憶中的母親，他愛著整片紅樹林生態，依戀著花草，熟記校園及山腳下那些植物的名字，他記得陽臺的盆栽什麼時候栽種、除蟲，記得花序的形狀與顏色，深愛著唸著泰戈爾詩集的母親，懷念著過去，他忘了長大。

我仔細地看著胡安母親的臉，那樣面善的臉，我一定在哪裡見過，卻怎麼也想不起來。是恨讓我起了熟悉感嗎？不。我見過那輪廓，在泊一那成堆的相片中，她也曾出現在映初圖書館？我不想和她說話，她也許會和我提起受益人的事情，胡安的心臟是因為過勞而衰竭的。不管醫生怎麼說，我需要有一個恨的對象。

生命這個圓圈，在我的身上種下了一個謎題。那張臉，曾經出現在映初圖書館的照片，連同艾娜、阿姨、姨丈，那麼胡安媽身旁的俊美男子我想是胡安的爸爸，他們在我們之前，早已相遇。這和艾娜從我和瑪爾得六歲那年開始的來往，又有什麼關係？

我和胡安、瑪爾得，從很久以前，就被一個崇高神聖的力量安排在一起了吧？

第八章 艾娜

瑪爾得終於回來了，說是定了終身，這是她自己的選擇，我總算給了她我沒有的人生。走出癌症基因檢測中心，這麼多年，我用過人的自制力控制著飲食與規律運動，身體仍在最佳狀態，五十三歲，美容師說我的膚質仍似三十歲少婦，想是拍我的馬屁，我的心底當然竊喜。爸走前說我這一生不是大好人也不是大壞人，他真搞不懂我。我說，不管是上帝怎麼判決，那也是死後的事，我一生都敬重你，只是時代變化得太快，也不全然是我的錯。至少我到頭來在這兒利用我們的優勢與人脈，掌握了夠兩三代富裕的錢勢，我年輕犯下的錯，也就打平了。爸說，對不起，都是我毀了妳，他嚥下最後一口氣。

我早知道自己和他說再見時不會掉眼淚。

中美斷交那年憤慨的冬天，一開始不過是一個少女的荷爾蒙宣洩，對這個小島我沒有記憶，那是我第一次隨著爸回來，說是尋根，我知道爸的家也不在此。我卻似乎在一種浪漫的革命情感中找到了自己，我是中國人，是的，是那些對我投以異樣眼光的白人眼中的中國人，在這兒還有上千上萬跟我一樣尋找歸屬的人們。對於在美國成長的我，他們的眼神發著亮亮的光。尤其是那個叫做地心的小女孩，在我的小組裡最亮眼出色，當其他女孩聆聽時她積極表達，當其他男孩蠱惑時她勇敢提出邏輯辯思，她年紀小卻生得玲瓏有緻，男孩們都喜歡她，她卻不怎麼笑，不停在讀書、抄抄寫寫，我問她忙些什麼。

「艾娜姐，我想領獎學金上大學。有一天，我希望和妳一樣。」

「和我一樣有什麼好的？」

「和妳一樣可以那麼有學問。現在發生這些事，有些人還是說美國最好，有幾個大姊姊在說他們畢業後要去跳機。」

「別聽人亂說。」

「我們這裡真的四不像嗎？」

「地心，妳自己覺得呢？」

「要怪要怪那些四不像的政府，我們不是沒有機會。」

「很好，我相信妳一定可以進入第一志願的！」

如果那年我沒有回到小島，沒有走進映初圖書館、遇見江教授，我也許永遠不會去思考沉睡在我內心的渴望是什麼，我永遠不會去觸及世界的另一端，我也永遠不會去懷疑爸爸灌輸在我身上的每一種價值。

一年後我更不會在紐約被文生吸引到那個亞洲地下世界，我發誓，那個時候，我真的對他一無所知。

年輕未經世事的我，靈魂因此染上了一輩子無法抹滅的汙點，一向遵循著現代法律規範，並信奉耶穌與聖經教誨的我，犯下了與未成年少年通姦這汙穢的罪。爸知道我和文生的事後，要我進入他的書房，我看到他滿室飛舞的宣紙，上頭是帶著憤恨與屈辱寫下的我的條條罪狀。

在爸面前，我澈底被毀滅了。爸死後，這世上知道這個祕密的人，只剩我和文生了。

＊　＊　＊

媽從中國北方撤退來臺時懷上了我，途中染上風寒，偏逢時局動蕩，加上產後四處流動奔波、水土不服，大病未癒、小病不斷，在我滿三歲的冬天於爸的日式官舍去世。後來爸帶著我移民美國。媽走後，爸在家蓋了一間門口有密碼的書房，裡頭有上千本藏書，他藉著不停書寫訴說著對母親的思念，我總是在睡前袱母離開我房間時，自己讀著爸留在我床頭的愛媛日記，他寫著，從媽去世的那一天起，在裙帶關係的社交圈中找尋我的後半生是他不說的職志，也算完成媽的遺願。據爸爸所言，他們雙雙來自良好家世，有著顯赫的姓氏，媽在古老的中國祠堂旁「把自己交付給他」。媛是媽的名字，是爸一生呼喚她的名。記憶中爸總是在閱讀和書寫，接見許多人士，書房前有一條寬闊的走廊可以直通家裡的玄關和大門，玄關另外一頭有著雙扇木門，一直到我十二歲離家就讀基督教雙語貴族女子中學時我才知道，原來家裡的門牆玻璃都是有隔音效果，那沉重木門的另外一頭，是爸進行祕密事務的基地。

爸沉默低調，對我的關愛信件從未斷過，一個月總會帶我上一次高級餐館吃中菜，向我介紹著桌上滿滿的中國料理，他重複說著中國十大名菜：四川菜、浙江菜、江蘇菜、福建菜、巴蜀田席、寺院菜、宮廷菜、譚家菜，清真菜和宮觀寺院菜。其中江蘇菜最合我的胃口，最害怕虛有其表的素菜，從小吃慣馬鈴薯和烤雞的我，這種滿漢全席的課堂最令我害怕。爸常說王者以民為天，而民以食為天，我想那時他和我之間，只剩下食物是我們共通的語言。

我特意在我們聚會前一天的晚餐開始餓肚子，好讓我在面對異國美食時不作噁而迎合爸的期待，就像我其他所有的事一樣。我不敢違背爸，我遵守著他的家規，天黑返家，從未單獨出門、外宿過夜，爸從小在愛媛日記耳提面命，我將與良好家世背景的男人聯姻，不能隨易與男人有曖昧關係，枉費女人專一奉獻的能量。

青春期時我對「能量」這兩個字開始有了想像，我想爸的意思很明白，就是不能發生婚前性行為。他寡言而悉心，開口如聖旨，句句鏗鏘有力的道德觀和父愛如山的撫慰猶言在耳。他說他畢生在呵護著心愛妻子留下的唯一寶物，從中國逃亡而出的寶物。

在爸面前我是他要的中國女兒，乖巧伶俐，出落別緻，對他所言所行尊崇至極。

爸在我十五歲將我介紹給喬，喬長我三歲，門當戶對，喬的父親為當地政府要員，是爸的長官，喬是他第三個妻子所生下的。在爸強烈的要求與監控下，我在十八歲開始和他交往，預計他畢業於哥倫比亞大學醫藥研究所那年，我也從大學畢業了，喬的父親向爸約定婚約，爸說郎才女貌，天作之合。他溫柔的大手掌緊握住顫抖激動的我，要我信任他的抉擇，跑遍大江南北終於落地生根的我們，今後的身分與地位會更穩固。

那年冬天我嫁給了喬，結婚典禮的盛況景象上了紐約地方報的時尚版，爸細心地將它們完整剪裁，貼放在純白大理石的雕工玫瑰相框。喬是個中規中矩的移民二代，家裡和中國仍有著良好關係，在港口們都有著醫藥生意，喬父親是二十多年前在紐約發跡成功的，家裡的房產地產早交給中國的會計師管理，爸口中的有土斯有財便是此等人也。交往過程中，我和喬總是在他家的院子散步，聊著天氣、他的實驗、我們學校的歷史和名人之類的事，通常是我問他答，我一時想不到問題，我們就聊院子的檸檬樹和小辣椒。他問我和他在一起無聊嗎？他從小一個人長大，記憶裡時間都是給背英文背古文占去，長大了就是做不完的實驗和寫不完的報告，不擅與真人聊天。我笑了，「你和我差不多，不過我長大了倒是開始有化妝品、香水、美麗的衣裳和歐洲來的巧克力吃，女孩子的世界好玩多了，你不和真人聊天，難道和外星人聊啊！」他似乎被我笑得生氣了，悶著氣，回說我的世界真是輕浮，後來我們一個星期不和對方說話，我心想再也不理這麼心胸狹隘的呆書蟲。

也是爸將我帶到他們家喝午茶致歉的。

我的人生原本可以從那一個決定立下一個里程碑，成全爸，生下成群的孩子，坐擁著喬與喬家給予的特權。有些環節偏偏注定出錯，爸是始作俑者，自始至終，喬這樣守舊派的保守二代，從未給我什麼啟發，不過浪費了我幾年陪他演了場他寫的劇。

我內心始終明白，一九七八年的造訪改變了我的思想，我不再相信這個大熔爐說給大家聽的故事，它的底層是有些計謀的，而爸及他的一些朋友，也在這個計謀中圖了利所以成了賊賣了自己的靈魂。我無能反抗，我唯一擁有的，只有我自己。

我在婚禮的前幾個月，在紐約市區的地下鐵認識了來自小島的文生，他逗著我，我們聊起了那年的抗爭，我們同仇敵愾，之後我仍偷偷見了他幾次，我從未預料到他年紀小我六歲。幾年後遇見的人更多了，我才可辨認貧窮在人們臉上留下的滄桑和歲月走過的衰老是有差別的。

後來他帶我去了他工作的地下舞廳，他用舌頭舔了那張薄薄的紙，輕易地將「草」捲成細細菸捲，他帶我認識了同志友人，帶我看著那些為了生存，非法移民的牢籠般居所與黃種女人對白種男人提供的各項性服務，我們唯一的共同信仰是，大家同時愛著又咒怒著這個大佬國家。我沒有說出我的來歷，但他們摸著我的絲質洋裝，摸著我的頭髮，他們崇拜著我那玫瑰園的世界，我什麼也沒有說，他緊緊牽著我的手，我的內心顫動著。我的內心閃過許多想法，我記得很清楚，我當時自以為自己接近了所謂的「人類學」，到底為何，我們中華民族淪落於此。

我一面和文生往來，一面收集著我的論文題材，這個世界實在太浩大，我甚至興奮地告訴文生，我想要更深入了解那一面的世界。

我總是想偷窺那個世界，現在見著了，也想知道更多，我感覺過去的我在崩垮，我必須找到新的我，他給了我一顆白色的藥丸，問我敢不敢。是他將它放入我的嘴裡，用他的舌頭，是我吞下去的，我一直記的很清楚，他說他很溫柔，他知道怎麼做這件事，我想要，我也非常想要他，然後我流血了，我知道我毀了。那一刻，比起生命中任何一刻我都害怕，我不停地顫抖著，血只留了一點點，我迅速跑到喬家，我告訴他我們必須停止，他第一次抓了狂地吻了我，我將他推開，他對我說愛我不可以沒有我，我告訴他我無法嫁給他，他粗魯地脫下我的裙子，將我壓倒在他的床上，我又流了血。我沒有哭，我從來不是害怕男人的女人，我想著爸，爸我對不起你，我不是你要的乖女兒。

我的身體裡有個聲音告訴我，我必須離開，離開我現有的生活。我和文生又見了面，告訴他我必須停止這個錯誤，他哭了，他帶我到城市的高樓裡，他說願意為我死，他在風中哭著，他說他沒有這樣愛過一個這麼高貴美麗的女孩子。他問我，妳想不想要自由？我點點頭。之後他要我吃激素避孕藥，我們仍親密了許多次。我不怪他，我自己也在年輕的情慾裡糾結無法脫身。

爸那頭熱切地為我準備著豐盛的嫁妝，喬送來了道歉的二十二件名牌大禮，我改變不了他們，也阻擋不了文生。直到我發現身體異樣、婚禮也即在眼前，我下定決心，這一切必須停止。

文生發現了我的居所，他要我和他一起走，我拒絕了他，他開始和我借錢，一點一滴地借，後來發現我懷孕，卑鄙到頭，他要我的孩子們，我問他有何居心，他也說不出個所以然，我才發現外表老成的他實際小我六歲，不過是個孩子，神經質的我開始懷疑他的背後有人指使。我想墮胎卻太晚了，我不停地向主禱告，孩子的父親萬萬不可是文生。我想重新開始卻沒有機會，我不停盤算，如何將對爸的傷害減到最低。唯有逃吧、唯有失蹤，唯有我自己扛下這個錯誤。

我在二十三歲那年生下女兒們，雙胞胎出生不久後我知道我毀了自己和爸，她們美麗而深邃的眼神裡有著文生淺咖啡色的眼珠，臉頰上有著他笑起來的漣漪，孩子一點也不像喬。誰知在孩子一歲時，文生偷抱走了姊姊，喬家驚動了全市警力緝查劫嬰嫌犯，幾天後幾個星期後都毫無所獲，我的悲傷與擔憂也讓我體力透支，無力繼續策劃我的逃亡計畫。我想如果當時不是因為我的軟弱，我們應該可以找回孩子，但我無從反應，我無法在那樣的情況下，讓文生與喬聯手侮辱我，傷害我和爸爸。

我一直活在懊悔裡，我犯的滔天大錯，便是把愛情和人生的自由畫上等號。這年代，一個受過高等教育的女人，把追逐愛情當做自我解放的抒發，肯定是個悲劇人物。

我聲淚俱下哀求喬搬了家，離開那可憎可怖的賊，之後的日子我偷雞摸狗地花了許多錢與人力尋找我的女兒，得知文生後來無力照顧女嬰，回國去了，知道孩子還活著，我又喜又悲。

之後喬的生理需求像頭無情的猛獸，要我生出個兒子傳宗接代，我在我們的關係中不停疑問著連結我們兩人之間的究竟是什麼？隨著女兒們的出生，我把我的教養及我的這場婚姻看得更加清楚，我覺得爸、喬和我各自有著虛浮的夢，我們各自很努力維持著我們想要創造的假象，只是不戳破彼此罷了。我開始不停地服用著避孕藥，一開始的噁心讓他們空歡喜了一場，其實是我對大量激素的敏感反應。就在瑪爾得五歲那年，女兒失蹤這件事大家再也不提，我被喬發現了這麼多年避孕的陰謀，他第一次動手打了我，說我滅絕了他的後代，第二次、第三次、第四次、無數次後，我再也受不了喬的拳打腳踢。

我相信我的直覺，我還年輕，我提出了離婚，他要強行帶走瑪爾得，我說出實情讓他放棄這個孩子。瑪爾得不是喬的孩子，當年那個驚動他們全家的失蹤孩子，當然也不是他的。

事跡暴露之後，喬他們家的臉丟不起，要我們舉家在一個星期離開紐約，二十年內不得出現在美國東岸。爸決定遷居臺灣，畢竟在這個被遺忘的小島上，我們的姓氏與家族的功績還是能贏得些許尊重與崇仰。爸嘴上說中國人是這樣，祖先有點功勳他現在也有點情報，賺錢比老百姓也快上幾百倍。我們總有能力東山再起的。

他從未當面責怪過我，也未過問那一切的發生經過。爸只對我說，我對不起妳母親。爸說，只有我們這傻子，別人是努力地逃出去淘金織夢，我們，卻是捲著鋪蓋回來。

真是一場夢魘。

從爸看我的眼神裡我知道，我全身充滿了羞恥，帶著一個禁忌的故事被遺棄放逐到這個荒謬的島嶼。我曾以為，出發到臺灣是一個新紀元，自由的解放。他的內心是不願意的，他痛恨自己回到四不像的中國，中國人、臺灣人對我來說已無所謂，我沒有退路沒有其他的選擇了。那時是一九八七年，瑪爾得只有六歲，中文單詞說不上十個。幾年下來，我從未原諒自己對父母親的背叛，爸也漠視過往的父女情誼，一生都活在掙扎是否應該原諒這個毀了他名聲的女兒，無法遺忘記憶中屈辱的那段時光。我竭盡心力地與爸重建江山，從業務助理升到副董事，其餘的時間全安排給了瑪爾得。我要以瑪爾得向爸證明，我這輩子或許不是個成功的女兒，但會是個成功的母親。

瑪爾得年幼時我們的感情如膠似漆，我勞心費神地栽培撫育，細心地設計每一段成長過程與經歷，瑪爾得將成為我的人生巨作，我決不允許有人破壞她的一絲一毫。我曾想過，也許，待到我為瑪爾得選定終身的那一天，也將是與爸多年的霜雪冰釋的一天。那一切之後，我在爸面前，將直立身軀站立、雙眼平視前望，找回少女時期那種無畏與自信，不再委屈與卑微。也許，那一切之後，我將與爸過著童年時期那種相互依賴的生活，直到他告別人世。

人生，無法寫在一張紙上、掛在一張嘴上自成灑脫，你碰到的人，決定了你做的每一個決定。

在職場上，副董事與董事之間公私界線清晰刻畫眾所皆知，事實上，我們之間私下的話題也只剩公司事務，進了大宅院，因為空間格局大，人與人之間的距離也放大了好幾倍，偶而連接我們彼此的是禮貌性的請安與問候。有時我小心翼翼地向爸提起小時候的事，他對我們過去一同分享的感情與回憶，反應總是冷漠甚至遺忘，我想是瑪爾得取代了我曾經在父親心目中的地位。

瑪爾得從出生的那一刻就展現了溫馴自然的天性，一同出生的姊妹在生育過程並沒造成我太大的撕裂疼痛，連醫院都驚奇如此順利誕生的小嬰兒們，幾乎是用滑落的方式脫離母親，毫無掙扎，毫無依戀。在育嬰室裡她最得護士喜愛，和整日嚎啕大哭的姊姊不同，她不怕陌生的氣味與觸碰，記得我曾忌妒過那些護士，也對小瑪爾得生氣過，彷彿任何一個女人都可以當她母親。

她的思想突兀、想像力豐富得不合邏輯，她自信活潑、天性大方好奇，不懂得掩飾自己，她無數的疑問不時引起身旁的關懷注意。她聰慧可人，每個人都盡力扮演好在她身邊的角色，來配合她過多的腦力激盪。我愛她之深切，內心卻對瑪爾得個性中這樣的直截感到嫉妒，總覺得自己生下了一個自私的孩子。

不公平的是，全世界卻在這自私的小魔鬼誕生前，早已如坐針氈地為她布置好這個舒適的環境，每一個人、每一段過程，都等著取悅迎接她。無論瑪爾得如何地驕矜放縱，她都為這個壓抑的家注入了前所未見的歡樂與貼心，離開美國後她總黏著爺爺，小瑪爾得開始說中文，我、爸，及管家佣人們都驚訝不已，她對著爺爺叫著爸爸帶我出去玩，一個不存在這個家中的人。後來小瑪爾得改了口叫爺爺，偶爾還是不經意叫出爸爸兩字，爸總在那一刻開懷大笑。

和瑪爾得在一起大約有一半的時間，我不得不承認，我討厭自己的孩子。我不知道為什麼，我也沒對任何人說過，我的生命似乎因為瑪爾得成了一個圓。我的身體卻寂寞充滿慾望，因為不能回到北美，我帶著她往返著南半球培養西方思維，在那裡，我遇見了幾個情人，年輕澎湃的情人。

另一方面，我尋找著映初圖書館當初那群人，他們真如當年地下報紙說的，被所謂的白色恐怖帶走了嗎？然而地心並不難找，私家偵探不到一個月就找到她的住處，兩個月內就查出她過去的遷移、伴侶家屬、銀行存貸，甚至是報案紀錄，難的是面對她。面對一個被時代敗類玷汙過的她，面對一個不再充滿理想抱負，對自我形象自棄自憐自怨的她。看著牛皮信封捎來的照片，那個鬼靈精怪有著黑白分明雙眼的女孩子，成了一個不起眼的母親，顴骨突出，過大的雙眼成了牛眼。

我在生存的遊戲裡偽裝成一個堅毅的成功女實業家、開朗的摩登母親、孝順的傳統女兒，她喚起我人性裡閒置已久的憐憫之心，不過那是在見到她以前。

陳地心是幫助我的最佳人選。

我從來沒有忘記自己還有一個女兒在文生手上，找到他並不是件難事，難的是如何讓文生以為我還在美國。我打算一年可以提供給女兒幾十萬元生活費，直到她大學畢業，但也代表了我必須和文生繼續糾纏不清。我所有的信件都是彌封寄至美國，再由徵信公司換了信封，填上美國地址寄回臺灣。我告訴他我對女兒應盡的義務，他回了信，對我抱歉萬分，他成熟了也覺悟了，女兒非常地美麗，不過妳想也知道，她們是雙胞胎，妳看著一個總不會忘了還有另外一個孩子流離失所，跟著不成材的年輕爸爸在三教九流的圈子混。日子真是太苦了，孩子小時跟著文生的媽媽在鄉下住，成天用手扒飯吃，後來寄居在文生姊姊家，文生非常樂意我的幫助。

孩子是我生的，我卻沒有勇氣將她接回來，和我重新打造的生活作連結。他必須到我指定的地點與律師公證，簽下切結書及本票，才拿得到女兒的養育補助。唯一的條件就是不能和女兒提起我們的事，且一旦有任何證據顯示他私吞教育費用，補助立即停止。

「這一次我不會輕易作罷。」這是我留在律師那的唯一字條。地心是我唯一人選，和我生活圈完全脫節，公司業務、稅務上都不造成威脅與麻煩，這件事要保密，我無法冒險出一絲紕漏。

＊＊＊

瑪爾得在郵件中告訴我未婚夫的背景，寄了許多張他們在歐洲旅行的照片，我非常地開心，這是她的選擇，這是一個完美的結局。現在我們又可以像朋友那樣聊天了，我等不及想和她見面。這是她最喜歡的私人會館，他們幾個月前新增了日式晚廚，一個晚上就接待一組客人，隱密性極高，適合我和瑪爾得的聚會。

在瑪爾得離開我後，只有小銳罵過我，她說虎毒不食子，哪有我這種下賤的媽媽會睡自己女兒的男朋友，就算他是個痞子，也輪不到我張開自己的大腿。我當然是賞了她個巴掌，我很驚訝這樣一個安靜內斂，平常總是畏畏縮縮的小女孩，怎麼可能有膽氣說出這樣指控我的話，她氣得要哭了。妳以為我怕痛嗎？她說：「我告訴妳，妳一點都傷害不了我，你們那一代的老女人怎麼都喜歡自圓其說，真是噁心，虛偽。」

我和地心在她眼中是同一種人嗎？這個黃毛丫頭懂什麼？

小金這樣一個遊戲人間的男孩子只會浪費瑪爾得的時間和我我苦心的栽培，他看似不羈其實投機取巧，他的自戀驅使他愛上追求自由的感覺，我年輕時不懂得如何面對這種男孩子，現在我懂了如何讓他們在肉體和物質上保有征服的慾望。我怎麼對瑪爾得說小金讓我想起她的親生父親，我不能開口告訴她關於文生，更不能眼睜睜地看著她走向擁有自己父親特質的男孩子身上。

我的女兒在早春的天氣穿著一件連身的白色針織毛衣洋裝和咖啡色短靴，皮膚閃著珠光，一副精明可人樣。她帶著牛皮圓帽，背了個邊緣有著流蘇的水桶包。有性格，真是好看，這是我的成品，她微笑地走向我。

「我覺得自己老了。卻還沒有讓妳真正認識我。」

「是嗎？我從不覺得妳老，戀愛中的女人最美麗，這是保持青春的祕訣。」

「我當然要找方法過日子，不像妳那樣好命。」

「又說好命這種話，命不命也不是我自己選，就算好命，也不要讓別人聽起來像做錯了什麼事情，難道妳的命真的對不起妳嗎？」

「還是伶牙俐齒，每次都要曲解媽咪的話。」

「我不是扭轉妳的話，妳說的話就是給人那樣的感覺。」
「妳現在似乎和我較平等了。」
「如果妳的意思是錢方面的話，是的，爺爺預料財產可能留到外頭人身上。」
「我問心無愧。」
「妳當然，妳呼風喚雨，在妳心中妳沒做錯過什麼事。」
「不是沒有，只是我這個人不懊悔。」
「妳確定？」我點了頭，喝了一大杯紅酒，我的女兒，令我又愛又恨。
「難道我們當不了和平的母女，要讓一個男人破壞我們的感情。」
「呵，妳錯了，他算什麼。」
「所以妳在氣媽咪什麼？這幾年妳走了，媽咪也沒有干涉妳，媽咪給的全是祝福、理解和支持，妳還想要我怎樣？」
「願意和不得不是兩件事，媽咪，我沒有要妳怎麼做。我只是不喜歡妳一再一再地說謊，我不是小孩子了，在我面前要一直這樣演戲嗎？不要說一套做一套！」
「我騙了妳什麼。」
「我不想說，妳要我一件一件算清楚太累了，妳自己心裡知道。」
「算了，媽咪也不想談了，妳真是被妳爺爺寵壞了，妳以為我一定也得順從妳嗎？瑪爾得，我不是那些圍繞著妳流口水的男人耶，我是妳媽妳搞清楚！」

「嗯，到頭來妳還是說出了這句話。」

「我知道妳認為我只會拿權威壓制妳，我只想問妳，妳不快樂嗎？年紀輕輕繼承大筆遺產，到世界各地旅遊，想花錢就花錢，妳在世界各地拍照不務正業，我阻擋過妳了嗎？」

「如果妳希望我們以後還會見面的話，請妳說話時不要一直評論我的生活，我知道我自己在做什麼。」

「我說的話到底哪一句有錯？」

「時代不一樣了妳知道嗎？妳一向覺得，努力就可以克服一切，就可以成功，是嗎？真的是這樣嗎？從小妳對我灌輸的這個觀念真的是妳人生誠實的真理嗎？看看妳自己，爺爺真的因為妳的努力而原諒妳了嗎？是的妳靠自己爬到今天的地位，妳百分之百是靠妳自己嗎？就像妳總是說自己愛這片土地，妳讓我受外國教育，妳看不起本地文憑，妳將大把大把的鈔票送到對岸去做生意。我根本不了解妳，妳什麼時候才要停下來？什麼時候才要跟我說真話？說妳的決定，說妳到底做錯了什麼讓爺爺死也不原諒妳？妳總是要我有點作為，要我創新要我突破，要我令妳驕傲，妳呢？妳有說過妳以後想怎麼過？妳對自己生活的期待嗎？」瑪爾得好像哭了，我看不清楚她的臉，原來是我掉了眼淚。

「媽咪知道妳吃了一些苦，吃苦無所謂，這年頭只要女人自己覺得不吃虧就夠了，別人怎麼看倒無所謂。」

「妳又找人查了我？我還是和以前一樣，被人跟蹤拍照了也不曉得。」

「我沒有出手要管妳的私生活，我只是確定妳過得好不好。」

「從小到大，妳和那些男孩子的事情我不是不知道，反正祝妳和小金幸福，還好有妳，我沒和那垃圾在一起。」

「我一直知道，這樣子的情況對妳最好。」

「妳說我吃什麼虧，我就是喜歡那個男人，喜歡他在床上和我做愛的方式，年齡的差距原來會有一種朦朧感……我這不是和妳學的嗎？」

「不要再說了，反正妳和他是過去式了，我不想聽。現在妳找到真心相愛的人就夠了。」我提高了音量，她撇著頭看著窗外，月亮出來了，我望著這孩子美麗的側臉。

「對不起。」我說。

「什麼？」

「我想和妳道歉。針對妳今晚截至目前說的那些話，不是沒有道理，我沒有白白栽培妳的中文。很多話我無法和妳說，我也不覺得，原來妳那麼想知道。」

「妳是個矛盾的人！」

「我知道，相信我，我一直都知道。」

「我想喝酒。」

「好。」

接下來我們母女倆聊了很多以前的事情，聊她的旅行和冒險，聊她在歐洲辦的攝影展，聊小說，直到天全暗了，我們喝了將近四瓶紅酒，瑪爾得哭著問我有關她親生父親的事情，又問我關於巧兒的事情，關於喬告訴她的「真相」，究竟什麼是真相？

上一次我訝異地說不出話，是在發現自己懷孕時，這一次面對自己的女兒執著挖掘自己的身世，我不認為自己有勇氣說出口。我不敢相信自己的耳朵聽到她說出巧兒和喬的名字，我也不敢去想像她知道了什麼，知道了多少。我只好哭了，拒絕回答所有的問題，我不停地哭，希望她停止她那咄咄逼人的嘴臉，她說她找到了巧兒，還是巧兒找到了她？

我反問著關於巧兒的事，瑪爾得不願意告訴我，要相認也得我先親口說出來龍去脈，否則巧兒沒有打算認我這個媽。我一直發誓，我會不惜代價讓自己和文生帶著這個祕密死去，瑪爾得對我嘶吼著，我呼了她一巴掌，她罵我蕩婦，這是我第二次打她，頓時我的心中充滿了恨。瑪爾得跑了，我追了出去，我們不停向前跑著、跑了好幾條街，我喊叫著：「瑪爾得！瑪爾得！媽咪對不起！對不起！」接下來我只知道自己受到強烈撞擊。在醫院，我做了一個很長的夢，應該是昏迷了很久很久很久很久……我想我即將死去，帶著一個骯髒的真相死去……。

＊＊＊

妳怎麼找到喬的？妳知道妳那卑鄙的親生父親了嗎？巧兒好嗎？妳們兩姊妹見面了嗎？妳找她，妳怎麼知道有她的存在？她告訴了妳什麼？她知道什麼？她知道我這麼多年對她的牽掛嗎？我們母女三人有可能團聚嗎？

我一直問著問題，好多的問題。

我夢見自己拿著不久前收到的映初圖書館邀請函，回到一九七八年的映初圖書館，我看見了慷慨激昂的江教授，看見面貌清秀的地心，看見遠方深情遙望地心的方哥，看見一對拿著吉他胸口別著花朵的漂亮愛侶唱著西洋老歌，我看見我自己，美麗從容自信，我同他們一起憤慨地喊著，我的胸口快速起伏著，滿腔熱血地喊著中國人當自強、處變不驚，我背著爸參加的集會也給他惹了麻煩，他得立即帶我回美國。我那被瞬間抽取否定的熱情種下了我萬事迎合爸的矛盾，我還記得那個冬天冷空氣留在我膝蓋上的清新感，我站在講臺上，發表著身為華裔美國人，我對老美的失望與悲痛，我第一次急切地尋找民族認同，這股激情，比起父親在異鄉試圖以中華民族的千百美饌收買我的腸胃，更巨大，更悲切！

我聽見新聞快報傳來有關日本東北地方太平洋的近海地震……。

規模九級，引發最高四十點五公尺的海嘯，目前傷亡人數未定……

我又回到映初圖書館，我看見一個頭上包著紗布的小女孩、看見一個樣貌清秀的小男孩，他摘著粉紅色的花放在她躺的長椅旁。我看見館長緊緊擁抱著一個女人，一個不是夫人的女人，她流著淚，他們說著再見。小女孩醒來後和小男孩在岩石上玩著，又在池塘邊丟著石子，她叫了女人 Bachan，她黑白分明的眼珠提醒了我，這是小銳，我喊著小銳小銳，耳邊又傳來新聞快報的聲音……。

此次地震屬大型逆衝型地震，在宮城縣栗原測得七級震度……

我走在一條白色的路上，看見來來往往很多不認識的臉孔，這是死後的世界嗎？我看見一對大概二十多歲的美麗男女，一個他們叫他胡安的男孩跟在他們身後，他的身旁開了很多花，他們牽著手開心地走遠了。

我終於看懂了，那是我們一九七八年青春的交集，然後時間將我們的孩子緊緊聯繫在一起，我曾經的迷惘、對熱情的癡迷，犯下的錯誤，瑪爾得說得沒錯，我有責任告訴她事情的來龍去脈，如果這是我能為瑪爾得做的一件事，我必須醒來。這一次，我要做我當年沒勇氣做對的事。面對我的女兒們。

我輕輕地睜開眼，似乎有很長的一瞬間失去了聽力，只看見穿著白袍的醫生和護士不停對我說著話，我只是眨著眼，然後我又昏睡了。

第九章　Bachan〈臺語版〉

五十年來，菩薩第一次給了我三次陰筊，我今年七十六歲，小銳二十六歲，去年我去臺北給她搬家，我看要活著看她找到好人家是無望了，她要等那個男朋友醒來。年輕人的談情說愛我不懂，小銳是我拉拔大的孩子，她像我，像根草，那裡都可以長，因為她知道有Bachan，我害了她媽，起碼可以補償這個孩子。她說過全世界只有我愛她，我去給她收拾家，她跟我說：「Bachan，這一個人，他也愛我，所以我要等。」

我知道地心那樣倔強的個性不會輕易讓我把這樣的小銳帶回家，我看她這樣子也沒辦法看店，小銳從小給地心當無條件的童工，忙也忙夠了，書也從來沒好好念過，我從來沒和地心爭過，她要怎樣做我都讓她。我開始沒辦法吃飯，說我是什麼卵巢癌末期，擴散腹部積水，要怎樣排水怎樣補充營養，蔡醫生說了一堆我的病，我什麼也聽不懂，她說要聯絡我的小孩。我不認識蔡醫生，那天我等她下班要她給我點時間，任何人都不可以知道我的病情。地心常挖苦我守舊、沒見過世面，所以政府說什麼我都信，別人改來改去我也沒什麼想法。要當日本人、中國人、臺灣人我都好，沒有原則有的沒的。

我啊頭腦清楚得很。我老命一條隨時都可以走，江大哥從小銳出生幫我也夠多了，房子過戶好我就不怕死，這孩子沒給我們打掉我看她命硬，地心認定她是個掃把星，我走了給小銳留個房子，地心就算裝瘋賣傻，小銳也不怕沒個去處。

我給蔡醫生講故事，她都叫我阿卿阿姨，我說絕不能讓我的女兒知道我的病情，我要照顧我的孫女，我生病的話，家裡會出人命，我女兒有病，我孫女會給她打死，有精神病，很多年了治不了。蔡醫師才離開學校沒幾年，人皮膚漂亮又溫柔，她一直皺著眉，不知道相不相信我說的故事，還是把我當個瘋瘋癲癲的老太婆。

我十六歲的時候，養母在臺北給人活活打死，後來也找不回來，養父本來就是個酒鬼，我十八歲他把我賣給眷村的老兵，又是個酒鬼，喝醉了就打我，把全家給我砸了。我總共生了四胎，第一胎死胎，二、三胎都被他賣了，是生是死我也不知道。

我唯一留下的一個女兒，八歲的時候，那個酒鬼老兵半夜說要帶走所有的積蓄，偷渡也好，在海上只剩半條命也好，就算回去給鬥死都好，只要回到對岸老家，死在老家的土地上。反正房子他已經轉賣，他拿著掃把把我和女兒趕出門。我啊一夜之間，無家可歸。那時老兵有個偶爾到我們家泡茶的老部屬，好心說要接濟我們母女倆，後來的幾年間，我不眠不休地在美容室打工，開始在眷村做起生意。這一次我學聰明了，偷偷攢了一筆錢。

時間一天天過去，頭幾年都相安無事，誰知命運捉弄人，那老芋仔有天半夜喝著金門高粱把我嚷醒，樣子就和以前那個酒鬼老兵一個樣，說是老蔣死了，要把錢和我們全部帶回老鄉，我和女兒跪在地上三天三夜求他留下，我心裡也不是沒有逃跑的打算，嘴上說給我們母女倆一點時間和朋友交代一下，心裡想我寧可死也不跟他回什麼對岸。我給人騙了一次也算學點經驗，賺的錢我藏在老闆娘家，我起了主意想說慢慢偷點家裡什麼值錢的東西再跑，誰知道這死老芋仔成天壓著房契和私章睡覺，連上個廁所洗個澡也帶著。

我偷不著也算了，我啊天不怕地不怕，我帶著女兒連夜跑到南部躲起來，靠著我老闆娘給我介紹生意，我日子也過得過去，誰知道他找到我們，那一次我給打了、頭縫了幾針，打我沒關係，打我女兒我是會把他殺了，我警告他。他把我們母女拖回他那個房子，表面上是在家做美容生意，給我當個老闆，私底下他一毛錢也不給我們，說要換成美金回老家風光。我這個女兒真是老天有眼賞給我的，從小到大跟著我過苦日子也沒抱怨過一聲，我們母女就靠著她那一點工商學校的收入過活。她上學有一天沒一天卻是個能念書的料，她常說她一定會考上大學，到時候有辦法給我們過好日子。

那個死老芋仔成天喝酒，我怎麼也沒想到有天他會強暴我那剛滿十八歲的女兒！真是造孽啊！我可憐的心肝，還懷了孕，真是狼心狗肺啊！大概是怕我告他，他偷走我的錢，捲款潛逃，房子也來不及處理。我找人幫忙賣了房子換了點現金，帶著女兒逃到山的那一頭。我這個女兒，原本也是個標緻、腦袋又好的，他們叫做有志青年的那種。就是給那下三濫糟蹋了，整個人性情大變，得了精神病，我也無所謂她跟我說些五四三。我當然知道我女兒瞧不起我、恨我，那個時候我有什麼辦法。我那裡甘願我的心肝啊！

我給我女兒喝兩次墮胎藥，這個孫女竟然健康出生，一點毛病也沒有。妳說奇不奇怪？

不管怎樣說，小孩子都是無辜的，妳說又不是她自己選要來投胎的對不對，妳有小孩嗎？蔡醫生搖搖頭。

現在我這個孫女啊，我拉拔了一輩子，現在也大了，認識了一個愛她的人，妳知道你們年輕人是這樣，愛到卡慘死，這個男朋友竟然心臟病快死了。蔡醫生啊，我一輩子問心無愧，就是對不起我這個女兒和這個孫女，她們還沒相認，現在我這孫女搬回來家住，這樣子要死不活的樣子幾個月了，我那個精神病的女兒是會打死她的！我知道我的病要治療，我也不是完全不懂，我喔有認識中藥店老闆，我喔有辦法，我想請妳幫我這個忙，就當沒看過我這個病人。我需要一點時間安頓一下我的孫女。

我要死了，這個老臉丟了不要緊，我什麼都跟妳說了，蔡醫生，請妳幫我保守這個祕密，我不要她們來擔心我，我欠她們的已經夠多了，我求妳。

我給蔡醫生下跪，她掉眼淚，白雪的皮膚和我女兒年輕時一模一樣，她點著頭說：「我懂了阿卿阿姨。」

人很奇怪，年紀越大，卻越把心事和陌生人講。

＊　＊　＊

我坐自強號到中部找江大哥，我包了臺計程車上竹林找他。你問我恨不恨，我也不知道恨什麼，我的女兒和孫女都為我受罪，小鋭六歲時，老芋仔找到我們家來要錢，開放探親後，老芋仔帶了畢生積蓄回老鄉，風光幾百度，然後說什麼散盡錢財又被那頭家人嫌棄，在老鄉漂泊遊蕩，也沒仗打，又回到眷村，眷村已經改建成新大樓。

他威脅我們如果不給錢就要把地心的事情告訴大街小巷，之後兩年我前前後後也給了十多萬，一直到他有年寒流喝醉酒倒在路邊給凍死了，真是老天有眼。那時說到錢我們真的不多。還好有江大哥，現在我得了這個病，我不想帶著祕密進棺材。想到我可憐的地心，老芋仔死了她還半夜常做惡夢尖叫，夢到他來要錢。我的傻孩子啊！我拿出鏡子看著自己，擦上胭脂和口紅，老了，我們都老了。

「緊入來，我泡茶予你啉。」

「多謝江大哥，恁厝足大間，誠好勢。」

「你看起來身體無較好呢。欲換一間病院檢查無？」

「莫啦攏仝款。清清彩彩，我食中藥，你敢知影老林中醫真有名，我明仔載欲閣來看。」

「搬來我遮好矣啦！空氣較好。」

「免啦，江大哥，失禮！」

「對不起你的人是我，我搬轉來欲十年矣，你攏無來看我。」

「看你就有大代誌。」

「你啊！實在是固執的歐巴桑！」

「我今仔日有誠要緊的代誌欲共你講，我以前無講，是因為彼同陣你欲結婚啊，我若是共你講，會共你惹麻煩。」

「啥物代誌？人欲死矣才欲共我講！」

「地心喔……是咱的查某囝，是你佮我的啦！彼个人嘛臆著啊，所有的物件攏予伊偷提去！你毋通受氣！莫哭啊！」

「我嘛無想欲哭，你敢毋知影，這馬共我講遮的，我的心是足無耐，你無應該隱瞞我！我是欲哭無目屎，艱苦無人知。」

「我無後悔。」

「我這陣佮你受氣嘛無路用。彼陣，我嘛毋知我會使做啥。地心！咱的親骨肉，嗚嗚……。這馬你拍算欲我按怎做？」

「自從阮搬徙位，你一直真照顧阮，你無欠阮啥，我決定無欲共你講，你嘛無做毋著，這馬換我請你來鬥相共。」

「我啥物時陣捌拒絕過你，有啥物我會使做的，你講。」江大哥擦了擦眼淚。

「替我照顧阿銳……我若走了後。」

「地心呢？晴晴咧？我攏願意。」

「我感覺代誌已經過遮久矣，咱無需要予囡仔知影人因的身世。」

「映初啊！你真正是固執的查某人，一世人固執，我知影是我對不起你，你就按呢，𤆬咱的查某囝佮查甫孫佇外口食苦！」

「無人做毋著代誌，你遮濟年幫忙阮的，我攏用佇查某囝佮阿銳仔的身上，晴晴一點仔苦攏無食著，你毋免遮艱苦，我家已咒誓過，就算我會做乞食，我嘛欲飼阮一口灶。」

「我毋是怪你，只是本來我有機會佮地心相認，伊彼時陣就徛佇我的面頭前，彼个死老芋仔啊！我會使叫人共刣死，你知影我欲按呢做。」

「彼是無可能發生的代誌啦，若是彼時陣知影有伊，你哪會有彼款幸福的家庭，這馬哪會有一个遮爾優秀的囝咧？江大哥，咱食甲這个歲數，做人毋通傷貪心。」

「我知影我知影，你恨我。」

「你莫閣烏白講，我欲死矣，你閣咧甲我發性地？」

「好啦好啦，攏隨在你！」

「咱攏遮濟歲啊，我欲共你講啊，你這世人做遐濟善事，幫贊遐濟人，我無法度繼續幫忙基金會的代誌啊。講正經的，我有感受著你的誠意啊。這个年代啊，逐家日子過了袂禾黑，大部分的人攏無哩怨嘆遮兮有的無的代誌。毋是你的毋著，你放心啦！」

「彼時陣，你共我講臺北彼个代誌，我真失禮無法度救恁老母，若是伊無死，咱的命運也袂按呢。遐的畫面我永遠攏會記，頷頸仔予揑牢、用鐵線縛矣，予用火炰紅紅的鐵仔燙雙手、隻跤，槍仔聲，磨刀的眼神。臺北的代誌過去啊，阮老爸救我出來，我揣無你啊啦！」

「你莫講遐的五四三的！彼个時代，有足濟代誌是免講理由的！」江大哥牽著我的手。

「我這世人，對不起你。你攏無共我講……我有答應阮老爸無欲閣干涉，阮老爸彼棟厝予我，我重起映初圖書館，想講有一日，你一定會揣著我。」

「世事創治人啊！我揣著啊，嘛見著你啊，我無欲改變，江大哥，我是歹命人，我袂去烏白想。這世人你對我情意有夠啊。」

「你知影我無法度違背阮老爸。」

「我攏知影，伊嘛無毋著，恁江家一代單傳，門當戶對是理所當，天公地道。」

「你一生足偉大，家已照顧一口灶，你真正是無簡單。」

「全世界只有你講我偉大，人若申手無步，跤踏無路，無塊選擇的時就會變較堅強啦！千苦萬苦為著腹肚，那有啥物偉大！」

「你無親像我，無閒一世人，最後嘛是孤單一个人，少年的時堅持家已的理想這馬一切變做是雲煙，外國人講空中的塗粉，親像咧講我過去的人生仝款。」

「你那會按呢講咧？映初圖書館關起來你是為著欲救人，救厝內的人，任何人攏會按呢做，何況你冒著性命的危險救遐濟人，你那會使按呢講你家已！」

「阮老爸要求我唯一的條件就是愛我好好仔讀冊，就是講出手嘛愛有手段，愛低調，免伊替我收屍。我一路拼甲教授，佇映初圖書館，阮是一陣做伙開講，較活骨的少年囡仔。日時看國家的電影，喝遐兮愛國的口號，半暝仔佇地下室計劃救人，映初這个避護所記錄足濟歷史。我一直毋甘關起來，我佇內底留一間密室。」

「那會欲按呢做？」

「出國了後我定定想著映初圖書館的代誌，我啊足守規矩，逐家的喙嘛足絚，袂走漏風聲，有一擺，阮幾仔人去市內拍保齡球逐家攏耍甲足歡喜！

彼陣兄弟，彼陣阮送走的人，攏為著咱留落來一寡理想，猶有希望，希望咱的國家有一工會公平明磊落，民主自由。逐會使講家已欲講的話，逐家會使選擇聽家已佮意的歌，反對家已反對的。就親像這馬仝款，咱這馬有的，是足濟人的血淚換來的。」

「我看密室嘛是莫予人發現較好啦！」

「這馬我啥物攏毋驚啊！我一个人，恁嘛無可能受著牽連。」

「毋是按呢過去的就是過去。啊！人啊若一直向後壁看，怨嘆就會愈來愈濟。」

「彼是阮佮遮兮人的青春，彼幾年你嘛有看著，逐家無分你我，靜坐抗議，予全世界聽著咱這个予孤立的小島。」

「我會記的，每一个人做伙一直哭，親像予放捒的囡仔。無外久，我就予掠起來予人若毒、受酷刑，我頭一擺想欲死。」

「彼是咱的運命，咱攏毋是神，你這个脾氣，吞忍袂落去美國人的氣，我佇電視看著你，嘛是煩惱甲袂睏。後來的幾年足亂的，我袂使火車坐去圖書館，又毋敢予地心傳話，你就會予掠起來啊！」

「啊！上可憐的就是遐的佮我做伙的地下人士就無遐爾好運，每一个攏予掠起來，無轉來過。」

「你按怩拋頭露面，才是真正的勇敢。」

「若是阮老爸無聽伊的朋友的話去捐地予政府，映初圖書館的祕密就會予公開，閣較濟人會死，咱今仔日也無佇遮啊。」

「你的心肝內猶有怨恨無？」

「這馬無怨嘛無痛，你看這馬，有時陣我真數念遐的兄弟，有時陣我嘛感覺這馬真亂，你講無恨，這點我真正無確定。佇這个過程，我可能嘛有做毋著啥物代誌煽動逐家的仇恨。」

「遮濟年來，厝邊隔壁攏毋講著映初，有記者來採訪過，逐家都講無啥印象。」

「我知影我誠感謝厝邊隔壁遮的人。毋過我佇人因的面頭前頭擔袂起，才會覕佇遮遮濟年，予你去替我處理捐款的代誌。」

「有一寡傷痛，有一寡人，放袂落去也毋是你的毋著，你看咱的地心，死嘛毋原諒。」

「唉，這幾年我想法變了足濟，可能閣食無外久，無愛閣想啥物，嘛無想閣去追究當年遐的陷害阮的人。」

「按呢好啦！江大哥，你看遮的物件，我欲按怎處理？逐年的春天佇２２８前後攏會寫一張批予映初基金會，多謝你。」

「阮庄內的人，我只有顧幾口灶，其他遐的是我毋捌的人，但願錢會當予人因買著希望。映初啊，我欲共你講，攏是這幾年你無嫌我固執，一直教我無恨無怨，這陣人的厝內人莫明奇妙予刣死，無著予人關起來的家庭，無一日袂記哩公道這層代誌。我了解，我來贖罪，我無義氣，遮爾濟年來貪生怕死，逃去國外享福，遮爾仔自私遮爾仔粗俗，只有用錢來彌補。」

「你那會欲死啊？阮的祕密欲去共誰講？我無想欲紮祕密去棺材！」

「江大哥，佇我的目睭內，你是有理想的，基金會簡介你寫甲足婧欲有理想。和平，就放予去，才會『前瞻遠矚』，抑你頭一个說服的人毋就是我？我從來攏毋捌因為過去來恨。命運就是命運，無彼个時代，嘛袂有彼款的命運。」

「有你真好，予我安心。」

「江大哥，我欲問你一層代誌，你好好仔想，映初圖書館的祕密你敢真正欲予人知？」

「等我死了後，我希望遐的兄弟的理想會使予人看著，靈魂嘛會使安心，等我死了後，希望逐家會使看著一九七八年彼个時陣的映初圖書館上的偉大，會當予全世界看著的彼个時刻。你知影，當逐家團結，嘛就是上偉大的。唉，這馬喔，比袂著斯當年啊啦！」

「講予你的後生聽啦！」

「伊聽無，外國人一个，知頭毋知尾。」

「寫予伊看，你教伊教甲遮用心，伊會看捌。你知影無，地心個性佮你足親像！伊按呢講我？講我無啥『民族情操』。哈！我無想遐濟，遮爾濟年，我只要地心莫自殺，阿銳莫予地心苦毒死，啥物日小我攏會當過，啥物人管對我來講攏仝款，我看地心佮你仝款足關心政治，只有投入政治團體，伊的精神會使較穩定一點。」

「你按呢予我足艱苦，我真正是罪人，嗚嗚嗚……。」

「免哭啦！」

「你過來，嗚嗚嗚……。」

「我見伊遐濟遍，一擺都認袂出來。」

「毋是你的問題。」

「我對不起你。」

「我走了後，地心有翁，猶有恁的查某囝晴晴陪伊，阮這个查某囝雖然有精神上的問題，毋閣頭殼足好。干焦阿銳，無爸無母，全天下干焦我一个咧關心伊的死活，所以厝才予伊。」我點頭。

「伊一直想欲有一間我佮伊的厝，細漢的時伊一直問我，Bachan 咱是按怎袂使蹛家已的厝，那會欲搬來阿姨遮？遮爾濟代誌，我欲按怎解說啦！」

「你的身體袂好，欲按怎？你敢有啥物拍算？」

「我無拍算，我足忝。你會記哩往擺咱蹛的彼條巷仔？所有的囡仔就是愛耍走相逐。對巷仔頭走去巷仔尾，看誰先摸著巷仔尾彼欉菝仔樹，後來有人講來比賽看誰較緊，先選一个上厲害的人，徛佇頭啊替逐家計算時間看這擺誰較緊，上尾仔彼个壓力上大，逐家來算看伊走幾秒。這馬的囡仔無法度耍這款的，嘛無這款所在予伊耍？你嘛佮阮這陣無人管的囡仔耍過兩三擺你袂記得？」

「我會記得啊！走來走去真好耍。我這个歲回頭看少年的家已，嘛毋知影家已對佗來的勇氣自細漢我著咒誓我欲做臺灣人，總想欲反抗遐的『冠冕堂皇』的口號。阮老爸為了保牢家族的血脈佮安全，老老實實做一个生理人，最後猶是予人『放調』。想著阮老爸食甲八十外歲猶閣予人威脅，予我走家已也走矣，我嘛對不起阮老爸。啊！想袂到所有的代誌我攏會放予去，走甲遠遠。」

「我想，走相逐的時陣，我看頭前彼个人，想著伊緊走完，我才會當開始走！我想我的病就是按呢，我走啊地心會放下伊的恨，我走啊阿銳嘛毋免予伊講話糟蹋！」

「你真正古板！」

「你嘛仝款，老翻顛！以前有你這款人，才有阮。無誰來管阮遮的予流氓欺負的人！」

「袂共我刮洗！我攏講我無誰路用啊！」

「所以，映初圖書館密室的物件攏好好？」

「我毋是咧滾笑，你了解我，我老啊，我無遐爾勢，莫予囡仔留一个歹的名聲，我應該予伊知影彼个過去⋯⋯不過阮後生予美國人洗腦啊，做美國人去啊！好佳哉無遐戇去甲美國人相戰。阮這个後生啊，欲伊處理映初的代誌是免向望啊！咱經過遮爾濟代誌，彼个囡仔毋捌⋯⋯。」

「若是你定掛心映初圖書館，我看除了恁後生，你毋通交予別人。」

「阿銳哩？」

「毋好。」

「是按怎？」

「我無想欲予阿銳知影咱的過去。」

「可能泊一先轉來整理映初圖書館，先訓練阿銳，才閣共圖書館佮彼塊地交予伊管理。」

「你講的是真的？」

「伊敢會佮意？」

「我毋知影。攏予伊家已決定。我從來毋捌迫阿銳做任何代誌，地心已經足壓迫伊，地心若發性地就叫我『老頑固』，無就罵我『冷血動物』，罵一大堆無路用的話。好加哉我有阿銳，伊無話無句，真貼心。有時我攏驚地心講的一堆痟話，可能予阿銳臆著彼个漚人。」

「映初圖書館的代誌，予天公伯仔去管啦！你走了後我也差不多啊！」

「別閣亂亂講啊！時到時擔當，無米煮蕃薯湯。」

「你閣想一下！搬來我遮。你啊！人生在世，『生有時別有時』，你嘛捌代誌，咱的任務圓滿啊！親像走相逐仝款、走到尾仔站，忝仔倒落去歇睏，最後我嘛是陪你。我毋驚啦！我佇南部嘛捌一寡仔真好的中醫生，咱兩個棺材已經軁一半啊，咱的朋友攏走啊，你會使家已做決定啦，毋免閣覕來覕去啊！」

「我真正欲靠你，阮爸矣共我賣掉我就靠你啊。天公伯戲弄，我有一个查某囝佮兩个查某孫，我真滿足啊啦！咱食老啊較簡單的就好啊！」

「對不起你啊，咱後世人一定愛做翁某。」

「你是咧講啥！」

江大哥又哭了，我們兩個老人緊緊抱著，他哭了很久，哭什麼啊？我的眼淚早就流乾了，江大哥這種地主人家，以前就看不起我，他結婚時我發誓，我們這一輩子都不會在一起。

江大哥交給我一包資料，告訴我有一天映初圖書館如果是他兒子重新開幕，請小銳寄回，我沒有打開。我只想好好安排房子給小銳，存點錢給她，讓小銳好好去過自己的人生。

映初，這就是妳的命，我對自己說。

＊＊＊

陳阿卿的遺言

小銳，Bachan 走了，妳要好好照顧自己，Bachan 那個年代，女孩子的命不值錢，更不用說什麼讀書了，不像妳是個大學生、又出了國，是個了不起的女孩子，我知道你們年輕人聽不懂，就像我也不懂你們在想什麼。可是妳是我帶大的，Bachan 相信妳，相信妳做的每一件事情。Bachan 能做的，就是支持妳。

Bachan 沒有什麼大道理留給妳，Bachan 看看自己的一生，我沒有想過自己是不是做錯什麼事，因為 Bachan 生活裡除了吃飽沒有太多選擇，所以自然不會胡思亂想。我只想要帶著妳，妳阿姨對妳那個樣子，我知道我沒辦法保護妳，妳是個乖孩子，知道她是家人，包容了她這麼多年。

我應該要告訴妳實話，Bachan說話一向不拐彎抹角，Bachan沒有告訴妳，妳的阿姨其實就是妳的媽媽，妳的親生爸爸死了，因為妳阿姨的精神狀況沒辦法照顧妳，所以Bachan一直代替著她，做她應該做的事情，對Bachan而言妳就是我最重要的孫女。這件事情其實就那麼簡單，其他的Bachan希望妳不要多想，因為Bachan就算走了，也都幫妳安排好了。我知道妳不會埋怨Bachan，妳一直都知道，Bachan最疼愛的就是妳。對不起，Bachan騙了妳一輩子，妳不要怪我。

小銳啊，Bachan想說啊，如果妳有一個想法，有一件喜歡做的事情，就拼命做，不要猶豫不決，怕東怕西的。小銳妳寫的東西Bachan看不大懂，妳說過妳想寫一本書，妳的阿姨年輕時也是個像妳一樣聰明的女孩子，我知道妳一定可以做得到，這是Bachan對妳的祝福。

我看妳每天打電話，每天問，「有心了嗎？」問那個男孩子的昏迷指數。Bachan知道，他一定是個很不錯的人，才會讓我聰明的乖孫女這樣喜歡。妳喜歡就好，我只是不忍心看妳常莫名其妙昏倒，吃一大堆紅紅綠綠的藥丸，妳從小就不會吞藥，醫生說妳喉嚨太細，每次餵藥妳都要給湯匙咬斷了。Bachan看妳這樣受罪我心裡有多難受妳知道嗎？現在妳生病了，可是Bachan知道，妳沒有病，妳比妳的阿姨堅強多了。相信Bachan。妳很快就會讓自己好起來的，妳最勇敢了！

還有啊！小銳妳要學著打扮一下，Bachan知道妳想省錢，省錢買個房子。Bachan在幾年前就決定買個小鎮中心的頂樓套房給妳，Bachan老了但不笨，這些事情都難不了我。鑰匙在我房間衣櫥下面的抽屜，Bachan錄這卷錄音帶給妳因為Bachan怕寫錯字，房子Bachan都找人裝潢好了，我買了很多衣服給妳，妳自己去看看，房子裡有一些從妳出生到長大和Bachan的合照，我知道妳會想我，我會回去看妳。

對了還有保養品，Bachan沒辦法幫妳做臉了，我把店裡的一些保養品準備好給妳，以後用完了不想和阿姨拿，就去買，Bachan現金不多，通通都是要給妳。晴晴有妳阿姨和姨丈照顧，我不用擔心，晴晴也是乖，不會和妳計較這些東西。

還有我在觀音寺求的神水也給妳放在家裡，小銳啊，妳要醒一醒了，把家裡搬一搬，到新房子去，過自己的生活，Bachan不能陪妳了，可是我不擔心妳，我知道妳可以做得很好。

妳阿姨妳還是繼續叫她阿姨，她知道我會告訴妳，妳萬萬不可以學她，要放手，不要背著包袱，像她一樣每天活在仇恨裡，以前的事過去就算了，記得 Bachan 說的話，有些事情，不需要追究，船到橋頭自然直。

Bachan 不像妳阿姨和妳那樣腦筋好，妳們的命也比我好太多，Bachan 願意為妳做多一點，妳要原諒妳阿姨，原諒作弄人的命運，有些傷害過我們的人，我們要好好過日子，就是要放下過去，不然大家整天吵吵鬧鬧，浪費時間。這是 Bachan 這一生做得最對的事情。這是 Bachan 最想留給妳的東西。

原諒。

小銳，還有 Bachan 有一些在保險箱的東西要還人，等妳有一天聽到映初圖書館重新開幕的消息，請妳幫我寄過去。信封我都貼好了，地址收件人我都寫好了。妳有空就去那邊走一走，應該會喜歡那個地方。

＊＊＊

那個死老芋仔的事情，不需要讓小銳知道，我把這麼多年我幫江大哥基金會的金錢往來交易和名冊，全部放在新房子保險箱的信封袋裡面，裡面有我和江大哥在他結婚那年的黑白合照一張，還有映初圖書館的建築圖，我要小銳到那兒走走。這樣子，至少江大哥可以看看她，和她說說話。映初圖書館的事，就按照江大哥的意思處理。

江大哥說，這是最好的方法，至少祖先有庇蔭到下一代，映初留給小銳，他死也瞑目，映初是在我十二歲的時候，江大哥教我讀書給我取的名字。

江大哥一直沒有忘記。

這樣的安排，我死也瞑目。

第九章 Bachan〈國語版〉

五十年來，菩薩第一次給了我三次陰筊，我今年七十六歲，小銳二十六歲，去年我去臺北給她搬家，我看要活著看她找到好人家是無望了，她要等那個男朋友醒來。年輕人的談情說愛我不懂，小銳是我拉拔大的孩子，她像我，像根草，那裡都可以長，因為她知道有Bachan，我害了她媽，起碼可以補償這個孩子。她說過全世界只有我愛她，我去給她收拾家，她跟我說：「Bachan，這一個人，他也愛我，所以我要等。」

我知道地心那樣倔強的個性不會輕易讓我把這樣的小銳帶回家，我看她這樣子也沒辦法看店，小銳從小給地心當無條件的童工，忙也忙夠了，書也從來沒好好念過，我從來沒和地心爭過，她要怎樣做我都讓她。我開始沒辦法吃飯，說我是什麼卵巢癌末期，擴散腹部積水，要怎樣排水怎樣補充營養，蔡醫生說了一堆我的病，我什麼也聽不懂，她說要聯絡我的小孩。我不認識蔡醫生，那天我等她下班要她給我點時間，任何人都不可以知道我的病情。地心常挖苦我守舊、沒見過世面，所以政府說什麼我都信，別人改來改去我也沒什麼想法。要當日本人、中國人、臺灣人我都好，沒有原則有的沒的。

我啊頭腦清楚得很。我老命一條隨時都可以走，江大哥從小銳出生幫我也夠多了，房子過戶好我就不怕死，這孩子沒給我們打掉我看她命硬，地心認定她是個掃把星，我走了給小銳留個房子，地心就算裝瘋賣傻，小銳也不怕沒個去處。

我給蔡醫生講故事，她都叫我阿卿阿姨，我說絕不能讓我的女兒知道我的病情，我要照顧我的孫女，我生病的話，家裡會出人命，我女兒有病，我孫女會給她打死，有精神病，很多年了治不了。蔡醫師才離開學校沒幾年，人皮膚漂亮又溫柔，她一直皺著眉，不知道相不相信我說的故事，還是把我當個瘋瘋癲癲的老太婆。

我十六歲的時候，養母在臺北給人活活打死，後來也找不回來，養父本來就是個酒鬼，我十八歲他把我賣給眷村的老兵，又是個酒鬼，喝醉了就打我，把全家給我砸了。我總共生了四胎，第一胎死胎，二、三胎都被他賣了，是生是死我也不知道。

我唯一留下的一個女兒，八歲的時候，那個酒鬼老兵半夜說要帶走所有的積蓄，偷渡也好，在海上只剩半條命也好，就算回去給鬥死都好，只要回到對岸老家，死在老家的土地上。反正房子他已經轉賣，他拿著掃把把我和女兒趕出門。我啊一夜之間，無家可歸。那時老兵有個偶爾到我們家泡茶的老部屬，好心說要接濟我們母女倆，後來的幾年間，我不眠不休地在美容室打工，開始在眷村做起生意。這一次我學聰明了，偷偷攢了一筆錢。

時間一天天過去，頭幾年都相安無事，誰知命運捉弄人，那老芋仔有天半夜喝著金門高粱把我嚷醒，樣子就和以前那個酒鬼老兵一個樣，說是老蔣死了，要把錢和我們全部帶回老鄉，我和女兒跪在地上三天三夜求他留下，我心裡也不是沒有逃跑的打算，嘴上說給我們母女倆一點時間和朋友交代一下，心裡想我寧可死也不跟他回什麼對岸。我給人騙了一次也算學點經驗，賺的錢我藏在老闆娘家，我起了主意想說慢慢偷點家裡什麼值錢的東西再跑，誰知道這死老芋仔成天壓著房契和私章睡覺，連上個廁所洗個澡也帶著。

我偷不著也算了，我啊天不怕地不怕，我帶著女兒連夜跑到南部躲起來，靠著我老闆娘給我介紹生意，我日子也過得過去，誰知道他找到我們，那一次我給打了、頭縫了幾針，打我沒關係，打我女兒我是會把他殺了，我警告他。他把我們母女拖回他那個房子，表面上是在家做美容生意，給我當個老闆，私底下他一毛錢也不給我們，說要換成美金回老家風光。我這個女兒真是老天有眼賞給我的，從小到大跟著我過苦日子也沒抱怨過一聲，我們母女就靠著她那一點工商學校的收入過活。她上學有一天沒一天卻是個能念書的料，她常說她一定會考上大學，到時候有辦法給我們過好日子。

那個死老芋仔成天喝酒，我怎麼也沒想到有天他會強暴我那剛滿十八歲的女兒！真是造孽啊！我可憐的心肝，還懷了孕，真是狼心狗肺啊！大概是怕我告他，他偷走我的錢，捲款潛逃，房子也來不及處理。我找人幫忙賣了房子換了點現金，帶著女兒逃到山的那一頭。我這個女兒，原本也是個標緻、腦袋又好的，他們叫做有志青年的那種。就是給那下三濫糟蹋了，整個人性情大變，得了精神病，我也無所謂她跟我說些五四三。我當然知道我女兒瞧不起我、恨我，那個時候我有什麼辦法。我那裡甘願我的心肝啊！

我給我女兒喝兩次墮胎藥，這個孫女竟然健康出生，一點毛病也沒有。妳說奇不奇怪？

不管怎樣說，小孩子都是無辜的，妳說又不是她自己選要來投胎的對不對，妳有小孩嗎？蔡醫生搖搖頭。

現在我這個孫女啊，我拉拔了一輩子，現在也大了，認識了一個愛她的人，妳知道你們年輕人是這樣，愛到卡慘死，這個男朋友竟然心臟病快死了。蔡醫生啊，我一輩子問心無愧，就是對不起我這個女兒和這個孫女，她們還沒相認，現在我這孫女搬回來家住，這樣子要死不活的樣子幾個月了，我那個精神病的女兒是會打死她的！我知道我的病要治療，我也不是完全不懂，我喔有認識中藥店老闆，我喔有辦法，我想請妳幫我這個忙，就當沒看過我這個病人。我需要一點時間安頓一下我的孫女。

我要死了，這個老臉丟了不要緊，我什麼都跟妳說了，蔡醫生，請妳幫我保守這個祕密，我不要她們來擔心我，我欠她們的已經夠多了，我求妳。

我給蔡醫生下跪，她掉眼淚，白雪的皮膚和我女兒年輕時一模一樣，她點著頭說：「我懂了阿卿阿姨。」

人很奇怪，年紀越大，卻越把心事和陌生人講。

＊　＊　＊

我坐自強號到中部找江大哥，我包了臺計程車上竹林找他。你問我恨不恨，我也不知道恨什麼，我的女兒和孫女都為我受罪，小銳六歲時，老芋仔找到我們家來要錢，開放探親後，老芋仔帶了畢生積蓄回老鄉，風光幾百度，然後說什麼散盡錢財又被那頭家人嫌棄，在老鄉漂泊遊蕩，也沒仗打，又回到眷村，眷村已經改建成新大樓。

他威脅我們如果不給錢就要把地心的事情告訴大街小巷，之後兩年我前前後後也給了十多萬，一直到他有年寒流喝醉酒倒在路邊給凍死了，真是老天有眼。那時說到錢我們真的不多。還好有江大哥，現在我得了這個病，我不想帶著祕密進棺材。想到我可憐的地心，老芋仔死了她還半夜常做惡夢尖叫，夢到他來要錢。我的傻孩子啊！我拿出鏡子看著自己，擦上胭脂和口紅，老了，我們都老了。

「快來，我泡壺好茶給妳喝。」

「謝謝你，江大哥，你家很大，很舒適。」

「妳看起來還是都沒變。事情怎麼會變這樣？有換一間醫院檢查嗎？」

「不用啦，結果都差不多，沒差了，我有在吃中藥，你知道老林中醫嗎？很有名，我明天一早就去給他看。」

「搬來我這好啦！空氣好。」

「不用啦！江大哥，真不好意思。」

「對不起妳的人是我。我搬回來也快十年了，妳都沒來看我。」
「看你就表示有事情。」
「說到妳啊，真是是固執的老太婆。」
「我今天有很重要的事要告訴你啊，我以前沒跟你說，因為你那個時候要結婚了，我如果跟你說，會給你添麻煩的……。」
「什麼事？人都要進棺材了才要告訴我？」
「地心啊，是我們的女兒，你和我的女兒，那個酒鬼當時也猜到了吧，才會把我所有的東西都偷走……你不要生氣啊，別哭啊！」
「我也不想哭啊，妳知不知道，妳現在告訴我，我有多無奈。妳不該隱瞞我的……我欲哭無淚啊！」
「我不後悔這麼做。」
「我現在和妳生氣也於事無補，那個時候，我就算知道了也不知道該怎麼做。地心啊！我可憐的女兒，我的親生骨肉，嗚嗚，現在妳希望我怎麼做？」
「自從我們搬到那邊，你一直在照顧我們，你沒有虧欠我們任何東西，我決定隱瞞你這件事，你也沒有做錯任何事。現在換我請你來幫我了。」
「我什麼時候拒絕過妳？有什麼我可以做的，妳告訴我。」江大哥擦了擦眼淚。

「幫我照顧小銳⋯⋯在我走了以後。」

「地心哩？晴晴哩？我都願意照顧她們。」

「都這麼多年了，我覺得不用現在讓孩子知道她們的身世。」

「映初啊！妳真是個固執的女人，一輩子都這麼固執，我知道是我對不起妳，可你怎麼就這樣帶著我的女兒孫女們在外面吃苦呢！」

「沒有人做錯什麼事，你幫了我這麼多年，我通通用在女兒和小銳身上，晴晴一點苦也沒吃過。你不需要這麼難過，我自己發過誓，我就算當乞丐也要養活我這一家。」

「我不是怪妳，只是本來我有機會和地心相認，她那個時候就站在我面前，我會派人把那個死老芋仔殺了，妳知道我會這麼做。」

「那種事不可能會發生啦，如果那時你知道有地心，你哪還會有這麼幸福的家庭，現在怎麼會有一個這麼優秀的兒子？江大哥，我們活到這麼多歲了，做人不可以太貪心。」

「我知道我知道，妳恨我。」

「你別亂說，我都要死了，你還在那對我發小孩子的脾氣？」

「好啦好啦都隨便妳吧！」

「我都這麼大的歲數了，我想告訴你，你這一輩子做了那麼多善事，幫助了那麼多的人，我沒辦法繼續幫忙基金會的事情了。老實說，我想他們也收到你的誠意了。這個年代啊，大家日子都過得不錯，大部分的人都不會在那怨東怨西的。有一些事也不是你的錯。你真的要放寬心來！」

「想當年，妳跟我說臺北那件事，我真的很抱歉，我沒能救妳的母親，假如她沒死，我們的命運也不會是這樣。那些畫面我永遠都記得清清楚楚，被鐵線纏繞勒住的脖子和雙手、雙腳，被鐵烙燙傷的皮膚，那些槍聲，那磨刀般的眼神。臺北的風波過去了，我父親把我救出來，我也找不到妳了！」

「你別再東扯西扯的！那個時代，有很多事情是沒有道理的！」江大哥牽起我的手。

「我這輩子，對不起妳。妳也沒和我說之後的事……我答應父親不再干涉那些事，他把一棟老房子給了我，我重建起映初圖書館。想說有一天妳一定會找到我。」

「世事弄人啊！我是找到了，我們也見到面了，但我沒想過要改變什麼，江大哥，我是個苦命的人，我不會胡思亂想。你對我這輩子的情意已經夠了。」

「妳知道我沒辦法違背我的父親。」

「我都知道，他也沒有錯。你們江家一脈單傳，門當戶對是天經地義的事。」

「妳的一生很偉大，自己照顧一大家子的人，真的很不簡單。」

「全世界只有你說我偉大，人沒有其他的選擇就會變堅強啦！千辛萬苦，不過為了填飽肚子，哪有什麼偉大！」

「妳不像我，忙了一輩子，最後還是孤單一個人，年經時堅持的理想也成過往雲煙了，外國人說，風中的灰塵，差不多就是在形容像我這樣的一生。」

「你怎麼這麼說呢？你把映初圖書館關起來是為了要救人，為了救家人，任何人都會這麼做，何況你還冒著自己的性命安危去救濟了那麼多人，你怎麼這樣說自己啦！」

「我父親給我的唯一條件就是要我好好讀書，就算是要出手也要有手段，要低調，免得讓他給我收屍。我一路拼到當上教授，在映初圖書館，表面上，我們就是一群比較活潑、愛聚在一起談天說笑的年輕人。白天看國家的電影，喊著那似是而非的愛國口號，半夜在地下室計劃救人，映初這個庇護所紀錄了很多歷史。我一直捨不得封館，我在裡頭保留了一間密室。」

「為什麼這麼做？」

「出國後，我常常想起映初圖書館的事情，我啊很守規矩，大家的口風也很緊，不會走漏風聲，有一次我約了幾個人去城裡打保齡球，大家都玩得好有意思！那群兄弟，那群被我送走的人，都為我們留下了一些理想，還有希望，希望我們的國家有一天會公平、光明、磊落、民主、自由。大家可以講自己想說的話，大家可以選擇自己想聽的歌曲，反對自己想反對的。就像現在一樣，我們現在擁有的，是多少人的血淚啊！」

「我看啊，密室還是不要讓人發現比較好！」

「現在我什麼都不怕了，我一個人，也不可能牽連到妳們。」

「我不是那個意思，過去的就讓它過去啊！人啊，一直往回看，埋怨就會越來越多。」

「那是我和那麼多人的青春。那一年妳也看到啊，大家不分你我，靜坐抗議，讓這個孤立小島的聲音被全世界聽到。我記得，大家都忘了怨恨，只是在一起一直哭一直哭，就像是被人拋棄的孩子。沒多久，我就被人抓起來，被人虐待，那是我生平第一次想死。」

「那是我們的命運，我們都不是神。你這個脾氣怎麼吞忍得下美國人的氣，我在電視上看到你，也是擔心到睡不著。後來幾年的時局很亂，沒有火車讓我坐去映初圖書館，也不能請地心傳話。你就被抓走了。」

「啊，可憐的是那些和我一起打拼的地下人士，他們就沒有那麼好的運氣，每個人都被抓起來，再也沒回來過。」

「你那樣拋頭露面，才是真正的勇敢。」

「要是我父親沒聽他朋友的話去捐地給政府，映初圖書館的所有祕密就會被公諸於世，死的人會更多。我們今天也不會站在這裡。」

「你恨嗎？」

「現在不恨也不痛了。看看現在，有時候我真的很懷念那些兄弟，有時候我又覺得現在也很亂，你說他們不恨了，這點我真的不確定。在那個過程中，我可能也做錯了某些事情，煽動了大家的恨。」

「這麼多年來，街坊鄰居都不再談起映初，曾有記者來採訪，大家都說沒什麼印象。」

「我知道，我很感謝街坊鄰居這麼多人的幫忙。可是我在他們面前抬不起頭，才會躲在這裡這麼多年，讓妳去幫我處理捐款的事務。」

「有些人放不下有些傷痛，也不是你的錯，看看我們的地心，做鬼也不會原諒過去。」

「唉，這幾年我的想法變了很多，可能也活不久了，不想去多想啊，也不想再去追究當年那個陷害我們的人。」

「這樣吧！江大哥，你看這些文件，我該怎麼處理？他們每年春天都會寫些信給映初基金會，不是在228之前就是之後，表達對你的感謝。」

「我們鄰里的人我只能照顧幾家人，其他那些不認識的人，我希望錢可以幫他們買到希望，映初啊，我想告訴妳，多虧妳這幾年不嫌我固執，一直教我無恨無怨，那些家人莫名其妙給人殺掉關起來的家庭啊，沒有一天忘記公道這件事。我了解，我來贖罪，我沒有義氣，這麼多年在國外苟且偷生享福，這麼自私這麼粗俗，只有用錢來彌補他們。妳怎麼就要死了，我的祕密要和誰說啊，我不想帶著祕密進棺材！」

「江大哥，在我眼中，你是一個有理想的人，你在基金會的簡介裡寫得非常清楚，想要有理想、和平，就要放下一切，才會『前瞻遠矚』，你第一個說服的人不就是我嗎？我從來沒有因為過去而憎恨現在。命運就是命運，沒有那個時代，也沒有那樣的命運。」

「有妳真好，讓我安心。」

「江大哥，我問你一件事情？你好好想想。」

「映初圖書館的祕密，你真的想要公開？」

「等我死後，我希望那些兄弟的理想，可以被人看見，他們的靈魂也能夠安息。等我死後，我希望大家可以看到一九七八年那個時候，映初圖書館最偉大、讓全世界看見的那個時刻，妳知道，當大家團結起來，我們就是最偉大的。唉，現在啊，哪裡比得上我們當年？」

「講給你的兒子聽吧。」

「他聽不懂，外國人一個。一知半解的。」

「寫給他看，你那麼用心栽培他，他怎麼會看不懂。你知道嗎？地心的個性和你真的很像！她是怎麼說我的？說我沒有『民族操守』，哈。我沒想那麼多，這麼多年來，我只要地心不自殺、小銳不被地心虐待死，什麼樣的日子我都能過，國家給什麼樣的人管都一樣。我看地心就像你愛政治，只有投入那個政治團體，她的精神病才可以穩定一點。」

「妳真的讓我過意不去，我現在很痛苦，我真是個罪人……嗚嗚嗚。」

「別哭啦。」

「妳過來。嗚嗚嗚。」

「我見過她那麼多次，一次都沒有認出來。」

「這不是你的問題。」

「我對不起妳們。」

「我走後，地心有老公，還有他們的女兒晴晴陪她，我這個女兒雖然有精神上的問題，但頭腦很好。只有小銳，無父無母，全天下只有我一個關心她的死活。」

「所以妳才把房子給她。」我點頭。

「她一直想要有一間我和她的房子，小時候她一直問我，Bachan，我們為什麼不住在自己的房子，為什麼要搬來阿姨這裡？這麼多的事情，我該怎麼解釋啦！」

「妳的身體狀況不好，該怎麼辦？妳有什麼打算？」

「我沒有打算，我好累。你還記得以前我們住的那條巷子，所有小孩都愛追著玩。不過巷頭到巷尾的距離，看誰先摸到巷尾那顆芭樂樹，後來有人說要來比賽看誰跑得比較快，先選出一個厲害的人，站在巷頭幫大家計時，看這回誰比較快，最後一個壓力最大，大家一起算他跑了幾秒。現在的孩子不玩這些了，也沒這樣的地方給他們玩了。你也和我們這群野孩子玩過兩三次，你記不記得？」

「我記得啊！跑來跑去真好玩。我現在這個歲數回頭看看年輕的自己，也不知道自己那裡來的勇氣。從小我就發誓我要做臺灣人，總想要反抗那些『冠冕堂皇』的口號，我父親為了保住家族的血脈與安全，老老實實當一個商人，最後還是遭人恐嚇。想到我父親活到八十多歲還要遭人威脅，讓我逃走，自己也走了，我也對不起我父親。啊！沒想到我會對所有的事通通放走，走得遠遠的。」

「在賽跑的時候，我想我都在看前面的那個人，想說他快跑到終點，我才可以開始跑！我想我的病就是這樣，我走後，地心才會放下她的恨，我走後，小銳也不用再讓地心用那些諷刺的話糟蹋！」

「妳真是古板。」

「你不也一樣，老番顛！以前有你這種人，才有我們。不然誰來管我們這些被流氓欺負的人。」

「別再諷刺我了，我都說了我沒什麼用啊！」

「所以，你映初圖書館密室的東西都保存得好好的嗎？」

「我沒有在開玩笑，妳了解我，我老了，沒那麼厲害，不想給孩子留一個壞名聲，我應該讓他知道那個過去……不過我兒子已經給美國人洗腦，做美國人去了，還好沒傻到去給美國人當兵。我這個兒子，我看還是別指望他處理映初的事務，我們經過這麼多的風風雨雨，那個孩子不懂……。」

「如果你惦記著映初圖書館，我看這件事除了你兒子，你不可以交給別人。」

「小銳哩？」

「不好。」

「為什麼？」

「我不希望小銳知道我們的過去。」

「也許讓泊一先來打理映初圖書館，訓練小銳，再將圖書館和那塊地交給小銳，讓她管理。」

「你說真的？」

「妳喜歡這樣的安排嗎？」

「我不知道，我都讓小銳自己決定。我從來沒有要小銳做任何她不想做的事情，她心已經很壓迫她了，她心發脾氣的時候都愛叫我『老頑固』，不然就罵我

『冷血動物』，一大堆亂七八糟的話，還好我有小銳，她雖然話不多，卻很貼心。有時後我也很擔心這幾年地心瘋言瘋語地會讓小銳猜到那個不要臉的人。」

「映初圖書館的後續，就交給老天爺去決定吧！妳走後我的日子也不多了。」

「別再亂說了。船到橋頭自然直。」

「妳再想一想吧！搬來我這住。妳啊！人生在世『生有時別有時』，妳平日也沒什麼事了，我們的任務都圓滿了，就像賽跑到了終點，累了倒下去休息。最後我也想陪妳走一段。我不怕了啊！我在南部也認識一些很不錯的中醫生，我們兩個棺材都躺進了一半，我的朋友都走了，妳可以自己做決定，不要再躲躲藏藏了。」

「我真的靠你了，我爸把我賣掉時我就是靠你呢。老天爺作弄人，我有一個女兒和兩個孫女，我真的很滿足了。我們都這麼老了，事情簡單點好！」

「我真是對不起妳，我們下輩子一定要做夫妻。」

「你說那什麼話！」

江大哥又哭了，我們兩個老人緊緊抱著，他哭了很久，哭什麼啊？我的眼淚早就流乾了，江大哥這種地主人家，以前就看不起我，他結婚時我發誓，我們這一輩子都不會在一起。

江大哥交給我一包資料，告訴我有一天映初圖書館如果是他兒子重新開幕，請小銳寄回，我沒有打開。我只想好好安排房子給小銳，存點錢給她，讓小銳好好去過自己的人生。

映初，這就是妳的命，我對自己說。

* * *

陳阿卿的遺言

小銳，Bachan 走了，妳要好好照顧自己，Bachan 那個年代，女孩子的命不值錢，更不用說什麼讀書了，不像妳是個大學生、又出了國，是個了不起的女孩子，我知道你們年輕人聽不懂，就像我也不懂你們在想什麼。可是妳是我帶大的，Bachan 相信妳，相信妳做的每一件事情。Bachan 能做的，就是支持妳。

Bachan 沒有什麼大道理留給妳，Bachan 看看自己的一生，我沒有想過自己是不是做錯什麼事，因為 Bachan 生活裡除了吃飽沒有太多選擇，所以自然不會胡思亂想。我只想要帶著妳，妳阿姨對妳那個樣子，我知道我沒辦法保護妳，妳是個乖孩子，知道她是家人，包容了她這麼多年。

我應該要告訴妳實話，Bachan 說話一向不拐彎抹角，Bachan 沒有告訴妳，妳的阿姨其實就是妳的媽媽，妳的親生爸爸死了，因為妳阿姨的精神狀況沒辦法照顧妳，所以 Bachan 一直代替著她，做她應該做的事情，對 Bachan 而言妳就是我最重要的孫女。這件事情其實就那麼簡單，其他的 Bachan 希望妳不要多想，因為 Bachan 就算走了，也都幫妳安排好了。我知道妳不會埋怨 Bachan，妳一直都知道，Bachan 最疼愛的就是妳。對不起，Bachan 騙了妳一輩子，妳不要怪我。

小銳啊，Bachan 想說啊，如果妳有一個想法，有一件喜歡做的事情，就拼命做，不要猶豫不決，怕東怕西的。小銳妳寫的東西 Bachan 看不大懂，妳說過妳想寫一本書，妳的阿姨年輕時也是個像妳一樣聰明的女孩子，我知道妳一定可以做得到，這是 Bachan 對妳的祝福。

我看妳每天打電話，每天問，「有心了嗎？」問那個男孩子的昏迷指數。Bachan 知道，他一定是個很不錯的人，才會讓我聰明的乖孫女這樣喜歡。妳喜歡就好，我只是不忍心看妳常莫名其妙昏倒，吃一大堆紅紅綠綠的藥丸，妳從小就不會吞藥，醫生說妳喉嚨太細，每次餵藥妳都要給湯匙咬斷了。Bachan 看妳這樣受罪我心裡有多難受妳知道嗎？現在妳生病了，可是 Bachan 知道，妳沒有病，妳比妳的阿姨堅強多了。相信 Bachan。妳很快就會讓自己好起來的，妳最勇敢了！

還有啊！小銳妳要學著打扮一下，Bachan 知道妳想省錢，省錢買個房子。Bachan 在幾年前就決定買個小鎮中心的頂樓套房給妳，Bachan 老了但不笨，這些事情都難不了我。鑰匙在我房間衣櫥下面的抽屜，Bachan 錄這卷錄音帶給妳因為 Bachan 怕寫錯字，房子 Bachan 都找人裝潢好了，我買了很多衣服給妳，妳自己去看看，房子裡有一些從妳出生到長大和 Bachan 的合照，我知道妳會想我，我會回去看妳。

對了還有保養品，Bachan 沒辦法幫妳做臉了，我把店裡的一些保養品準備好給妳，以後用完了不想和阿姨拿，就去買，Bachan 現金不多，通通都是要給妳。晴晴有妳阿姨和姨丈照顧，我不用擔心，晴晴也是乖，不會和妳計較這些東西。

還有我在觀音寺求的神水也給妳放在家裡，小銳啊，妳要醒一醒了，把家裡搬一搬，到新房子去，過自己的生活，Bachan 不能陪妳了，可是我不擔心妳，我知道妳可以做得很好。

妳阿姨妳還是繼續叫她阿姨，她知道我會告訴妳，妳萬萬不可以學她，要放手，不要背著包袱，像她一樣每天活在仇恨裡，以前的事過去就算了，記得 Bachan 說的話，有些事情，不需要追究，船到橋頭自然直。

Bachan 不像妳阿姨和妳那樣腦筋好，妳們的命也比我好太多，Bachan 願意為妳做多一點，妳要原諒妳阿姨，原諒作弄人的命運，有些傷害過我們的人，我們要好好過日子，就是要放下過去，不然大家整天吵吵鬧鬧，浪費時間。這是 Bachan 這一生做得最對的事情。這是 Bachan 最想留給妳的東西。

原諒。

小銳，還有 Bachan 有一些在保險箱的東西要還人，等妳有一天聽到映初圖書館重新開幕的消息，請妳幫我寄過去。信封我都貼好了，地址收件人我都寫好了。妳有空就去那邊走一走，應該會喜歡那個地方。

* * *

那個死老芋仔的事情，不需要讓小銳知道，我把這麼多年我幫江大哥基金會的金錢往來交易和名冊，全部放在新房子保險箱的信封袋裡面，裡面有我和江大哥在他結婚那年的黑白合照一張，還有映初圖書館的建築圖，我要小銳到那兒走走。這樣子，至少江大哥可以看看她，和她說說話。映初圖書館的事，就按照江大哥的意思處理。

江大哥說，這是最好的方法，至少祖先有庇蔭到下一代，映初留給小銳，他死也瞑目，映初是在我十二歲的時候，江大哥教我讀書給我取的名字。

江大哥一直沒有忘記。

這樣的安排，我死也瞑目。

第十章　泊一

二月底小銳才將一個牛皮紙袋寄到映初，一大堆匯票、收據，都是小銳外婆的簽名，還有一本小筆記本清楚記錄著父親和她外婆的交款地點和明細，署名都是映初基金會，還有映初圖書館的設計草圖和一張照片。牛皮紙袋中有另外一個鼴鼠皮的袋子，我一看就知道是父親的遺物，其中有上百張黑白個人照，大約名片大小，背後寫著人物的名字、出生年月，失蹤年月或離開年月。

有一張白色的圖畫紙上寫著：「我會再來，等我，小銳。」我很疑惑，也只能等著，同時忙著文藝特區的建設。

進入三月後她還沒出現，我想她是個說話算話的人，我該繼續等吧？也許我應該一口氣將她外婆的書信日記還給她，她若真的拒絕當館長也算我盡了力，抱歉父親，我也無法履行您的遺願。

原來還有映初基金會，又是名冊，我更不懂為什麼父親要一直以映初基金會的名義匯款給這些人，為什麼要這麼大費周章地用現金在各個祕密的地點讓小銳的外婆去取款再匯款。以我對父親凡事對症下藥不囉唆的個性了解，一定有什麼事他來不及說清楚，或是他寫在哪裡我沒有看到，我究竟遺漏了什麼訊息？

這段期間我又找到了一些日文寫成的札記，我親手將它們仔細拷貝，匿名寄到國際翻譯公司，簽了最高保額的保密條款，我不相信網路這種沒有隱私權的東西。靠郵寄，得等上三個星期。

這時一個叫做艾娜的女人來到映初圖書館。他頭上包著橘色的愛馬仕絲巾，垂到她的後腦勺，臉色蒼白，帶了一副遮住一半鵝蛋臉的墨鏡，看起來像個從電影走出來的病人。

「我收到這個。」

「歡迎您前來，請您在館藏紀念本簽名。」

「不用了。我想直接和你聊聊。」

「好吧。請跟我到辦公室。」

「看你的年紀，你是江教授的兒子吧？」

「是的。」

「你有證件證明嗎？」

「有。」

「妳好，叫我泊一。」我讓她看我的證件。她就是小銳追問過我照片中的那個女人。

「江教授給你取個真不錯的名字。邀請卡上的照片是我，我叫艾娜。我的父親和江教授是認識的朋友，我在你出生前幾年在美國和江教授見過一次面，一九七八那年我從美國回來到臺大訪問幾個知名的教授，希望採集我的論文背景研究，江教授是其中一名。好巧不巧剛好遇到了中美斷交，江教授集結了一群年輕人，向國際發聲，怎麼說呢，現在想想，你父親是那年代這個國家積極集結大家力量的先驅之一。你知道嗎？」

「我父親走得有點突然。」我搖頭。

「我以為你寄來這個時空膠囊邀請函，是因為你很了解映初圖書館那個有趣的過去……。」

「也不是全然不知，我還在資料彙整的階段，目前映初文藝特區的申請已進入最後階段，到時候會有一場映初圖書館的展覽。希望您不介意我使用您的故事與照片，請問我可以錄音嗎？」

「沒問題，我不介意。記得那個時候到映初圖書館一個星期，後來我才知道，他早幾年已經在祕密進行一些庇護所的轉運站，內容我不太清楚，江教授說這個祕密在過去了三十多年都沒事，卻在中美斷交時出了風頭，捲入了一些風波，聽說後來江教授入獄了一陣子。」

「是嗎？天啊！我真的不知道。什麼庇護所？」

「負責藏匿那些拋頭露臉的左翼分子，幫助他們偷渡到國外。中美斷交，他集結了他在各界的力量，要讓國際聽到我們的聲音。」

「原來如此。」看著照片中穿著西裝的父親，我真是渺小。

「那之後，我們大家都散了，很有默契地封口。」

「妳人在美國，也沒參與這一段，怎麼那麼清楚？」

「年輕時，那曾是我極度有興趣的議題。」

「請問可以提供我妳論文的名稱嗎？可以豐富這個展覽。」

「抱歉，後來因為個人的因素，我並沒有完成我的研究。」

「我有一個疑問，在我回來的這段期間，記者也來採訪過我，怎麼沒有人提起我的父親，提起映初圖書館的歷史？」

「我不知道江教授用了什麼方法在當年掩蓋所有消息，他是為了要救人，不希望大家去放大映初的過去，我沒見過比他更愛這片土地的人了。」

「謝謝妳，艾娜。」

「你把這裡建造得很有味道，我看過沒幾年，到時候大家都會說，這小鎮的潮流就是你帶起來的，年輕人，不容易。我看你，也要注意仿冒品啊！」我笑了笑。

「謝謝妳。我不怕，他們偷得了我的設計，偷不了我的原創精神。請問妳想看看我的懷舊照片展覽空間嗎？我還沒對外開放，妳是收到邀請函來的第二個人。」

「好。」她跟著我走向一個白色的房間，我打開了所有嵌燈。

「冒昧請問妳，照片中的其他人，妳還有印象嗎？」她搖頭，身體往前傾看著白色相框中的照片。

「你說我是第二個人，第一個人是誰？」

「一個女孩子，她來過幾次了，我請她輔助我規劃這個時空膠囊的故事。」

「喔。」

「我想我間接認識他們的兒子，不過可憐的孩子剛走了。」她指著照片中綁著頭巾、穿著格子襯衫牛仔褲的女人，旁邊站著一個戴著鴨舌帽，背著吉他的男人。

「他們還在嗎？」
「我不知道，男的以前好像是個船長，真抱歉，他們的兒子也不可能代替他們來了。這條線應該是斷了。」
「還有她，我認識她。」她指著一個鵝蛋臉的短髮女孩子，是個清秀的高中生。
「陳地心，我寄了邀請函，她還沒有來，妳們還有聯絡嗎？」
「她就住在這個小鎮，不過我想她應該是不會來了，你應該要知道，不是每一個人都可以把自己的過去當作一個故事，攤在陽光下，不是每個人都想打開時空膠囊這種東西。」
「她會介意我去拜訪她嗎？她提供的背景資料都可以匿名。」
「我建議你不。這是他的先生，你也許可以趁她不在的時候問問他對於映初的記憶。」艾娜指著一個站姿正挺，年輕大學生樣的男子。
「謝謝妳，我先記下。」
「我想請問你，做了這些，你希望可以達到什麼效果？你看起來不像是江教授那樣想改變社會的人。恕我直言。」
「哈，妳說得沒錯。」
「你父親的意思嗎？」
「是也算不是，我父親去世前遺言交代得不太清楚，但我可以確定的是父親希望我善待映初圖書館。不過啊也是我願意留在這裡，我才會發起這個想法，試著去推敲這其中的關連。老實說，有一些環節我真的很困惑，但這也是這個計畫有挑戰性的地方。」

「我今天來也沒有什麼貢獻，只是希望間接幫點小忙，我想來走走，我剛動完一場手術，奇蹟似地生還，醒來後只想來這裡，奇怪吧！」

「我聽說人在接近死亡時，會回溯一生，可能剛好妳在命運交關時看到了映初圖書館。」我說，「請問妳想看更多的照片嗎？」我帶她往密室走去，她的腳步不太穩，也許是高跟鞋太高了，我扶了她一把。

「天啊！我沒想過，我沒想過江教授將過去保留得這麼完整……。」密室的潮味更重了，有一些被我破壞的痕跡，但不影響裡頭的文書資料。

「我一直不懂，為什麼我父親要用這麼精密的防潮技術保護這裡，現在我想我有點頭緒了。」

「那個時候，我們的天真激昂點亮了映初圖書館，吸引了中外媒體，你看這照片，你看江教授，他點燃了我們每一個靈魂的希望，我們所有人，每一個中學生大學生都狠狠地相信，只要我們緊緊牽著手，可以撼動世界。」

「大家後來呢？為什麼這些人不願回來這裡？」

「這很難解釋，我們誰也不知道誰之後過得怎麼樣，我的處境算非常好，畢竟我在美國。而他們要面對的生活，是在生活各方問題的擠壓中生存，那樣的社會條件下，人們忙著的是呼吸與食物，給他們一點時間，其他組的組員我不熟識，無法提供你更多的背景資料。今天啊！哈！我好像變成一個充滿理念的學者喔，當年我就是對這個小島的政治、社會結構，對人民戰後的性格影響有興趣，而到映初圖書館，才能遇見江教授。」

「現在開始也不遲。」

「年輕人！別逗我了！剛剛只是一瞬間的時光回流。不錯嘛！你真的做到了時空膠囊的用意了！」

「我沒做什麼，映初圖書館是因為曾經有你們才有了它的意義。我猜啦！這也許是我父親想保留它的原因。他那時，一定也有他的天真激昂吧！沒想到他有這一面……。」

「請問，到時候我可以有這些照片嗎？」

「會的，我們的回顧展也會有製作回顧相本，回顧筆記本等等，我會有一整系列的完整配套，我要帶大家回到我父親的時代。」

「很好，我願意全力輔助，如果你需要有人分享的話。我也該走了，謝謝你的邀請。」

「謝謝妳的到來，妳對這個展覽的貢獻與意義都很重大，我會通知妳的！另外我想請問妳一個問題，請問，妳有聽過陳小銳這個名字嗎？」我非常專心地觀察她的表情變化，這是我的直覺。

「喔。」她轉過身，發出短而急促的一聲喔。

「這真是的。」她自言自語地說，「哈！我懂了，我終於懂了！我覺得這個地方真是不可思議，我這張照片中的每一個人，我、陳地心、那位俊俏的船長與俏麗的女友，我的女兒、陳小銳和他們的兒子……我的女兒和陳地心家的孩子成了知心姊妹，陳地心家的孩子又和這對情侶的兒子談戀愛。我想是這個原因讓我醒來後只想來這走走，這個三十三年前把我們所有人的青春暫時凍結的地方，卻讓我們的孩子在幾十多年後有了交集。你看看，是不是很不可思議。」

我突然停止在原地，像電腦當機那樣，雙眼動也不動。他死了？那陳小銳現在呢？

我來不及去找陳小銳，DHL先寄來了。

＊　＊　＊

我用我的直覺，把所有的已知拼湊未知，才發現，我對映初圖書館和父親生前的過往，一概不知。這封信來自於一本小牛皮封面的日文筆記，整本筆記都是有關攝影、暗房和底片分析的知識，信的內容在其中筆跡褪色的幾頁，看起來是重新抄寫上去的。父親真是天才，把我當福爾摩斯！

吾兒

當你讀到這封信，我不知是喜是悲，表示你留下了，找到了。我無法當面告訴你這些事，我也無法決定要不要讓你知道，所以我把這一切交給命運。

是啊！這真不像爸爸的作風！你的心裡一定是這樣想的吧！

爸爸這一生和你說了很多話，卻也有很多話沒有和你說，雖然我喜歡開玩笑說你給老美洗腦了，我的內心卻因此感到安心。讓你離開出生的地方越遠，你會變成一個越完整的人，我不希望你和我一樣，帶著狂妄的理想與情感的包袱過一輩子，我希望你去實現自我，去開創夢想，就像那些瞧不起我們的白人一樣，我希望給你和他們一樣的機會。

你一直是我的驕傲，所以我願意放棄小島的一切，給你一個卓越的成長環境。現在的你也夠成熟可以聽我說那些事，那些關於映初的事。

映初是我的初戀，她在〇七年去世前才告訴我，她的女兒是我的骨肉。她叫陳地心，是個不幸的女人，被繼父強暴後生下一個女兒叫陳小銳，後來結婚生下一個女兒叫方晴。映初和我們家的背景懸殊，你的爺爺不許我娶她，我們離開臺灣後，她一直在臺灣幫我處理映初基金會的事。

你是受過邏輯思考訓練的人，爸爸希望你明白，你讀完這封信後，會有自己的判斷力。爸爸一向不希望把我亞洲式的權威教育加諸在你的身上，我希望你照顧映初圖書館，但是這全然是你可以依照你自由意志決定的事情，一旦你決定了，你一定會碰到許多難以理解的事情，你也會需要很多當地人的協助，我希望你用一個寬容謙卑的心，去理解這個傷痕累累的小島。有的時候人們的無知是種悲哀，如果因而失望，你隨時可以離去。切記輔助、訓練小銳，這是我對映初死前的承諾。

在這兒，曾經是個封建社會，表面上無風無浪、經濟繁榮，也是我們富裕的起源，市區發生了不公義的暴力事件，那是一個地雷，引爆了這片土地自此不斷的情感衝突。我在年輕時曾因為校園小報的文章論調經歷了恐懼與死亡，在一個沒有陽光、整日只有屎尿相伴的地窖，在那裡幾個月之後，你爺爺老淚縱橫、動用許多關係才把我救出來，給了我映初圖書館，我自此專心攻讀學業直到拿到博士學位。但我的心未死，道義也沒有滅去，後來的小島，不是你可以想像得到，大家相互猜忌，誰也不相信誰，我當時盛氣凌人，是個理想主義者。一面服從著你爺爺，一面暗中進行著我認為人生最有意義的事。

那幾年我除了在大學教書、做研究，在映初圖書館的地下室有過許多活動、祕密演講與集會，有人說這裡是映初遊樂所，表面上我帶著大家玩攝影、賞音樂，看看電影也帶著大家喝點小酒，實際上教育當地市鎮年輕人「思考」，讓市井小民有個地方自由發言，和大學生搞讀書會，讀法國思想、聊美國憲法，在那三十年間，我悄悄地幫助許多人離開免於被「消滅」的命運。你不要覺得爸爸我有多偉大，我不過是那個年代懦弱的代表，因為怕死不敢出頭，只能偷雞摸狗做著這些幫助那些喊我兄弟的人。

說了那麼多，你還是不知道映初圖書館承載的記憶吧？

我相信，有一天，就快了，這個小島會有真正的平等與自由，我看見聽見過太多的理想，我只是盡我的一點點力量，保護那個理想不被銷毀在這世上。基金會的發款，也不會是用微薄的金錢定期支持著，曾經因為不公不義或是莫名失去家人的人們，映初那時也因此失去了她的養母，是她啟發了我這個想法，想要用這樣的方式一輩子惦記著這些和我不相關的人們。每一年的紀念日，用基金會的帳號，發放慰問金給那些被歷史遺忘的人們，讓他們知道，在某個地方，叫做「映初」，感念他們的犧牲。

一九七八年，也是你出生那一年，時逢我耳順之年，映初圖書館爆發出從未有的生命力，那時中美斷交，許多人聚集在這兒，海外歸國的華僑、僥倖存活的人、懷抱著希望的人，甚至是現在握有重權的人，我們在一起，只為捍衛一個家園，那一刻，我澈底地忘了年輕記憶中的委屈與汙辱。我感受到了我的使命，唯有當我們所有的人看著同一個方向，我們才可以忘記自己。我們會有一個「集合」的概念。

我們家因上天眷顧，政府一筆一筆徵收土地，建高速公路、開發市鎮，十幾年內土地和投資讓我們家獲利千倍，這麼說你應該明白了有些投資也非清白，這就是權貴，兒子，它誘人卻醜陋無比。這些錢財，支持著我的理想，讓我在人們的分化間成了橋梁。但我萬萬沒有想到，因為權貴取得能力的我們，也因為權貴而遭殃。

我和你爺爺在政治認知上本是同根生，所以他對映初圖書館的事也睜一隻眼閉一隻眼。一九七八年的發生和我們家的背景結合，那些因而曝光的兄弟們，在往後幾年就這麼不見了，那是我最後一次拿到一些手抄的零散名冊。後來你的爺爺用財富和政府換回了我的生命和映初圖書館的所有祕密，為了你的前途，我們才在一九八七年移民，我忍痛將映初圖書館封館，你的爺爺奶奶也在沒幾年後在不甘和鬱鬱寡歡的傷痛中相繼去世了，我們沒人回來奔喪。

離開小島那麼多年，我沒有一天不關心這片土地的一切，我開始沉痛地思考渺小的我們與我們短小的眼界，人們喊的口號、寫的文章、加入的黨派，真的叫做理想嗎？如果再重來，我還是會做我當年所做的事，為了你，我矛盾啊！

陸續我靠著小銳外婆的接應，也讓基金會不定期地發放慈善金，給那些帶著傷痛與恨意的人們，支持他們創業，回饋鄉里。我做不到的，都由這麼不相干的人替我完成吧！我知道你又不懂了。真是沒有個前因後果的魯莽決定，兒子你一定是這麼想的。我名單哪裡來的，我又是代表何方？你的質疑是對的，名單是隨機挑選的，我代表的只是映初。

我沒有要留名青史，映初的本意是「照映最初」，一開始我希望用金錢的關懷彌補他們的失去，延續他們的理想與希望，漸漸地我祈禱這可以提醒人們心底最深的善，是原諒，是告別過去，說再見。就那麼簡單，這是映初告訴我的，我卻到臨死前才聽懂映初的話，如今我已沒有了恨，我想做一點比恨更高的事情。我們後來移民到北美，人家白人哲學家不都在談「同」與「不同」，我們呢？兒子啊！如果你懂得父親的話，我想你可以看清楚這片土地甚至是這個世界的紛爭。

關於我以前不經意流露出的懊悔是對映初她的虧欠，也許我隱約感覺出我欠她太多，但是那時的我也不可能違背我的父親。我和映初做了協定，不和陳地心、陳小銳與方晴相認，一個是我的女兒，兩個是我的孫女，我也沒有要把這難堪的事丟給你。我答應了映初要照顧一個人，就是小銳，她是個可憐、自卑又悍嗆的女孩子，她們家的女人都是這般性格。你得多付出耐心，把她當妹妹疼愛照顧，因為上一代的恩怨，她的生母即便近在眼前，卻是一輩子遠在天邊。她們家的恨是我造的孽，映初死前要我發下毒誓，絕不干擾她們一家人，就是放不下小銳。這是爸爸我對你唯一的請求。

請你，照顧映初。擔得起的，就擔，擔不起的，就將它埋藏，從來你和這段歷史是沒有一點關聯的。

終於我可以走了。

離開映初和映初圖書館，雖然沉痛，在人間與你和你媽相處的每一天，卻是我臨死前最溫暖的回憶。

父親永遠愛你。

＊＊＊

我不知道怎麼和陳小銳解釋這一切。身世？命運？歷史？從來我的人生都是光明、理性、專注與效率，我從來沒想過有一天，我的背後會有那麼沉重的過去和那麼多的巧合。

我看著那個翻譯字眼「擔」，父親將這麼重要的手稿用日文寫成，又將它們手抄在極不顯眼的舊筆記本。如果不是我一而再再而三地追問陳小銳，她原本也不願意將她外婆留下的牛皮紙袋交給我。眼前這些信件和資料的出現，都是我窮追不捨而來的。這個決定，也是我自己的。

父親說，從來這些和我是一點關係也沒有的，沒錯，我想也就是因為這原因，我更想客觀地呈現出父親留下的這一切。「爸，我不會令你失望的。」我想對他說。我的內心有上百個接下來要同時進行的研究方向，但首先我必須先去找陳小銳。

我決定陪她面對著胡安的死亡，陪著她和這段冗長的情史告別。我一直知道胡安對她的意義，知道並不等於我理解，在我看來，她是太單純太傻了一點。一開始的等待就是一個錯誤，就算當年胡安能夠醒來，也不可能恢復像原來的健康狀況，在我原本待的地方，這種自我犧牲的傳統女性，早是絕種動物。

我告訴她我的決定，她根本不需要我陪，我堅持跟著，她也懶得理我。

我一直在想，怎麼辦，怎麼說呢？在構圖的世界，我們總是必須把一些設計巧思隱藏地恰到好處，整體呈現才會流露出「意念」，像是父親以前常說的中庸之道。我總是特意把我的設計哲學包裝在表面上平淡無奇的物件下，讓人猜不透，給人驚喜，美國人說我把禪融入了寫實主義，父親曾說這麼多年來對我的深耕教育，便是要中國文化無聲無息地融入我的生活。

這是父親，離世後坦白面對自己過去的一封信，我更想知道，那些話中話，那些沒有說出口的話，才是父親真正要傳達的。

這裡有太多我不理解不認同也難找到歸屬的過去，現在唯一和我有關連的是小銳，偏偏又是個怪女人，唉。

「妳去他媽的不可以給我死！」我對著海洋失控大吼。

一會兒之後，這瘋女人全身濕淋淋地上岸，發抖著，應該是哭腫的眼睛，我們兩個一起望著灰色的大海。

「我沒事，謝謝。」

「不謝。」

「我知道，大家，醫生護士還有你，大家都說他走了對我是好的。」

「妳需要一段時間。」

「你說，有人死，有人生。」

「妳這樣想就好。」

「我要回家了。」

「我還有機會和妳聊聊嗎？」

「我會再去映初圖書館。」

「好。」小銳拿起包包裡的圍巾，把自己包得緊緊的，走了。

「喂！什麼時候。」我追上問。

「不知道，一個月，兩個月吧！」

「妳會回去上班嗎？去映初？」她停頓了一下。

「對不起，我暫時不想見任何人。」

「不用對不起，這是合理的。」我立刻接話，怕她走了。

「合理什麼？」

「以妳的成長背景，這樣的心理是合理的，妳不用怪自己。」

「你知道什麼？我真正愛的人都死了。」她走向馬路。

「嗯，妳一切真的都沒問題嗎？」

「你不用擔心。」

「陳小鋭！妳有需要幫忙的話，妳知道……。」

「好了！大慈善家！」

「我不是。」我用力大喊著。她已經走遠。

＊＊＊

陳小鋭再出現在映初圖書館，是櫻花季的尾聲，我在辦公室外的小空地搭建了一個開放式的玻璃屋，一棵生了一百二十年的菩提樹正好是天然樹蔭，除了有溫室、排水系統、還有暖爐，我在那擺上一個鑲嵌漂流碎木的木桌和長椅。

她把臨時約退還給我。

「你是不是知道了什麼？」

「嗯。所以妳想說什麼就說吧！我都不會生氣。」

「這一個月我幾乎足不出戶，想了很多事，我沒有辦法接受你的邀聘。」

「我尊重妳。那妳接下來的打算呢？」

「我只是在想怎麼我什麼也不會？我一直只知道聽 Bachan、阿姨、學校老師的話，念書、考試、遵守校規，不要惹阿姨生病生氣。我不知道自己為什麼要念大學，為了賺錢吧我想，後來我發現念大學沒什麼用也來不及了，我也不知道我適合做什麼。我只想過寫作，不過那是喝西北風的工作。胡安昏迷後，我讓自己變成社會上一個有用的人，我阿姨是這麼認定的，她在這方面的想法一向和大家差不多。可是我非常自卑，在我自己面前我自卑，因為我就這麼簡單屈服了。什麼事都是別人幫我選的。」

「妳剛做了個決定，拒絕了我的聘用。」

「對不起，我現在真的做不到。」

「和我妳不用這樣道歉，這是妳的自由意志，free will，我說過我尊重妳。」

「謝謝你。」

「第一次聽妳說那麼多話。聽起來真是有點慘，但是我可以理解妳說的，這是一種存在在妳這種世界的事，對吧！」我嘆了一口氣，仍然保持著笑容。老爸留下的任務真是不容易。

「你真的有在聽？」

「當然。」

「這幾年我在補習班遇見好多同事，有些人莫名其妙就出國了，我聽說有人去國外給人採葡萄或是在巧克力工廠工作之類的，錢賺得還不錯。我想一個人去走一走。」

「小說，我誠心地給妳一個建議，矛盾與盲從只會帶妳走上 loser 的路。但是我願意給妳時間讓妳去實驗，這其中最值得的就是實驗精神。」

「我想離開這裡，我再待下去，有一天我會變成滿腔怒火的瘋子。」

「所以妳的目的地是？」

「我不知道。」

「建議妳，下次想說我不知道時，先問自己，為什麼什麼都不知道！還是說，妳不想說。」

「好吧。我想去，一個天際線很長的地方，我的朋友和我說過，朝著筆直的公路一直往前開，前面只有天際線和藍天白雲，我想去那樣的地方，我想到一個沒有人認識我的地方。把我的故事寫完。」

「妳會回來嗎？」

「會，這是我唯一為自己做的一件事。我今天來，是很想謝謝你給我這個機會。我很喜歡這個地方。」

「很好。等妳回來，映初會讓妳嚇一大跳的。」

「映初圖書館是你或者我的朋友那種人才接得起的。像我這樣的人，氾濫成群，我自己這樣的出生和教育，過去很多東西我無能改變。」

「又來了，不要替自己的懦弱找藉口，小銳。妳啊太簡化每一個人的人生了，什麼叫做成功，什麼又是失敗。這也不只是妳的問題，妳們這裡啊！就是喜歡貶低自己，羨慕別人！」

「你不認為，錢決定了出生與背景，決定了一個人百分之九十的未來。如果你是我們這種人，在這個地方長大，你就會了解，一波又一波無預期的大浪打來，每一天我們都在溺死的邊緣求生存。等到你爬上岸，剩下半條命了。或者是說，你已經死了，不過是個活死人。」

「妳可以讓自己成為那百分之十的人。」

「這些是我的觀察心得。」

「妳有沒有想過，自己只是需要朋友，或是，家人？」

「我羨慕那些同舟共濟地假裝什麼事也沒有地笑著過日子的人們。我從來沒有這種歸屬感。」

「去旅行吧！去走吧！走到妳累為止。歸屬感這種東西啊，不一定要有，不要被這充滿假象的詞給矇騙了！」

「其實我滿喜歡和你說話的，你說話的方式很不一樣。」

「謝謝妳喔！那，妳的故事是關於什麼？」

「關於茫然，關於迷失，如果人不死，一定有活下來的理由。」

「寫自己的故事嗎？又不像！聽起來還滿有生命張力的啊！不像妳病懨懨的！」

「欸，問寫作的人是不是寫真實發生在作者身上這種問題的人通常很蠢。」小銳不好意思地說著。

「我可沒這樣問。」我笑著。

「差不多了！」

「偶爾糗人感覺不錯吧！」小銳笑了。

「陳小銳，妳就去做妳想做的事情，映初就我先撐著吧！我想再給妳一個真誠的建議。」

「什麼？」

「妳想寫作，就拿出 guts 當自己的主人啊！剛剛妳說的那些話，什麼痛很自己的教育什麼生在這裡怎樣有的沒的，不要再自我矛盾，妳不累嗎？」

「哈，糗人感覺不錯吧！」

「看吧！很多事笑一笑就可以重新開始了，我告訴妳，Stay calm! Stay focused! Stay tough! 你們最缺的就是這個精神！但是我現在重設了一個映初文創基金會，我決定來改變這些年輕人！」

「你決定留下了？」

「沒有館長，只好我自己接手了！」

「我離開前，想告訴你，我一直知道我們應該是有些關係的，詳細情況我不清楚，一開始也不想深究，我 Bachan 留給我的遺言中很清楚說過，有些事我不需要再去追，就算有親戚關係也不代表什麼。」

「嗯，妳說的不算錯也不全對。事實上，我父親指明要妳當映初圖書館館長兩年，兩年後我必須不計花費，把映初圖書館的產權全數贈送給妳。」

她皺著眉，驚訝地說不出話。

「所以你才要我實習？」

「是的，這是一筆非常慷慨的贈與。我決定回來重建映初，不是要看著它毀掉。妳看妳從頭到尾都是那麼沒有信心去經營它！」她緩慢地點著頭。

「你還會回美國嗎？」她又問我這個問題。

「說老實話啊！」我伸了個懶腰，「上個月想過走，這個月想留下了。」

「哈！你這種實事求是，目標明確的人也會說出這種模糊的答案？」

「難題總有折衷的辦法，It's not bothering me at all。」

我起身去燒熱水。

「陳小銳啊！妳和我想得真不一樣。」

「什麼意思？」

「寫作的人，總是喜歡，怎麼說，充滿好奇心，把真相挖個清楚吧！妳卻不。」她沒有回應。

「映初圖書館，從我第一次來，就有種熟悉感。」

「聽起來是好事。」

「我 Bachan 說的是對的。」

「她說什麼？」

「她說我應該會喜歡這裡，所以還是謝謝你。」

「不要再謝了，小姐。謝個什麼啊？」

「當我的朋友。」陳小銳突然說。

「我算嗎？如果是，那真是小事一件。哈哈，我真是受寵若驚了！」這女人總算說出一句人話！

陳小銳拿起後背包，應該看得出我希望她留下來。

「所以，到底是什麼？」

「嗯。」我深呼吸。

「我和你父親，是什麼關係？」陳小銳堅定地看著我。

「我在考慮要不要告訴妳。」

「妳準備好了嗎？」

「大概吧。」

她緊緊地擁抱著我，應該是哭了。陳小銳走了，她去了澳洲西岸，常給我寫郵件，我常給她打電話。用她的話說，我是她第三個朋友。（or more than that. I was hoping...）

知道妳找到新的生活，知道妳在寫那本書，打開心胸真心看到自己的好，做什麼事都不茫然。

看著映初文創集團裡忙進忙出的年輕人和阿伯阿姨們、閱讀角落裡小鎮上活潑的孩童們，這就是希望吧。我的希望很簡單，希望陳小銳那本書有個精彩的故事，和她屬於同一片土地的人找到靈魂的共鳴。我抬頭，好像可以看到她的笑容。

我知道有一天，陳小銳會相信我。我會在這份奇妙的關係裡，用親者的愛，無條件地愛著她。

時間軸

- 1927 江紹強／艾娜父親出生
- 1933 陳阿卿／胡安奶奶出生
- 1947 228事件
- 映初圖書館成立
- 1949 江紹強與陳阿卿失聯
- 1958 雪倫媽／艾娜／方哥出生
- 1961 陳阿卿懷孕
- 1962 陳地心出生
- 1964 文生出生
- 1976 胡安出生
- 1978 中美斷交
- 泊一出生
- 1981 陳小銳／瑪爾得／巧兒／小金出生
- 1983 方晴出生

1987
- 映初圖書館封館
- 艾娜陳地心重逢
- 小銳與瑪爾得相遇
- 江紹強出國

2000
- 小銳與胡安相遇

2004
- 瑪爾得與巧兒相遇

2006
- 胡安昏迷
- 雙生

2007
- 陳阿卿去世
- 雪倫媽聘僱小銳

2008
- 江紹強去世

2011
- 映初圖書館重新開幕

2011 01
- 小銳與泊一相遇

2011 03
- 瑪爾得出現

2011 03 13
- 胡安去世

2011 04
- 告別

《映初圖書館》是我十年前完成那部小說的部分靈魂，因為故事盤根錯節，我只得將原型故事打散，讓《映初圖書館》自生而成一個獨立的小宇宙。《映初圖書館》陪著我十年，無法計算重寫次數。十年之間我靜悄悄地寫，身邊極少數人知道我書寫小說這件事，我遇見了許多人、聽了許多荒誕事、經驗了些人性與打擊，我將所有日常的零零總總混合著想像力，裝進這間圖書館裡。

《映初圖書館》呈現的最終模樣，要謝謝世上第一個被這個故事吸引的人。策劃出版的三百多個日子裡，我的責任編輯黃谷光先生，深入故事裡每一個人物的內心，點出這個故事裡隱晦的問題癥結，理性與細膩的思維，讓我在創作邏輯與文句運用上，前進了一大步。沒有他的指引，我也無法將《映初圖書館》投稿時的十萬字，在短短一個月間擴寫成今天的樣子。

最後，謝謝力挺我的 Win Win Family 一家子，還有各方友人，及臺北市北投區義方國民小學翁明達校長與賴豐壤老師協助 Bachan 臺語版校正。謝謝你們參與了我的作家夢，使它有了一個美好的起點。

吳艾庭

映初圖書館

作　　者　吳艾庭

發 行 人　林敬彬
主　　編　楊安瑜
副 主 編　黃谷光
編　　輯　黃暐婷、夏于翔
內頁編排　黃谷光
封面設計　季曉彤（小痕跡設計）
編輯協力　陳于雯、丁顯維

出　　版　大旗出版社
發　　行　大都會文化事業有限公司
11051台北市信義區基隆路一段432號4樓之9
讀者服務專線：(02) 27235216
讀者服務傳真：(02) 27235220
電子郵件信箱：metro@ms21.hinet.net
網　　址：www.metrobook.com.tw

郵政劃撥　14050529 大都會文化事業有限公司
出版日期　2017年09月初版一刷
定　　價　350元
I S B N　978-986-95038-3-9
書　　號　Story-29

First published in Taiwan in 2017 by Banner Publishing,
a division of Metropolitan Culture Enterprise Co., Ltd.

4F-9, Double Hero Bldg., 432, Keelung Rd., Sec. 1, Taipei 11051, Taiwan
Tel: +886-2-2723-5216　Fax: +886-2-2723-5220
Web-site: www.metrobook.com.tw
E-mail: metro@ms21.hinet.net

大旗出版 BANNER PUBLISHING
大都會文化

國家圖書館出版品預行編目（CIP）資料

映初圖書館 / 吳艾庭著. -- 初版. -- 臺北市：大旗出版：大都會文化發行, 2017.09
336面；21×14.8 公分. --（Story-29）

ISBN 978-986-95038-3-9（平裝）

857.7　106012089

大都會文化　讀者服務卡

書名：**映初圖書館**

謝謝您選擇了這本書！期待您的支持與建議，讓我們能有更多聯繫與互動的機會。

A. 您在何時購得本書：______年______月______日

B. 您在何處購得本書：___________書店，位於___________(市、縣)

C. 您從哪裡得知本書的消息：

1.□書店　2.□報章雜誌　3.□電台活動　4.□網路資訊

5.□書籤宣傳品等　6.□親友介紹　7.□書評　8.□其他

D. 您購買本書的動機：（可複選）

1.□對主題或內容感興趣　2.□工作需要　3.□生活需要

4.□自我進修　5.□內容為流行熱門話題　6.□其他

E. 您最喜歡本書的：（可複選）

1.□內容題材　2.□字體大小　3.□翻譯文筆　4.□封面　5.□編排方式　6.□其他

F. 您認為本書的封面：1.□非常出色　2.□普通　3.□毫不起眼　4.□其他

G. 您認為本書的編排：1.□非常出色　2.□普通　3.□毫不起眼　4.□其他

H. 您通常以哪些方式購書：(可複選)

1.□逛書店　2.□書展　3.□劃撥郵購　4.□團體訂購　5.□網路購書　6.□其他

I. 您希望我們出版哪類書籍：（可複選）

1.□旅遊　2.□流行文化　3.□生活休閒　4.□美容保養　5.□散文小品

6.□科學新知　7.□藝術音樂　8.□致富理財　9.□工商企管　10.□科幻推理

11.□史地類　12.□勵志傳記　13.□電影小說　14.□語言學習（____語）

15.□幽默諧趣　16.□其他

J. 請跟我們分享你對本書的心得（或來信metro@ms21.hinet.net）：

____

K. 您有什麼話想對本書作者說（或來信metro@ms21.hinet.net）：

____

讀者小檔案

姓名：____________ 性別：□男　□女　生日：____年____月____日

年齡：□20歲以下 □21～30歲 □31～40歲 □41～50歲 □51歲以上

職業：1.□學生 2.□軍公教 3.□大眾傳播 4.□服務業 5.□金融業 6.□製造業

7.□資訊業 8.□自由業 9.□家管 10.□退休 11.□其他

學歷：□國小或以下 □國中 □高中／高職 □大學／大專 □研究所以上

通訊地址：____________________________________

電話：（H）____________（O）____________ 傳真：____________

行動電話：______________E-Mail：____________________

◎謝謝您購買本書，歡迎您上大都會文化網站（www.metrobook.com.tw）登錄會員，或至Facebook（www.facebook.com/metrobook2）為我們按個讚，您將不定期收到最新的圖書訊息與電子報。

大都會文化事業有限公司

讀者服務部　收

110 台北市基隆路一段 432 號 4 樓之 9

寄回這張服務卡〔免貼郵票〕
您可以：
◎不定期收到最新出版訊息
◎參加各項回饋優惠活動